LA CITÉ
DES DIEUX SAUVAGES

DU MÊME AUTEUR

LE PLAN INFINI, Fayard, 1994.
LA MAISON AUX ESPRITS, Fayard, 1994.
EVA LUNA, Fayard, 1995.
PAULA, Fayard, 1997.
LES CONTES D'EVA LUNA, LGF, 1998.
D'AMOUR ET D'OMBRE, LGF, 1998.
FILLE DU DESTIN, Grasset, 2000.
PORTRAIT SÉPIA, Grasset, 2001.
APHRODITE, *Contes, recettes et autres aphrodisiaques*, Grasset, 2001.

ISABEL ALLENDE

LA CITÉ DES DIEUX SAUVAGES

roman

Traduit de l'espagnol (Chili)
par
ALEX ET NELLY LHERMILLIER

BERNARD GRASSET
PARIS

L'édition originale de cet ouvrage a été publiée par
Areté/Grupo Ransom House Mondadori, en 2002.

LA CIUDAD DE LAS BESTIAS

Pour Alejandro, Andrea et Nicole,
qui m'ont demandé cette histoire.

CHAPITRE 1

Le cauchemar

ALEXANDER Cold fut réveillé en sursaut au lever du jour par un cauchemar. Il rêvait qu'un énorme oiseau noir venait s'écraser contre sa fenêtre dans un fracas de vitre brisée, qu'il s'introduisait dans la maison et emportait sa mère. Dans le rêve, impuissant il regardait le vautour géant saisir Lisa Cold par ses vêtements avec ses serres jaunes, sortir par la même fenêtre cassée et se perdre dans un ciel chargé d'épais nuages. C'est le bruit de l'orage qui le tira de son sommeil, le vent qui secouait les arbres, la pluie sur le toit, les éclairs et les coups de tonnerre. Il alluma la lampe avec la sensation de se trouver dans un bateau à la dérive et se pelotonna contre le gros chien qui dormait près de lui. Il imagina qu'à quelques rues de sa maison l'océan Pacifique rugissait, se déchaînant en vagues furieuses contre la corniche. Il resta à écouter la tempête, pensant à l'oiseau noir et à sa mère, attendant que se calment les coups de tambour qui cognaient dans sa poitrine, encore pris dans les images du mauvais rêve.

Le garçon regarda le réveil : six heures et demie, l'heure de se lever. Dehors il commençait à peine à faire jour. Il décida que ce serait une sale journée, l'une de ces journées où il valait mieux rester au lit, car tout allait de travers. Il y avait beaucoup de journées ainsi depuis que sa mère était malade ; l'air de la maison était parfois si lourd qu'on avait l'impression d'être au fond de la mer. Ces jours-là, le seul moyen de trouver un réconfort était de s'échapper, d'aller courir sur la plage avec Poncho, jusqu'à perdre haleine. Mais il pleuvait sans arrêt depuis une semaine, un véritable déluge, et en plus Poncho s'était fait mordre par un cerf et il ne voulait pas bouger. Alex était sûr d'avoir le chien le plus bête de la terre, le seul labrador de quarante kilos à se faire mordre par un cerf. Au cours de ses quatre années de vie, Poncho avait été attaqué par des carcajous, par le chat du voisin, et à présent par un cerf, sans compter toutes les fois où les moufettes l'avaient aspergé de leur liquide infect et où il avait fallu le baigner dans de la sauce tomate pour atténuer l'odeur. Alex sortit du lit sans déranger Poncho et s'habilla en grelottant ; le chauffage se remettait en marche à six heures, mais il n'avait pas encore tiédi sa chambre, la dernière au fond du couloir.

A l'heure du déjeuner, Alex était de mauvaise humeur et il n'eut pas le courage de se réjouir de l'effort qu'avait fait son père de préparer des crêpes. John Cold n'était pas exactement ce qu'on appelle un bon cuisinier : il savait seulement faire des crêpes, et les siennes avaient l'air de tortillas mexicaines dures comme du caoutchouc. Pour ne pas le vexer, ses enfants les mettaient dans leur bouche, mais ils profitaient de ce qu'il avait le dos tourné pour les recracher dans la poubelle. Ils avaient en vain essayé de dresser Poncho à les manger : le chien était idiot, mais pas à ce point.

« Quand est-ce que maman ira mieux? demanda Nicole en essayant de piquer sa fourchette dans la crêpe caoutchouteuse.

— Tais-toi, idiote! répliqua Alex, fatigué d'entendre sa petite sœur poser la même question plusieurs fois par semaine.

— Maman va mourir, commenta Andrea.

— Menteuse! Elle va pas mourir! protesta Nicole.

— Vous êtes des morveuses, vous ne savez pas ce que vous dites! s'exclama Alex.

— Allons les enfants, du calme. Maman va se rétablir... », interrompit John Cold, sans conviction.

Alex se sentit furieux contre son père, contre ses sœurs, contre Poncho, contre la vie en général et même contre sa mère, d'être tombée malade. Il sortit à grands pas de la cuisine, prêt à partir sans avoir déjeuné, mais dans le couloir il buta contre le chien et s'étala de tout son long.

« Ote-toi de mon chemin, taré! » lui cria-t-il, et Poncho, tout joyeux, lui donna un bruyant coup de langue sur le visage, couvrant ses lunettes de bave.

Oui, c'était décidément un de ces mauvais jours. Quelques instants plus tard, son père découvrit qu'un pneu de la camionnette était crevé et il dut l'aider à changer la roue, mais ils perdirent de précieuses minutes et les trois enfants arrivèrent en retard à l'école. Dans la précipitation du départ, Alex oublia son devoir de maths, ce qui acheva de gâter ses relations avec le professeur. Il le considérait comme un petit homme pathétique qui avait juré de lui gâcher l'existence. Par-dessus le marché, il oublia aussi sa flûte, et cet après-midi-là il y avait répétition avec l'orchestre de l'école ; étant soliste, il ne pouvait pas se permettre de manquer.

*

C'est à cause de la flûte qu'Alex dut s'absenter pendant la récréation de midi et rentrer chez lui. La tempête s'était calmée, mais la mer était encore agitée et il ne put prendre le raccourci par la plage, car les vagues passaient par-dessus la corniche, inondant la rue. Comme il ne disposait que de quatre minutes, il prit par la grande route en courant.

Ces dernières semaines, depuis que sa mère était malade, une femme venait faire le ménage, mais ce jour-là, à cause de la tempête, elle avait averti qu'elle ne viendrait pas. De toute façon, ça ne servait pas à grand-chose, car la maison était sale. Même de l'extérieur on notait la détérioration, comme si la propriété se laissait aller à la tristesse. L'aspect d'abandon commençait dans le jardin et s'étendait dans les chambres, jusqu'au moindre recoin.

Alex pressentait que sa famille était en train de se désintégrer. Sa sœur Andrea, qui avait toujours été un peu différente des autres filles, se promenait maintenant déguisée et se perdait pendant des heures dans un monde imaginaire, peuplé de sorcières guettant dans les miroirs et d'extraterrestres nageant dans la soupe. Elle n'avait plus l'âge de ces fantaisies ; à douze ans, supposait-il, elle aurait dû s'intéresser aux garçons ou avoir envie de se faire percer les oreilles. De son côté Nicole, la benjamine, rassemblait un véritable zoo, comme si elle avait voulu compenser l'attention que sa mère ne pouvait lui accorder. Elle nourrissait plusieurs moufettes et carcajous qui rôdaient autour de la maison, avait adopté six chatons orphelins qu'elle tenait cachés dans le garage, sauvé la vie d'un gros oiseau qui avait une aile cassée et gardait dans une cage une couleuvre d'un mètre de long. Si sa mère la trouvait, elle mourrait de peur sur le coup, mais cela risquait peu d'arriver, car lorsqu'elle n'était pas à l'hôpital Lisa Cold passait la journée au lit.

En dehors des crêpes de son père et de quelques sandwichs au thon agrémentés de mayonnaise, spécialité d'Andrea, plus personne ne cuisinait dans la famille depuis des mois. Dans le frigo, il n'y avait que du jus d'orange, du lait et des glaces ; le soir, par téléphone, ils commandaient une pizza ou un repas chinois. Au début, ce fut presque une fête, parce que chacun mangeait à n'importe quelle heure ce qui lui plaisait, surtout du sucré, mais déjà tous regrettaient la nourriture saine des temps normaux. Au cours de ces mois, Alex avait pu mesurer combien la présence de sa mère avait été importante et combien, aujourd'hui, son absence pesait. Son rire facile et sa tendresse lui manquaient tout autant que sa sévérité. Elle était plus sévère que son père et plus finaude : impossible de la tromper, elle avait un troisième œil qui lui permettait de voir ce qui était invisible. On n'entendait plus sa voix fredonner en italien, il n'y avait plus de musique, plus de fleurs, ni cette odeur caractéristique de peinture et de galettes tout juste sorties du four.

Avant, sa mère se débrouillait pour passer plusieurs heures à travailler dans son atelier, pour garder la maison impeccable et préparer des galettes en attendant le retour de ses enfants; maintenant, c'est à peine si elle se levait un moment et faisait quelques pas d'une pièce à l'autre, l'air désorienté, comme si elle ne reconnaissait rien, amaigrie, les yeux enfoncés, entourés de cernes. Ses toiles, qui paraissaient autrefois de véritables explosions de couleurs, restaient à présent sur les chevalets, oubliées, et les peintures séchaient dans les tubes. Lisa Cold semblait avoir rapetissé, réduite à l'état d'un silencieux fantôme.

Alex n'avait plus personne à qui demander de lui gratter le dos ou de lui redonner du courage quand il se réveillait avec le moral à zéro. Son père n'était pas un homme enclin aux câlineries. Ils allaient ensemble faire de l'escalade dans les montagnes, mais ils parlaient peu; de plus, John Cold avait changé, comme tous dans la famille. Il n'était plus la personne calme qu'il avait été, il s'irritait fréquemment, non seulement contre ses enfants mais aussi contre sa femme. Parfois, il se mettait à crier, reprochant à Lisa de ne pas manger assez ou de ne pas prendre ses médicaments, mais aussitôt il regrettait son emportement et lui demandait pardon, l'air angoissé. Ces scènes laissaient Alex tout tremblant : il ne supportait pas de voir sa mère sans forces et son père les yeux remplis de larmes.

En rentrant chez lui, ce midi, il fut surpris de voir la camionnette de son père, qui à cette heure travaillait toujours à la clinique. Il entra par la porte de la cuisine, jamais fermée à clé, avec l'intention de manger quelque chose, de prendre sa flûte et de repartir en courant à l'école. Il jeta un coup d'œil autour de lui et ne vit que les restes fossilisés de la pizza de la veille. Résigné à avoir faim, il se dirigea vers le frigidaire en quête d'un verre de lait. A cet instant, il entendit pleurer. Au début, il pensa que c'étaient les chatons de Nicole dans le garage, mais aussitôt il se rendit compte que le bruit venait de la chambre de ses parents. Sans avoir l'intention d'épier, de manière presque automatique, il s'approcha et, doucement, poussa la porte entrouverte. Ce qu'il vit le paralysa.

Au centre de la pièce se trouvait sa mère en chemise de nuit, pieds nus, assise sur un tabouret ; le visage dans les mains, elle pleurait. Debout derrière elle, son père tenait un vieux rasoir de barbier qui avait appartenu au grand-père. De longues mèches de cheveux noirs couvraient le sol et les frêles épaules de sa mère, tandis que son crâne tondu brillait comme du marbre dans la lumière pâle qui filtrait de la fenêtre.

Pendant quelques secondes, le garçon demeura figé de stupeur, sans comprendre la scène, sans savoir ce que signifiaient ces cheveux par terre, ce crâne rasé ou ce rasoir dans la main de son père, étincelant à quelques millimètres du cou incliné de sa mère. Lorsqu'il parvint à recouvrer ses esprits, un cri terrible monta de ses pieds et une grande vague de folie le secoua tout entier. Il se lança contre John Cold, le projetant au sol d'une seule poussée. Le rasoir décrivit un arc dans l'air, frôla son front, et la pointe alla se ficher dans le plancher. Sa mère se mit à l'appeler, l'agrippant par ses vêtements pour l'écarter de son père, tandis qu'il donnait des coups à l'aveuglette, sans voir où ils tombaient.

« Ça va, mon fils, calme-toi, ce n'est rien », suppliait Lisa Cold en le retenant de ses faibles forces, tandis que son père se protégeait la tête de ses bras.

Enfin la voix de sa mère pénétra dans son esprit et sa colère retomba en un instant, faisant place au trouble et à l'horreur de ce qu'il avait fait. Il se leva, recula en titubant, puis courut s'enfermer dans sa chambre. Il traîna son bureau et barricada la porte, se bouchant les oreilles pour ne pas entendre ses parents l'appeler. Pendant un long moment il resta appuyé contre le mur, les yeux clos, tentant de maîtriser l'ouragan de sentiments qui le secouait jusqu'aux os. Ensuite, il entreprit de détruire systématiquement tout ce qui se trouvait dans la chambre : il arracha les affiches des murs et les déchira une à une ; il prit sa batte de base-ball et en frappa les tableaux et les cassettes vidéo ; il pulvérisa sa collection de vieilles voitures et d'avions de la Première Guerre mondiale ; il arracha les pages de ses livres ; il éventra le matelas et les oreillers à l'aide son couteau suisse ; à coups de ciseaux, il coupa ses vêtements et ses couvertures ; enfin, il piétina la lampe jusqu'à la réduire en miettes. Il mena à bien la destruction sans se presser, méthodiquement, en silence, comme quelqu'un qui réalise un travail important, et ne s'arrêta que lorsque ses forces l'abandonnèrent et qu'il n'y eut plus rien à casser. Le sol était jonché de plumes et de bourre de matelas, d'éclats de verre, de papiers, de chiffons et de jouets en morceaux. Anéanti par les émotions et l'effort, il se laissa tomber au milieu de ce naufrage, enroulé comme un escargot, la tête dans les genoux, et pleura jusqu'à ce qu'il s'endormît.

*

Alexander Cold se réveilla des heures plus tard en entendant les voix de ses sœurs, et il lui fallut quelques minutes pour se souvenir de ce qui était arrivé. Il voulut éclairer la pièce, mais la lampe était en miettes. Il s'approcha à tâtons de la porte, trébucha et proféra un juron en sentant sa main tomber sur un morceau de verre. Il ne se rappelait pas avoir déplacé le bureau et dut le pousser en s'arc-boutant de tout son poids pour ouvrir la porte. La lumière du couloir éclaira le champ de bataille qu'était devenue sa chambre ainsi que les visages stupéfaits de ses sœurs, sur le seuil.

« Tu refais ta déco, Alex ? » se moqua Andrea, tandis que Nicole se couvrait le visage de ses mains pour étouffer son rire.

Alex leur claqua la porte au nez et s'assit par terre pour réfléchir, pressant la blessure de sa main avec ses doigts. L'idée de mourir vidé de son sang lui parut séduisante, du moins lui éviterait-elle d'affronter ses parents après ce qu'il avait fait, mais il changea aussitôt d'avis. Il devait laver sa blessure avant qu'elle ne s'infecte, décida-t-il. De plus, elle commençait à lui faire mal, ce devait être une profonde entaille, qui pouvait lui donner le tétanos... Il sortit d'un pas vacillant, à tâtons parce qu'il y voyait à peine ; ses lunettes avaient disparu dans le désastre et il avait les yeux gonflés d'avoir pleuré. Il fit son apparition dans la cuisine où se trouvait le reste de la famille, y compris sa mère, un foulard de coton noué autour de la tête, ce qui lui donnait l'air d'une réfugiée.

« Je suis désolé... », balbutia Alex, les yeux baissés.

Lisa étouffa une exclamation en voyant le tee-shirt de son fils taché de sang, mais sur un signe de son mari elle attrapa les deux fillettes par le bras et les emmena sans dire un mot. John Cold s'approcha d'Alex pour soigner sa main blessée.

« Je ne sais pas ce qui m'est arrivé, papa..., murmura le garçon sans oser lever les yeux.

— Moi aussi j'ai peur, fiston.

— Maman va mourir ? demanda Alex dans un filet de voix.

— Je ne sais pas, Alexander. Mets ta main sous le robinet d'eau froide », lui ordonna son père.

John Cold lava le sang, examina la blessure et décida d'injecter un anesthésique afin d'ôter les bouts de verre et de recoudre de quelques points de suture. Alex, à qui la vue du sang donnait en général la nausée, supporta cette fois les soins sans un geste, reconnaissant qu'il y eût un médecin dans la famille. Son père lui appliqua une crème désinfectante et lui banda la main.

« De toute façon, maman allait perdre ses cheveux, n'est-ce pas ? demanda le garçon.

— Oui, à cause de la chimiothérapie. Il vaut mieux les couper d'un coup que de les voir tomber par poignées. Ce n'est pas le plus grave, ils repousseront. Assieds-toi, nous devons parler.

— Pardon, papa... Je vais travailler pour réparer tout ce que j'ai cassé.

— C'est bien, je suppose que tu avais besoin de te soulager. Ne parlons plus de ça, j'ai des choses plus importantes à te dire. Je vais devoir emmener Lisa au Texas, dans un hôpital où on lui fera un traitement long et compliqué. C'est le seul endroit où l'on puisse le faire.

— Et avec ça elle va guérir ? demanda-t-il, inquiet.

— Je l'espère, Alexander. Je l'accompagnerai, bien sûr. Il va falloir fermer cette maison pendant un certain temps.

— Que se passera-t-il pour mes sœurs et moi ?

— Andrea et Nicole iront vivre chez grand-mère Carla. Toi, tu iras chez ma mère, lui expliqua son père.

— Kate ? Je ne veux pas aller chez elle, papa ! Pourquoi est-ce que je ne peux pas aller avec mes sœurs ? Au moins, grand-mère Carla sait cuisiner...

— Trois enfants, c'est une lourde charge pour elle.

— J'ai quinze ans, papa, largement l'âge que tu me demandes au moins mon avis. Ce n'est pas juste de m'envoyer chez Kate comme si j'étais un paquet. C'est toujours pareil, tu prends les décisions et je n'ai rien à dire ! Je ne suis plus un enfant, argua Alex, furieux.

— Tu agis parfois comme si tu en étais un, rétorqua John Cold en montrant la blessure à la main.

— C'était un accident, ça peut arriver à tout le monde. Je me conduirai bien chez Carla, je te le promets !

— Je sais que tes intentions sont bonnes, fiston, mais parfois tu perds la tête !

— Je t'ai dit que j'allais payer ce que j'ai cassé ! cria Alexander en frappant la table de son poing.

— Tu vois comme tu perds ton sang-froid ? De toute façon, Alexander, cela n'a rien à voir avec les dégâts de ta chambre. C'était déjà arrangé avec ma mère et ma belle-mère. Vous devrez rester tous les trois chez vos grands-mères, il n'y a pas d'autre solution. Tu partiras pour New York dans quelques jours, ajouta son père.

— Seul ?

— Seul. J'ai bien peur qu'à partir d'aujourd'hui tu ne doives faire beaucoup de choses par toi-même. Tu emporteras ton passeport, car je crois que tu vas entreprendre une aventure avec ma mère.

— Où ça ?

— En Amazonie...

— En Amazonie ! s'exclama Alex, épouvanté. J'ai vu un documentaire sur l'Amazonie, c'est un endroit plein de moustiques, de caïmans et de bandits. Il y a toutes sortes de maladies, même la lèpre.

— Je suppose que ma mère sait ce qu'elle fait, elle ne t'emmènerait pas dans un endroit qui mettrait ta vie en danger, Alexander.

— Kate est capable de me pousser dans un fleuve infesté de piranhas, papa. Avec une grand-mère comme la mienne, je n'ai pas besoin d'ennemis, bredouilla le garçon.

— Je regrette, fiston, mais tu devras quand même y aller.

— Et l'école ? On est en pleine période d'examens. En plus, je ne peux pas abandonner l'orchestre du jour au lendemain...

— Il faut savoir s'adapter, Alexander. Notre famille traverse une crise. Sais-tu quels sont les caractères chinois pour écrire *crise* ? *Danger* plus *chance*. Peut-être le danger de la maladie de Lisa t'offre-t-il une chance extraordinaire. Va préparer tes bagages.

— Quels bagages ? Je n'ai pas grand-chose, marmotta Alex, toujours fâché contre son père.

— Eh bien dans ce cas tu n'emporteras pas grand-chose. Maintenant, va embrasser ta mère, elle est très secouée par tout ça. Pour Lisa, c'est beaucoup plus dur que pour n'importe lequel d'entre nous, Alexander. Nous devons être forts, comme elle », ajouta John Cold d'une voix triste.

Jusqu'à deux mois plus tôt, environ, Alex avait été heureux. Il n'avait jamais éprouvé une grande curiosité pour aller explorer au-delà des limites sûres de son existence ; il croyait que s'il ne faisait pas de bêtises, tout irait bien pour lui. Ses projets pour l'avenir étaient simples : il pensait devenir un musicien célèbre, comme son grand-père Joseph Cold, se marier avec Cecilia Burns, à condition qu'elle accepte, avoir deux enfants et vivre près des montagnes. Il était satisfait de sa vie : bon élève et bon sportif, sans être excellent, il était sympathique et ne se fourrait jamais dans des problèmes graves. Il se considérait comme quelqu'un d'assez normal, du moins en comparaison des monstres de la nature qui peuplaient ce monde, comme ces gamins qui étaient entrés avec des mitraillettes dans un collège du Colorado et avaient massacré leurs camarades. Sans aller aussi loin, dans sa propre école il y avait des types parfaitement répugnants. Non, lui n'était pas de ceux-là. En vérité, tout ce qu'il voulait, c'était revenir à la vie qu'il vivait quelques mois plus tôt, quand sa mère allait bien. Il n'avait aucune envie d'aller en Amazonie avec Kate Cold. Cette grand-mère lui faisait un peu peur.

Deux jours plus tard, Alex fit ses adieux aux lieux où s'étaient écoulées les quinze années de son existence. Il emporta avec lui l'image de sa mère à la porte de la maison, sa tête rasée couverte d'un bonnet, souriant et lui disant adieu de la main, tandis que des larmes coulaient sur ses joues. Elle paraissait minuscule, vulnérable et belle, malgré tout. Le garçon monta dans l'avion en pensant à elle et à l'effroyable possibilité de la perdre. Non! Je ne dois pas penser à cette éventualité, je dois avoir des pensées positives, ma mère guérira, murmura-t-il à maintes reprises au cours de ce long voyage.

CHAPITRE 2

La grand-mère excentrique

ALEXANDER Cold se trouvait à l'aéroport de New York au milieu d'une foule de gens pressés qui passaient à côté de lui en traînant ou poussant des valises et des paquets, jouant des coudes. On aurait dit des automates : la moitié d'entre eux avaient un téléphone portable collé à l'oreille et parlaient en l'air, semblables à des fous. Il était seul, son sac à dos sur les épaules et un billet chiffonné dans la main. Il en avait trois autres pliés et cachés dans ses bottes. Son père lui avait conseillé la prudence, car dans cette énorme ville les choses n'étaient pas comme dans la petite bourgade de la côte californienne où ils vivaient, où il ne se passait jamais rien. Les trois enfants Cold avaient grandi dans la rue, s'amusant avec d'autres enfants, ils connaissaient tout le monde et entraient chez leurs voisins comme chez eux.

Le garçon avait voyagé six heures, traversant le continent de bout en bout, assis à côté d'un gros homme en sueur dont la graisse débordait de son siège, réduisant son espace de moitié. A tout instant l'homme se baissait avec difficulté, plongeait la main dans un sac à provisions et se mettait à mastiquer une friandise, l'empêchant de dormir ou de regarder le film en paix. A bout de fatigue, Alex comptait les heures qui restaient avant que s'achève ce supplice ; enfin ils atterrirent et il put se dégourdir les jambes. Il descendit de l'avion soulagé, cherchant sa grand-mère des yeux, mais il ne la vit pas à la porte, comme il s'y attendait.

Une heure plus tard, Kate Cold n'était toujours pas arrivée et Alex commençait à sérieusement s'angoisser. Il l'avait fait appeler deux fois par les haut-parleurs, sans obtenir de réponse, et maintenant il allait devoir changer son billet contre des pièces de monnaie pour téléphoner. Il se félicita de sa bonne mémoire : il se rappelait le numéro sans hésiter, de même qu'il se souvenait de son adresse sans y être jamais allé, uniquement à cause des cartes postales qu'il lui écrivait de temps à autre. Le téléphone de sa grand-mère sonna en vain, tandis que de toute sa force mentale il formulait le vœu que quelqu'un décroche. Qu'est-ce que je fais maintenant ? murmura-t-il déconcerté. Il eut l'idée d'appeler son père pour lui demander conseil, mais cela pouvait lui coûter tout son argent. D'autre part, il ne voulait pas se comporter comme un gosse. Que pourrait faire son père de si loin ? Non, décida-t-il, il n'allait pas perdre la tête simplement parce que sa grand-mère avait un peu de retard ; peut-être était-elle coincée dans les embouteillages, ou tournait-elle en rond dans l'aéroport à sa recherche et s'étaient-ils croisés sans se voir.

Une autre demi-heure passa, et il éprouvait alors une telle colère contre Kate Cold que si elle s'était présentée devant lui il l'aurait sûrement insultée. Les lourdes plaisanteries qu'elle lui avait faites pendant des années lui revinrent en mémoire, comme cette boîte de chocolats fourrés à la sauce piquante qu'elle lui avait envoyée pour un anniversaire. Aucune grand-mère normale ne se donnerait la peine de vider le contenu de chaque bouchée à l'aide d'une seringue pour le remplacer par du tabasco, d'envelopper les chocolats dans du papier d'argent et de les remettre dans la boîte pour le seul plaisir de se moquer de ses petits-enfants.

Il se souvint aussi des histoires effrayantes qu'elle leur racontait pour les terroriser quand elle venait leur rendre visite, et comment elle insistait pour le faire toutes lumières éteintes. Ces histoires n'avaient plus autant d'effet à présent, mais quand ils étaient petits elles les avaient presque tués de frayeur. Aujourd'hui encore, ses sœurs faisaient des cauchemars peuplés des vampires et zombies échappés de leurs tombes que cette méchante grand-mère invoquait dans l'obscurité. Il ne pouvait nier cependant qu'ils adoraient ces récits terrifiants. Ils ne se lassaient pas non plus de l'écouter raconter les dangers, réels ou imaginaires, qu'elle avait affrontés dans ses voyages de par le monde. Leur préféré était celui d'un python de huit mètres de long qui, en Malaisie, avait avalé son appareil photo. « Dommage qu'il ne t'ait pas avalée, grand-mère », avait commenté Alex la première fois qu'il avait entendu l'anecdote, mais elle ne s'en était pas offusquée. Cette même femme lui avait appris à nager en moins de cinq minutes, à quatre ans, en le poussant dans une piscine. Il était parti de l'autre côté à la nage, par pur désespoir, mais il aurait pu se noyer. Lisa Cold avait toutes les raisons de se sentir très nerveuse lorsque sa belle-mère venait en visite : elle devait redoubler de vigilance pour garder ses enfants sains et saufs.

Au bout d'une heure et demie d'attente dans l'aéroport, Alex ne savait plus quoi faire. Il imagina tout le plaisir qu'aurait Kate Cold à le découvrir aussi angoissé, et il décida de ne pas lui donner cette satisfaction ; il devait agir comme un homme. Il enfila son blouson, mit son sac sur ses épaules et sortit dans la rue. Le contraste entre la chaleur, le brouhaha et la lumière blanche qui régnaient à l'intérieur de l'édifice et le froid, le silence et l'obscurité de la nuit au-dehors le fit chanceler. Il n'imaginait pas que l'hiver à New York fût aussi désagréable. Il y avait une odeur d'essence, de la neige sale sur le trottoir et une bourrasque de flocons glacés qui lui piquait le visage de ses aiguilles. Il s'aperçut que dans l'émotion des adieux à sa famille il avait oublié ses gants et son bonnet, qu'il n'avait jamais l'occasion d'utiliser en Californie et gardait dans une malle au garage, avec son équipement de ski. Il sentit la blessure le lancer dans sa main gauche ; elle ne l'avait pas gêné jusqu'alors, et il se dit qu'il devrait changer le bandage dès qu'il arriverait chez sa grand-mère. Il n'avait aucune idée de la distance à laquelle se trouvait son appartement, ni de ce que pouvait coûter la course en taxi. Il avait besoin d'une carte, mais ne sut où s'en procurer une. Les oreilles gelées et les mains enfoncées dans les poches, il marcha vers l'arrêt d'autobus.

« Salut, t'es seul ? » Une fille s'approcha de lui.

Elle portait un sac de grosse toile sur l'épaule, un chapeau enfoncé jusqu'aux sourcils, les ongles peints en bleu et un anneau d'argent lui transperçait le nez. Alex la regarda, émerveillé ; elle était presque aussi jolie que son amour secret, Cecilia Burns, malgré son pantalon troué, ses bottes de soldat et son aspect plutôt crasseux et famélique. Comme seul manteau, elle portait une courte veste en fausse fourrure orange qui lui couvrait tout juste la taille. Elle n'avait pas de gants. Alex bredouilla une vague réponse. Son père l'avait averti de ne pas parler à des étrangers, mais cette fille ne pouvait représenter un danger : elle avait à peine deux ans de plus que lui et était presque aussi petite et fluette que sa mère. En fait, à côté d'elle, Alex se sentit fort.

« Où vas-tu ? insista l'inconnue en allumant une cigarette.

— Chez ma grand-mère, elle habite à l'angle de la Quatorzième Rue et de la Deuxième Avenue. Sais-tu comment je peux aller là-bas ? s'enquit Alex.

— Bien sûr, je vais du même côté. Nous pouvons prendre le bus. Je suis Morgana, se présenta la jeune fille.

— Je n'ai jamais entendu ce nom, commenta Alex.

— C'est moi qui l'ai choisi. Mon idiote de mère m'a donné un nom aussi vulgaire qu'elle. Et toi, comment t'appelles-tu ? demanda-t-elle en soufflant la fumée par les narines.

— Alexander Cold. On m'appelle Alex », répondit-il, quelque peu scandalisé de l'entendre parler de sa famille en ces termes.

Ils attendirent dans la rue, en piétinant dans la neige pour réchauffer leurs pieds, pendant une dizaine de minutes que Morgana mit à profit pour lui faire un bref résumé de sa vie : il y avait des années qu'elle n'allait plus à l'école – l'école était pour les imbéciles –, et elle s'était échappée de chez elle parce qu'elle ne supportait pas son beau-père, un porc répugnant.

« Je vais faire partie d'un groupe de rock, c'est mon rêve, ajouta-t-elle. Tout ce qu'il me faut, c'est une guitare électrique. Qu'est-ce que c'est que cette boîte que tu portes attachée à ton sac à dos ?

— Une flûte.

— Electrique ?

— Non, à piles », se moqua Alex.

*

Au moment où ses oreilles se changeaient en glaçons, le bus apparut et tous deux y montèrent. Le garçon paya son ticket et reçut la monnaie, tandis que Morgana cherchait dans une poche de sa veste orange, puis dans une autre.

« Mon sac ! Je crois qu'on me l'a volé..., bégaya-t-elle.

— Je regrette ma fille, tu dois descendre, lui ordonna le chauffeur.

— C'est pas ma faute si on me l'a volé ! s'exclama-t-elle, criant presque, à la grande confusion d'Alex qui avait horreur d'attirer l'attention.

— C'est pas la mienne non plus. Va à la police », répliqua sèchement le chauffeur.

La jeune fille ouvrit son sac de toile et en vida tout le contenu dans l'allée centrale du véhicule : vêtements, cosmétiques, frites, plusieurs boîtes et paquets de différentes tailles ainsi que des chaussures à talons hauts qui semblaient appartenir à une autre personne, car il était difficile de l'imaginer portant ça aux pieds. Elle examina chaque vêtement avec une étonnante lenteur, retournant chacun d'eux, ouvrant toutes les boîtes et tous les emballages, secouant son linge intime à la vue de tous. De plus en plus troublé, Alex détourna les yeux. Il ne voulait pas que les gens s'imaginent que cette fille était avec lui.

« Dis donc, je vais pas attendre toute la nuit. Tu dois descendre », répéta le chauffeur, cette fois d'un ton menaçant.

Morgana l'ignora. Elle avait à présent enlevé sa veste orange et en examinait la doublure, tandis que les autres passagers commençaient à rouspéter à cause du retard que prenait le bus.

« Prête-moi un peu d'argent ! » exigea-t-elle enfin, s'adressant à Alex.

Le garçon sentit fondre la glace de ses oreilles et il supposa qu'elles devenaient écarlates, comme cela lui arrivait dans les moments critiques. Elles étaient sa croix : ces oreilles le trahissaient toujours, surtout lorsqu'il se trouvait en face de Cecilia Burns, la fille dont il était amoureux depuis la maternelle sans le moindre espoir qu'elle lui rendît cet amour. Alex en avait conclu qu'il n'y avait aucune raison pour que Cecilia fît attention à lui, étant donné qu'elle pouvait choisir parmi les meilleurs athlètes du collège. Lui ne se distinguait en rien, ses seuls talents consistant à faire de l'escalade en montagne et à jouer de la flûte, mais aucune jeune fille ayant deux sous de jugeote ne s'intéressait à la montagne ou à la flûte. Il était condamné à l'aimer en secret pour le restant de ses jours, à moins que ne se produisît un miracle.

« Prête-moi, pour payer le ticket », répéta Morgana.

Dans des circonstances normales il importait peu à Alex de perdre son argent, mais à ce moment il n'était pas en condition de faire le généreux. D'un autre côté, décida-t-il, aucun homme ne pouvait abandonner une femme dans cette situation. Il avait encore assez de monnaie pour l'aider sans avoir recours aux billets pliés dans ses bottes. Il paya le deuxième ticket. Morgana lui lança un baiser moqueur du bout des doigts, tira la langue au chauffeur qui la regardait, indigné, ramassa rapidement ses affaires et suivit Alex jusqu'à la dernière rangée de sièges du véhicule, où ils s'assirent côte à côte.

« Tu m'as sauvé la vie. Dès que je peux, je te rembourse », l'assura-t-elle.

Alex ne répondit pas. Il avait un principe : si tu prêtes de l'argent à quelqu'un et que tu ne le revois plus, c'est de l'argent bien dépensé. Morgana produisait sur lui un mélange de fascination et de répulsion, elle était complètement différente de toutes les filles de son village, y compris les plus insolentes. Pour éviter de la regarder bouche bée, comme un idiot, il effectua la plus grande partie du long trajet sans dire un mot, les yeux fixés sur la vitre obscure de la fenêtre, où se reflétaient Morgana et son propre visage, mince, avec ses lunettes rondes et ses cheveux bruns, pareils à ceux de sa mère. Quand pourrait-il se raser ? Il ne s'était pas développé comme plusieurs de ses amis ; c'était encore un gamin imberbe, l'un des plus petits de sa classe. Même Cecilia Burns était plus grande que lui. Son seul avantage était qu'à la différence des autres adolescents de son collège il avait une peau saine, car dès qu'un bouton apparaissait son père lui faisait une piqûre de cortisone. Sa mère l'assurait qu'il ne devait pas s'inquiéter : certains grandissent plus tôt et d'autres plus tard ; dans la famille Cold, tous les hommes étaient grands. Mais il savait que l'héritage génétique est capricieux et qu'il pouvait très bien tenir le sien de sa famille maternelle. Lisa Cold était petite, même pour une femme ; vue de dos, on aurait dit une adolescente de quatorze ans, surtout depuis que la maladie l'avait réduite à l'état de squelette. En pensant à elle, il sentit sa poitrine se serrer et l'air lui manquer, comme si une main gigantesque l'avait attrapé par le cou.

Morgana avait retiré sa veste de fourrure orange. En dessous, elle portait un chemisier court en dentelle noire qui lui laissait le ventre à l'air, ainsi qu'un collier de cuir avec des pointes métalliques, comme ceux des chiens méchants. « J'ai une envie folle de fumer un joint », dit-elle. Alex lui montra l'écriteau qui interdisait de fumer dans le bus. Elle jeta un coup d'œil circulaire. Personne ne faisait attention à eux ; autour, il y avait plusieurs sièges vides et les autres passagers lisaient ou somnolaient. Ayant constaté que personne ne les observait, elle passa sa main sous son chemisier et en sortit une petite bourse crasseuse. Elle donna à Alex un bref coup de coude en la secouant devant son nez.

« C'est de l'herbe », murmura-t-elle.

Alexander Cold fit non de la tête. Il ne se considérait pas puritain, loin de là, il lui était arrivé de goûter à la marihuana et à l'alcool, comme presque tous ses camarades de classe, mais il avait du mal à comprendre l'attrait qu'ils exerçaient, en dehors du fait qu'ils étaient interdits. Il n'aimait pas perdre le contrôle. En faisant de l'escalade, il avait pris goût à l'exaltation que procure la maîtrise de son corps et de son esprit. Il revenait épuisé de ces excursions avec son père, tout endolori et mort de faim, mais parfaitement heureux, plein d'énergie et fier d'avoir vaincu une fois de plus ses peurs et les obstacles de la montagne. Il se sentait électrisé, puissant, presque invincible. Dans ces occasions, son père lui donnait une tape amicale dans le dos en guise de récompense pour sa prouesse, mais il ne lui disait rien, pour ne pas nourrir sa vanité. John Cold n'était pas enclin aux flatteries, il en coûtait d'obtenir un mot de félicitations de sa part, mais son fils ne l'attendait pas : cette tape virile lui suffisait.

Imitant son père, Alex avait appris à accomplir son devoir du mieux qu'il pouvait, sans prétendre à rien, mais secrètement il se targuait de trois vertus qu'il considérait lui appartenir en propre : le courage pour escalader les montagnes, le talent pour jouer de la flûte et l'esprit clair pour penser. Il lui était plus difficile de reconnaître ses défauts, bien qu'il eût conscience d'en avoir au moins deux qu'il devait s'efforcer de corriger, comme le lui avait fait remarquer sa mère à plusieurs reprises : son scepticisme, qui le faisait douter d'à peu près tout, et son mauvais caractère, qui le faisait exploser dans les circonstances les plus inattendues. C'était là quelque chose de nouveau, car quelques mois plus tôt il était encore confiant et toujours de bonne humeur. Sa mère affirmait que c'était dû à son âge et que ça lui passerait, mais il n'en était pas aussi sûr qu'elle. En tout cas, l'offre de Morgana ne l'attirait pas. Dans les occasions où il avait goûté à des drogues il n'avait pas eu la sensation de s'envoler au paradis, comme disaient quelques-uns de ses amis, mais celle d'avoir la tête pleine de fumée et les jambes en coton. Pour lui il n'y avait pas de stimulation plus grande que de se balancer dans les airs au bout d'une corde, à cent mètres de hauteur, sachant exactement quel pas il devait faire ensuite. Non, les drogues n'étaient pas pour lui. La cigarette non plus, car il avait besoin de poumons sains pour escalader et jouer de la flûte. Il ne put empêcher un sourire furtif en se souvenant de la méthode employée par sa grand-mère Kate pour le dégoûter du tabac. Il avait alors onze ans et, bien que son père lui eût fait tout un sermon sur le cancer du poumon et autres conséquences de la nicotine, il avait pris l'habitude de fumer en cachette avec ses copains, derrière le gymnase. Kate Cold était venue passer les fêtes de Noël avec eux et, étant dotée d'un nez de fin limier, elle n'avait pas tardé à flairer l'odeur, malgré le chewing-gum et l'eau de Cologne qu'il utilisait pour essayer de la dissimuler.

« Si jeune tu fumes, Alexander ? » lui avait-elle demandé de fort bonne humeur. Il avait tenté de nier, mais elle ne lui en avait pas laissé le temps. « Accompagne-moi, nous allons faire un tour », avait-elle dit.

Le gamin était monté dans la voiture, il avait accroché la ceinture de sécurité bien serrée et murmuré une petite prière entre ses dents pour invoquer la chance, car sa grand-mère était une terroriste du volant. Avec l'excuse qu'à New York personne n'avait de voiture, elle conduisait comme si on la poursuivait. A grands coups d'accélérateur et de frein, elle le conduisit jusqu'au supermarché où elle acheta quatre gros cigares de tabac brun, puis l'emmena dans une rue tranquille, stationna loin des regards indiscrets et entreprit d'allumer un cigare pour chacun. Ils fumèrent et fumèrent encore, toutes portières et fenêtres fermées, au point que la fumée les empêchait de voir à travers les vitres. Alex sentait sa tête tourner tandis que son estomac montait et descendait. N'en pouvant plus, il ouvrit bientôt la portière et se laissa tomber comme un sac dans la rue, malade jusqu'à l'âme. Sa grand-mère attendit en souriant qu'il eût fini de vider son estomac, sans proposer de lui soutenir le front ni le consoler, comme l'aurait fait sa mère, puis elle alluma un second cigare et le lui tendit.

« Allez, Alexander, prouve-moi que tu es un homme et fumes-en un autre », l'avait-elle défié de l'air de bien s'amuser.

Les deux jours suivants, il avait dû rester au lit, vert comme un lézard et persuadé que les nausées et le mal de tête allaient le tuer. Son père avait cru que c'était un virus ; quant à sa mère, elle avait immédiatement soupçonné sa belle-mère, mais n'avait pas osé l'accuser directement d'empoisonner son petit-fils. Depuis ce jour l'idée de fumer, qui avait tant de succès auprès de certains de ses camarades, lui retournait l'estomac.

« Cette herbe est l'une des meilleures, insista Morgana en montrant le contenu de sa petite bourse. J'ai ça aussi, si tu préfères », ajouta-t-elle en lui montrant deux pastilles blanches qu'elle tenait au creux de sa main.

Alex se remit à fixer la vitre du bus sans répondre. Il savait par expérience qu'il valait mieux se taire ou changer de sujet. Quoi qu'il dise, cela paraîtrait stupide et la fille allait penser que c'était un marmot ou qu'il avait des idées religieuses intégristes. Morgana haussa les épaules et garda ses trésors en attendant une occasion plus propice. Ils arrivaient à la station d'autobus, en plein centre-ville, et ils devaient descendre.

*

A cette heure la circulation n'avait pas diminué, les rues étaient pleines de monde et, bien que les bureaux et les magasins soient fermés, il y avait des bars, des théâtres, des cafétérias et des restaurants ouverts. Alex croisait les passants sans distinguer leurs visages, seulement leurs silhouettes courbées emmitouflées dans des manteaux sombres, marchant rapidement. Il vit des masses couchées par terre, à même le trottoir, à côté de grilles d'où s'élevaient des colonnes de vapeur. Il comprit que c'étaient des clochards qui dormaient là, blottis près des bouches de chauffage des immeubles, seule source de chaleur dans la nuit hivernale.

Les violentes lumières des néons et les phares des voitures donnaient aux rues mouillées un aspect irréel. Au coin des pâtés de maisons se dressaient des montagnes de sacs noirs, quelques-uns éclatés et répandant leur contenu d'ordures. Une mendiante vêtue d'un manteau en loques fouillait dans les sacs à l'aide d'un bâton, tout en récitant une litanie sans fin dans une langue inventée. Alex dut faire un bond sur le côté pour éviter un rat à la queue blessée et sanglante, qui se trouvait au milieu du trottoir et ne bougea pas lorsqu'ils passèrent. Les coups de klaxon de la circulation, les sirènes de la police et, de temps à autre, le hululement d'une ambulance fendaient l'air. Un homme jeune, très grand et dégingandé, passa près d'eux en criant que la fin du monde approchait et lui mit dans la main une feuille de papier froissée sur laquelle apparaissait une blonde aux lèvres épaisses et à moitié nue qui proposait des massages. Quelqu'un en patins à roulettes, des écouteurs sur les oreilles, le bouscula, le projetant contre le mur. « Regarde où tu vas, imbécile ! » cria l'agresseur.

Alexander sentit la blessure de sa main recommencer à le lancer. Il pensa qu'il se trouvait dans un cauchemar de science-fiction, dans une effrayante mégapole de ciment, d'acier, de verre, de pollution et de solitude. Il fut submergé par une vague de nostalgie pour l'endroit où il avait passé sa vie, au bord de la mer. Cette bourgade tranquille et ennuyeuse, d'où il avait si souvent rêvé de s'échapper, lui paraissait à présent merveilleuse. Morgana interrompit ses pensées lugubres.

« Je suis morte de faim. On pourrait manger quelque chose ? suggéra-t-elle.

— Il est tard, je dois aller chez ma grand-mère, s'excusa-t-il.

— Du calme, mec, je vais te conduire chez ta grand-mère. On est pas loin, mais ça nous ferait pas de mal de nous mettre quelque chose sous la dent », insista-t-elle.

Sans lui laisser le temps de refuser, elle le tira par le bras à l'intérieur d'un local bruyant qui sentait la bière, le café rance et la friture. Derrière un long comptoir en formica se tenaient deux employés asiatiques qui servaient des plats graisseux. Morgana s'installa sur un tabouret face au comptoir et se mit à étudier le menu, écrit à la craie sur un tableau contre le mur. Alex comprit qu'il devrait payer le repas, aussi se dirigea-t-il vers les toilettes pour récupérer les billets qu'il avait cachés dans ses bottes.

Les murs des toilettes étaient couverts de gros mots et de dessins obscènes, par terre il y avait des papiers froissés et des mares d'eau, qui gouttait des tuyaux oxydés. Il entra dans un cabinet, ferma la porte au verrou, laissa son sac par terre et, malgré son dégoût, dut s'asseoir sur le siège pour retirer ses bottes, tâche peu aisée dans cet espace réduit et avec une main bandée. Il pensa aux microbes et aux innombrables maladies qu'on peut attraper dans les toilettes publiques, comme disait son père. Il devait prendre soin de son minuscule pécule.

Il compta son argent avec un soupir ; il ne mangerait pas et espérait que Morgana se contenterait d'un plat bon marché, elle n'avait pas l'air d'être de celles qui mangent beaucoup. Tant qu'il ne serait pas en sécurité dans l'appartement de Kate Cold, ces trois billets pliés et repliés étaient tout ce qu'il possédait en ce monde ; ils représentaient la différence entre le salut ou mourir de faim et de froid, couché dans la rue, comme les clochards qu'il avait vus quelques instants auparavant. S'il ne trouvait pas l'adresse de sa grand-mère, il pourrait toujours retourner à l'aéroport pour y passer la nuit dans un coin et prendre un avion pour rentrer chez lui le lendemain ; pour cela il avait toujours le billet de retour. Il remit ses bottes, rangea l'argent dans l'une des poches de son sac à dos et sortit du cabinet. Il n'y avait personne d'autre dans les toilettes. En passant devant les lavabos il posa son sac par terre, arrangea le bandage de sa main gauche, se lava méticuleusement la main droite avec du savon, se passa de l'eau sur le visage pour effacer la fatigue, puis se sécha avec du papier. En se penchant pour ramasser son sac, il s'aperçut, horrifié, qu'il avait disparu.

Il sortit des toilettes en courant, le cœur battant à tout rompre. Le vol avait eu lieu en moins d'une minute, le voleur ne pouvait être loin ; s'il se dépêchait, il pourrait le rattraper avant qu'il ne se perde dans la foule de la rue. Dans le local rien n'avait bougé : mêmes employés en sueur derrière le comptoir, mêmes clients indifférents, même nourriture grasse, même bruit d'assiettes et de musique rock à plein volume. Personne ne remarqua son inquiétude, personne ne se retourna pour le regarder lorsqu'il cria qu'on l'avait volé. La seule différence, c'était que Morgana n'était plus assise au comptoir, là où il l'avait laissée. Il n'y avait aucune trace d'elle.

Alex devina sur-le-champ qui l'avait discrètement suivi, qui avait attendu de l'autre côté de la porte des toilettes en calculant ses chances, et qui avait piqué son sac en un clin d'œil. Il se frappa le front. Comment avait-il pu être aussi bête ! Morgana l'avait trompé comme un enfant, le dépouillant de tout sauf des vêtements qu'il portait sur lui. Il avait perdu son argent, le billet de retour en avion, et même sa précieuse flûte. Tout ce qui lui restait, c'était son passeport, qu'heureusement il portait dans la poche de sa veste. Il dut faire un terrible effort pour lutter contre son envie de sangloter comme un enfant.

CHAPITRE 3

L'abominable homme de la forêt

QUICONQUE *sait parler sait arriver à Rome,* tel était l'un des adages de Kate Cold. Son travail l'obligeait à voyager dans des endroits perdus, où elle avait sûrement eu bien des fois l'occasion de mettre ce proverbe en pratique. Alex était d'un naturel plutôt timide, il lui en coûtait d'aborder un inconnu pour demander un renseignement, mais là, il n'y avait pas d'autre solution. Dès qu'il parvint à se calmer et à recouvrer l'usage de la parole, il s'approcha d'un homme qui mâchait un hamburger et lui demanda comment il pouvait atteindre l'angle de la Quatorzième Rue et de la Deuxième Avenue. Le type haussa les épaules et ne lui répondit pas. Le garçon ressentit cela comme une insulte et le rouge lui monta au visage. Après avoir hésité quelques secondes, il finit par aborder l'un des employés qui se trouvaient derrière le comptoir. Du couteau qu'il tenait à la main, l'homme lui montra une vague direction et lui donna quelques indications en criant par-dessus le brouhaha du restaurant, avec un si fort accent qu'il ne comprit pas un mot. Il se persuada alors que c'était une question de logique : il devait vérifier de quel côté se trouvait la Deuxième Avenue et compter les rues, simple comme bonjour ! Mais ça ne lui parut pas aussi simple lorsqu'il s'aperçut qu'il se trouvait à l'angle de la Quarante-deuxième Rue et de la Huitième Avenue, et qu'il calcula la distance qu'il devrait parcourir dans ce froid glacial. Il fut reconnaissant à l'entraînement que lui avait donné l'escalade : s'il était capable de passer six heures à grimper comme une mouche dans les rochers, il pouvait bien faire cette marche en terrain plat. Il remonta la fermeture éclair de son blouson, rentra la tête dans les épaules, enfonça ses mains dans ses poches et se mit en route.

Il était plus de minuit et il commençait à neiger lorsqu'il arriva dans la rue où habitait sa grand-mère. Le quartier lui parut décrépit, sale et laid, il n'y avait aucun arbre nulle part et ça faisait un bon moment qu'on ne voyait plus personne. Il pensa que seul un désespéré comme lui pouvait marcher à cette heure dans les rues dangereuses de New York ; s'il n'avait pas été victime d'une agression, c'est parce qu'aucun bandit n'avait le courage de sortir par ce froid. L'immeuble était une tour grise au milieu de beaucoup d'autres identiques, entourée de grilles de sécurité. Il sonna et aussitôt la voix rauque et acerbe de Kate Cold demanda qui osait la déranger à cette heure de la nuit. Alex devina qu'elle l'attendait, mais bien sûr jamais elle ne l'admettrait. Il était glacé jusqu'aux os et pas une seule fois dans sa vie il n'avait eu autant besoin de se jeter dans les bras de quelqu'un ; mais lorsque enfin la porte de l'ascenseur s'ouvrit, au onzième étage, et qu'il se trouva devant sa grand-mère, il était résolu à ne pas permettre qu'elle le voie flancher.

« Salut grand-mère, dit-il aussi clairement qu'il put, car ses dents claquaient.

— Je t'ai dit de ne pas m'appeler grand-mère, le réprimanda-t-elle d'un ton sévère.

— Salut, Kate.

— Tu arrives bien tard, Alexander.

— N'était-il pas prévu que tu viennes me chercher à l'aéroport, répliqua-t-il en essayant de réprimer ses larmes.

— Nous n'avions rien prévu du tout. Si tu n'es pas capable de venir de l'aéroport à chez moi, tu seras encore moins capable de m'accompagner dans la jungle, dit Kate Cold. Enlève ton blouson et tes bottes, je vais te donner une tasse de chocolat et te préparer un bain chaud, mais sache que je le fais uniquement pour t'éviter une congestion pulmonaire. Tu dois être en parfaite santé pour le voyage. Ne t'attends pas à ce que je te dorlote à l'avenir, compris ?

— Je ne me suis jamais attendu à ce que tu me dorlotes, rétorqua Alex.

— Qu'est-il arrivé à ta main ? demanda-t-elle en voyant le bandage trempé.

— Trop long à raconter. »

Le petit appartement de Kate Cold était sombre, plein à craquer et tout en désordre. Deux des fenêtres – aux vitres crasseuses – donnaient sur un puits de lumière, la troisième sur un mur en brique avec un escalier de secours. Il vit des valises, des sacs à dos, des caisses et des paquets jetés dans les coins, des livres, des journaux et des revues entassés sur les tables. Il y avait deux crânes humains rapportés du Tibet, des arcs et des flèches des pygmées d'Afrique, des urnes funéraires du désert d'Atacama, des scarabées pétrifiés d'Egypte et mille autres objets. Une grande peau de serpent couvrait toute la longueur d'un mur. Elle avait appartenu au fameux python qui avait avalé l'appareil photo en Malaisie.

Jusqu'alors, Alex n'avait jamais vu sa grand-mère dans son élément et il dut admettre à présent, en la voyant entourée de ses affaires, qu'elle était beaucoup plus intéressante. Kate Cold avait soixante-quatre ans, elle était maigre et musclée, toute en nerfs et la peau tannée par les intempéries ; ses yeux bleus, qui avaient vu une grande partie du monde, vous transperçaient comme des poignards. Ses cheveux gris, qu'elle se coupait elle-même à coups de ciseaux sans se regarder dans la glace, se dressaient en tous sens, comme si elle ne les avait jamais peignés. Elle était fière de ses dents, grandes et fortes, capables de casser des noix et de déboucher des bouteilles ; elle se vantait aussi de ne jamais s'être fracturé un os, de n'avoir jamais consulté un médecin, et d'avoir survécu à des crises de paludisme, et même à des piqûres de scorpions. Elle buvait la vodka cul sec et fumait du tabac brun dans une pipe de marin. Eté comme hiver, elle portait les mêmes pantalons larges et un gilet sans manches, avec des poches partout, qui contenaient l'indispensable pour survivre en cas de cataclysme. En certaines occasions, quand il fallait s'habiller avec élégance, elle retirait son gilet et se parait d'un collier de dents d'ours, cadeau d'un chef apache.

Kate était la terreur de Lisa, la mère d'Alex, mais les enfants attendaient ses visites avec impatience. Cette grand-mère extravagante, qui avait vécu des aventures incroyables, leur apportait des nouvelles d'endroits tellement exotiques qu'on avait du mal à les imaginer. Ses trois petits-enfants collectionnaient ses récits de voyages, qui paraissaient dans divers journaux et revues, ainsi que les cartes postales et les photos qu'elle leur envoyait des quatre coins du monde. Bien qu'ils eussent parfois honte de la présenter à leurs amis, ils étaient au fond très fiers qu'un membre de leur famille fût presque une célébrité.

Une demi-heure plus tard, réchauffé par le bain et enveloppé dans une robe de chambre, des chaussettes de laine aux pieds, Alex dévorait des boulettes de viande avec de la purée de pommes de terre, l'une des rares choses qu'il mangeait avec plaisir et le seul plat que Kate savait cuisiner. « Ce sont les restes d'hier », dit-elle, mais Alex supposa qu'elle l'avait préparé spécialement pour lui. Ne voulant pas passer pour un nigaud, il ne lui raconta pas son aventure avec Morgana, mais il dut avouer qu'on lui avait volé tout son bagage.

« Je suppose que tu vas me dire d'apprendre à ne faire confiance à personne, marmotta le garçon en rougissant.

— Au contraire, j'allais te dire d'apprendre à avoir confiance en toi. Tu vois, Alexander, malgré tout tu es arrivé jusqu'à mon appartement sans problèmes.

— Sans problèmes ? Presque mort de froid en chemin. On aurait découvert mon cadavre au printemps, au moment du dégel, répondit-il.

— Un voyage de plusieurs milliers de kilomètres commence toujours par des faux pas. Et ton passeport ? s'enquit Kate.

— Il est sauvé, parce que je l'avais dans ma poche.

— Colle-le-toi sur la poitrine avec une bande adhésive, car si tu le perds, tu es fichu.

— Ce que je regrette le plus, c'est ma flûte, commenta Alex.

— Je vais devoir te donner celle de ton grand-père, offrit Kate. Je pensais la garder jusqu'à ce que tu montres quelque talent, mais je suppose qu'elle sera mieux entre tes mains que perdue dans un coin. »

Elle chercha sur les étagères qui couvraient les murs de son appartement du sol au plafond et lui remit un étui en cuir noir tout couvert de poussière.

« Tiens, Alexander. Ton grand-père l'a utilisée pendant quarante ans, prends-en soin. »

L'étui contenait la flûte de Joseph Cold, le flûtiste le plus célèbre du siècle, comme l'avaient écrit les critiques à sa mort. « Ils auraient mieux fait de le dire du vivant du pauvre Joseph », fut le commentaire de Kate lorsqu'elle lut cela dans la presse. Ils étaient divorcés depuis plus de trente ans, mais dans son testament Joseph Cold avait laissé la moitié de ses biens à son ex-épouse, y compris sa meilleure flûte, que son petit-fils tenait à présent dans ses mains. Alex ouvrit avec respect la vieille boîte en cuir et caressa la flûte : elle était très belle. Il la prit délicatement et la porta à ses lèvres. Lorsqu'il souffla, les notes qui s'échappèrent de l'instrument étaient si pures qu'il en fut lui-même surpris. Le son était bien différent de la flûte que Morgana lui avait volée.

*

Kate Cold laissa à son petit-fils le temps d'inspecter l'instrument et de la remercier chaudement, comme elle l'espérait ; puis elle lui donna un bouquin jaunâtre dont la couverture était décollée : *Guide de santé du voyageur audacieux*. Le garçon l'ouvrit au hasard et lut les symptômes d'une maladie mortelle qu'on attrape en mangeant le cerveau de ses aïeux.

« Je ne mange pas d'organes, dit-il.

— On ne sait jamais ce qu'il y a dans les boulettes de viande », répliqua sa grand-mère.

Troublé, Alex détailla avec méfiance les restes dans son assiette. Avec Kate Cold, mieux valait observer la plus extrême prudence. Il était dangereux d'avoir une aïeule comme elle.

« Demain tu devras te faire vacciner contre une demi-douzaine de maladies tropicales. Laisse-moi voir cette main, lui ordonna Kate, tu ne peux pas voyager avec une infection. »

Elle l'examina avec brusquerie, décida que John, son fils, avait fait du bon travail, vida un demi-flacon de désinfectant sur la blessure, au cas où, et lui annonça que le lendemain elle lui enlèverait elle-même les points. C'est très facile, dit-elle, n'importe qui peut le faire. Alex frémit. Sa grand-mère y voyait mal et, de plus, elle utilisait des lunettes rayées qu'elle avait achetées d'occasion, sur un marché au Guatemala. Tandis qu'elle lui faisait un nouveau bandage, Kate lui expliqua que la revue *International Geographic* avait financé une expédition au cœur de la forêt amazonienne, à la frontière du Brésil et du Venezuela, à la recherche d'une créature gigantesque, peut-être humanoïde, qui avait été vue à plusieurs reprises. On avait trouvé des empreintes énormes. Ceux qui avaient approché cet animal – ou cet être humain primitif – disaient qu'il était plus grand qu'un ours, qu'il avait de très longs bras et était entièrement couvert de poils noirs. C'était l'équivalent, en pleine forêt, du yéti de l'Himalaya.

« C'est peut-être un singe..., suggéra Alex.

— Ne crois-tu pas que plus d'un a pensé à cette éventualité ? l'interrompit sa grand-mère.

— Mais il n'y a pas de preuves qu'il existe vraiment..., avança Alex.

— Nous n'avons pas de certificat de naissance de La Bête, Alexander. Ah ! Un détail important : on dit qu'elle dégage une odeur si pénétrante que les animaux et les personnes qui se trouvent à proximité s'évanouissent ou sont paralysés.

— Si les gens s'évanouissent, personne ne l'a donc vue.

— Exactement, mais à cause des empreintes on sait qu'elle marche sur deux pattes. Et qu'elle ne porte pas de chaussures, au cas où ce serait ta prochaine question.

— Non, Kate, ma prochaine question est la suivante : Porte-t-elle un chapeau ! explosa son petit-fils.

— Je ne crois pas.

— Est-elle dangereuse ?

— Non, Alexander, elle est extrêmement aimable. Elle ne vole pas, ne capture pas les enfants et ne détruit pas la propriété privée. Simplement, elle tue. Elle le fait proprement, sans bruit, en brisant les os et en éventrant ses victimes avec une réelle élégance, comme un professionnel, se moqua sa grand-mère.

— Combien de personnes a-t-elle tuées ? s'enquit Alex de plus en plus inquiet.

— Pas beaucoup, si nous considérons la surpopulation du globe.

— Combien, Kate !

— Plusieurs chercheurs d'or, un ou deux soldats, quelques commerçants... Enfin, on n'en connaît pas le nombre exact.

— A-t-elle tué des Indiens ? Combien ? interrogea Alex.

— En fait, on ne sait pas. Les Indiens ne comptent que jusqu'à deux. De plus, pour eux la mort est relative. S'ils pensent que quelqu'un a volé leur âme, a marché sur leurs traces ou s'est approprié leurs rêves, par exemple, c'est pire que d'être mort. En revanche, quelqu'un qui est mort peut être encore vivant en esprit.

— C'est compliqué, dit Alex, qui ne croyait pas aux esprits.

— Qui t'a dit que la vie est simple ? »

Kate Cold lui expliqua que l'expédition était dirigée par un anthropologue célèbre, le professeur Ludovic Leblanc, qui avait passé des années à étudier les empreintes de celui qu'on appelle le yéti, ou l'abominable homme des neiges, aux confins de la Chine et du Tibet, sans le trouver. Il avait également séjourné avec une tribu d'Indiens d'Amazonie et affirmait que c'étaient les plus sauvages de la planète : il arrivait qu'ils mangent leurs prisonniers. Cette information n'avait rien de rassurant, admit Kate. Ils auraient pour guide un Brésilien du nom de César Santos qui, ayant passé sa vie dans cette région, avait de bons contacts avec les Indiens. L'homme possédait un petit avion quelque peu déglingué, mais toujours en état de marche, grâce auquel ils pourraient pénétrer dans les territoires indigènes.

« Au collège, nous avons étudié l'Amazonie dans un cours d'écologie, commenta Alex, dont les yeux commençaient à se fermer.

— Avec ce cours, c'est suffisant, tu n'as pas besoin d'en savoir davantage », fit remarquer Kate. Et elle ajouta : « Je suppose que tu es fatigué. Tu peux dormir sur le canapé et, demain de bonne heure, tu commences à travailler pour moi.

— Que dois-je faire ?

— Ce que je t'ordonnerai. Pour le moment, je t'ordonne de dormir.

— Bonne nuit, Kate..., murmura Alex en se pelotonnant sur les coussins du canapé.

— Bah ! » grogna sa grand-mère. Elle attendit qu'il fût endormi et posa deux couvertures sur lui.

CHAPITRE 4

L'Amazonie

KATE et Alexander Cold se trouvaient dans un avion commercial qui survolait le nord du Brésil. Pendant des heures et des heures, depuis les airs, ils avaient vu une interminable étendue de forêt, toujours du même vert intense, traversée de fleuves qui glissaient tels des serpents lumineux. Le plus formidable de tous était couleur café au lait.

L'Amazone est le plus large et le plus long fleuve de la terre, cinq fois plus grand qu'aucun autre. Seuls les astronautes en route pour la Lune ont pu le voir dans sa totalité depuis cette altitude, lut Alex dans le guide touristique que sa grand-mère lui avait acheté à Rio de Janeiro. Il ne disait pas que cette immense région, dernier paradis sur terre, était systématiquement détruite par la convoitise d'hommes d'affaires et d'aventuriers, comme il l'avait appris à l'école. On construisait une route, une entaille ouverte en pleine forêt, par laquelle arrivaient des foules de colons et sortaient des tonnes de bois et de minéraux.

Kate informa son petit-fils qu'ils remonteraient par le Río Negro jusqu'au haut Orénoque, un triangle presque inexploré où était concentrée la plus grande partie des communautés indigènes. On supposait que c'était de là que venait La Bête.

« On dit dans ce livre que ces Indiens vivent comme à l'âge de pierre. Ils n'ont pas encore inventé la roue, commenta Alex.

— Ils n'en ont pas besoin. Elle ne sert pas sur ce terrain, ils n'ont rien à transporter et ne sont pas pressés d'aller où que ce soit », répliqua Kate Cold, qui n'aimait pas qu'on l'interrompe quand elle écrivait. Elle avait passé une bonne partie du voyage à prendre des notes dans ses carnets, d'une écriture minuscule et désordonnée, véritables pattes de mouche.

« Ils ne connaissent pas l'écriture, ajouta Alex.

— Ils ont sûrement une bonne mémoire, dit Kate.

— Il n'y a pas de manifestations d'art chez eux, ils se peignent seulement le corps et s'ornent de plumes, expliqua Alex.

— Ils n'ont que faire de la postérité et se fichent de se distinguer des autres. La plupart de ceux que nous appelons chez nous des "artistes" feraient bien de suivre leur exemple », répondit sa grand-mère.

Ils allaient à Manaus, la ville la plus peuplée d'Amazonie, qui avait été prospère à l'époque du caoutchouc, à la fin du dix-neuvième siècle.

« Tu vas connaître la forêt la plus mystérieuse du monde, Alexander. Il y a là des endroits où les esprits apparaissent en plein jour, exposa Kate.

— Bien sûr, comme *l'abominable homme de la forêt*

que nous allons chercher, dit son petit-fils avec un sourire ironique.

— On l'appelle La Bête. Peut-être n'y en a-t-il pas une seule, mais plusieurs, une famille ou même toute une tribu.

— Tu es très crédule pour ton âge, Kate, commenta le garçon sans pouvoir éviter le ton sarcastique en s'apercevant que sa grand-mère croyait à ces histoires.

— Avec l'âge, on acquiert une certaine humilité, Alexander. Plus je vieillis, plus je me sens ignorante. Seuls les jeunes ont des explications pour tout. A ton âge, on peut être arrogant, et il importe peu d'être ridicule », rétorqua sa grand-mère.

*

En descendant de l'avion, à Manaus, la touffeur sur la peau leur fit l'effet d'une serviette trempée dans l'eau chaude. C'est là qu'ils retrouvèrent les autres membres de l'expédition de l'*International Geographic*. Outre Kate Cold et son petit-fils Alexander, il y avait Timothy Bruce, un photographe anglais au long visage de cheval et aux dents jaunies par la nicotine, avec son assistant mexicain, Joel González, et le fameux anthropologue Ludovic Leblanc. Alex imaginait Leblanc comme un savant à la barbe blanche et à la stature imposante, mais c'était en réalité un homme d'une cinquantaine d'années, petit, maigre, nerveux, ayant sans cesse sur les lèvres une moue de mépris ou de cruauté, avec des yeux enfoncés de rat. Il était déguisé en chasseur de fauves dans le style de ceux qu'on voit au cinéma, depuis les armes qu'il portait à la ceinture jusqu'à ses grosses bottes et un chapeau australien orné de petites plumes de couleur. Kate commenta entre ses dents qu'il ne lui manquait que la dépouille d'un tigre pour y poser le pied. Dans sa jeunesse, Leblanc avait fait un bref séjour en Amazonie, et il avait écrit un volumineux traité sur les Indiens, qui avait fait sensation dans les cercles académiques. Le guide brésilien, César Santos, qui devait les récupérer à Manaus, n'avait pu venir car son petit avion était en panne : il les attendrait à Santa María de la Lluvia, Sainte-Marie-de-la-Pluie, où le groupe devrait se rendre en bateau.

Alex constata que Manaus, située à la confluence de l'Amazone et du Río Negro, était une grande ville moderne, avec des immeubles hauts et une circulation accablante, mais sa grand-mère le prévint que la nature y restait indomptée et qu'en période d'inondation des caïmans et des serpents apparaissaient dans les cours des maisons et dans les cages d'ascenseur. C'était aussi une ville de trafiquants où la loi était fragile et facilement battue en brèche : drogues, diamants, or, bois précieux, armes. Moins de deux semaines plus tôt, on avait découvert un bateau rempli d'une cargaison de poissons... dont chacun était bourré de cocaïne.

Pour le jeune Américain, qui n'était sorti de son pays que pour visiter l'Italie, terre natale des aïeux de sa mère, ce fut une surprise de voir le contraste entre la richesse des uns et l'extrême pauvreté des autres, tout cela pêle-mêle. Les paysans sans terre et les travailleurs sans emploi arrivaient en masse en quête de nouveaux horizons, mais nombreux étaient ceux qui échouaient dans des baraques, sans ressources et sans espoir. Ce jour-là, on célébrait une fête et la population était joyeuse, comme lors d'un carnaval : des fanfares circulaient dans les rues, les gens dansaient et buvaient, beaucoup étaient déguisés. Ils logèrent dans un hôtel moderne, mais ils ne purent dormir à cause du vacarme que faisaient la musique, les pétards et les fusées. Le lendemain, le professeur Leblanc se réveilla de fort mauvaise humeur en raison de sa nuit blanche, aussi exigea-t-il qu'ils embarquent le plus tôt possible : il refusait de passer une minute de plus dans cette ville dévergondée, comme il la qualifia.

Le groupe de l'*International Geographic* remonta le Río Negro – de couleur noire, comme l'indiquait son nom, à cause des sédiments que transportaient ses eaux – pour se diriger vers Santa María de la Lluvia, un village situé en plein territoire indigène. L'embarcation était assez grande, avec un vieux moteur fumant et pétaradant, un toit en plastique improvisé pour se protéger du soleil et de la pluie, aussi chaude qu'une douche, qui tombait plusieurs fois par jour. Le bateau était bondé de passagers, de sacs, de paquets, de régimes de bananes et de quelques animaux domestiques, dans des cages ou simplement attachés par les pattes. Il y avait quelques grandes tables, de longues banquettes pour s'asseoir et des hamacs suspendus aux montants, les uns au-dessus des autres.

L'équipage de même que la majorité des passagers étaient des *caboclos*, comme on appelle la population de l'Amazonie, composée d'un mélange de plusieurs races : blanche, indienne, noire. Il y avait aussi quelques soldats, deux jeunes Américains – des missionnaires mormons – et une Vénézuélienne, Omayra Torres, médecin, qui avait le projet de vacciner les Indiens. C'était une belle mulâtresse d'environ trente-cinq ans, aux cheveux noirs, à la peau couleur d'ambre et aux yeux en amande, verts, semblables à ceux d'un chat. Elle se déplaçait avec grâce, comme si elle dansait au son d'un rythme secret. Les hommes la suivaient des yeux, mais elle ne semblait pas se rendre compte de l'impression que provoquait sa beauté.

« Nous devons être bien préparés », dit Leblanc en montrant ses armes. Il parlait en général, mais il était évident qu'il ne s'adressait qu'au docteur Torres. « Trouver La Bête n'est rien. Le pire, ce sera les Indiens. Ce sont des guerriers brutaux, cruels et traîtres. Comme je le raconte dans mon livre, ils tuent pour prouver leur courage, et plus ils ont commis d'assassinats, plus leur place est élevée dans la hiérarchie de la tribu.

— Pouvez-vous expliquer cela, professeur ? demanda Kate Cold sans dissimuler son ton ironique.

— C'est très simple, madame... rappelez-moi votre nom je vous prie.

— Kate Cold, précisa-t-elle pour la troisième ou quatrième fois ; apparemment, le professeur Leblanc avait du mal à retenir les noms féminins.

— Je répète : c'est très simple. Il s'agit de la compétition mortelle qui existe dans la nature. Dans les sociétés primitives, ce sont les hommes les plus violents qui dominent. Je suppose que vous avez entendu parler du *mâle alpha*. Chez les loups, par exemple, le mâle le plus agressif domine tous les autres et se réserve les meilleures femelles. Chez les humains, c'est pareil : les hommes les plus violents commandent, ils obtiennent plus de femmes et transmettent leurs gènes à une plus grande quantité d'enfants. Les autres doivent se contenter de ce qui reste, voyez-vous ? C'est la survie du plus fort, expliqua Leblanc.

— Voulez-vous dire que ce qui est naturel, c'est la brutalité ?

— Exactement. La compassion est une invention moderne. Notre civilisation protège les faibles, les pauvres, les malades. Du point de vue de la génétique, c'est une terrible erreur. Voilà pourquoi la race humaine est en pleine dégénérescence.

— Que feriez-vous des faibles de la société, professeur ? demanda-t-elle.

— Ce que fait la nature : les laisser mourir. En ce sens, les Indiens sont plus sages que nous », rétorqua Leblanc.

Le docteur Omayra Torres, qui avait attentivement écouté la conversation, ne put moins faire que donner son avis.

« Avec tout le respect que je vous dois, professeur, dit-elle, je n'ai pas l'impression que les Indiens soient aussi féroces que vous le dites, au contraire, la guerre est plutôt un cérémonial chez eux : un rite qui a pour but d'éprouver le courage. Ils se peignent le corps, préparent leurs armes, chantent, dansent et partent faire un raid dans le *shabono* d'une autre tribu. Ils se menacent et se donnent quelques coups de bâton, mais il y a rarement plus d'un ou deux morts. Dans notre civilisation, c'est l'inverse : il n'y a pas de cérémonie, seulement un massacre.

— Je vais vous offrir un exemplaire de mon livre, mademoiselle, l'interrompit le professeur. N'importe quel scientifique sérieux vous dira que Ludovic Leblanc est une autorité en la matière...

— Je ne suis pas aussi savante que vous, dit le docteur Torres avec un grand sourire. Je suis seulement un médecin rural qui a travaillé plus de dix ans dans ces contrées.

— Croyez-moi, mon cher docteur, ces Indiens sont la preuve que l'homme n'est rien d'autre qu'un singe assassin, répliqua Leblanc.

— Et la femme ? interrompit Kate Cold.

— J'ai le regret de vous dire que les femmes ne comptent pour rien dans les sociétés primitives. Elles ne sont qu'un butin de guerre. »

Le docteur Torres et Kate Cold échangèrent un regard et toutes deux sourirent, amusées.

*

Le début du voyage sur le Río Negro fut surtout un exercice de patience. Ils avançaient à l'allure d'une tortue et dès que le soleil se couchait ils devaient s'arrêter pour éviter d'être heurtés par les troncs que charriait le courant. La chaleur était intense, mais au crépuscule la fraîcheur tombait, et pour dormir il fallait se protéger d'une couverture. Parfois, là où le fleuve était clair et calme, ils en profitaient pour pêcher ou nager un peu. Les deux premiers jours ils croisèrent des embarcations de toutes sortes, depuis des canots à moteur et des maisons flottantes jusqu'à de simples pirogues taillées dans des troncs d'arbres, mais plus en amont ils se retrouvèrent seuls dans l'immensité de ce paysage. On était sur une planète d'eau : la vie s'écoulait à naviguer lentement, au rythme du fleuve, des marées, des pluies et des inondations. De toutes parts il y avait de l'eau. Des centaines de familles vivaient là, qui naissaient et mouraient dans leurs embarcations sans avoir passé une seule nuit sur la terre ferme ; d'autres habitaient dans des maisons sur pilotis, sur les rives. Le transport se faisait par le fleuve et la seule manière d'envoyer ou de recevoir un message, c'était la radio. Il paraissait incroyable au jeune Américain que l'on pût vivre sans téléphone. Une station de Manaus transmettait sans interruption des messages personnels : les gens avaient ainsi des nouvelles de leurs négoces et de leurs familles. En amont, l'argent circulait peu, l'économie étant basée sur le troc : on échangeait du poisson contre du sucre, de l'essence contre des poules, ou encore des services contre une caisse de bière.

Sur les deux berges du fleuve la forêt se dressait, menaçante. Le capitaine donna des ordres très clairs : ne s'éloigner sous aucun prétexte, car à l'intérieur de la forêt on perd tout sens de l'orientation ; on savait que des étrangers étaient morts de désespoir à quelques mètres du fleuve, sans le trouver. A l'aube ils voyaient des dauphins roses sauter au milieu de l'eau et des centaines d'oiseaux passer dans l'air. Ils virent aussi des lamantins, ces gros mammifères aquatiques dont les femelles sont à l'origine de la légende des sirènes. La nuit, des points colorés apparaissaient entre les taillis : c'étaient les yeux des caïmans épiant dans l'obscurité. Un *caboclo* apprit à Alex à évaluer la taille de l'animal grâce à l'écartement des yeux. Lorsqu'il s'agissait d'un animal de petite taille, le *caboclo* l'éblouissait avec une torche, puis il sautait à l'eau et l'attrapait, lui maintenant les mâchoires d'une main et la queue de l'autre. Si l'écartement des yeux était important, il l'évitait comme la peste.

Le temps passait lentement et les heures s'étiraient, éternelles ; pourtant, Alex ne s'ennuyait pas. Il s'asseyait à la proue du bateau pour observer la nature, lisait et jouait de la flûte de son grand-père. La forêt semblait alors s'animer et répondre au son de l'instrument, les passagers eux-mêmes et les membres de l'équipage, le plus souvent bruyants, se taisaient pour l'écouter ; c'étaient les seules occasions où Kate Cold lui prêtait attention. La journaliste parlait peu ; elle passait le plus clair de son temps à lire ou à écrire dans ses carnets, et en général l'ignorait ou le traitait comme n'importe quel autre membre de l'expédition. Il était inutile de s'adresser à elle pour lui exposer un problème de simple survie comme, par exemple, la nourriture, la santé ou la sécurité. Elle le dévisageait de haut en bas avec un dédain évident et lui répondait qu'il y avait deux sortes de problèmes : ceux qui se règlent tout seuls et ceux qui n'ont pas de solution, aussi le priait-elle de ne pas la déranger avec des sottises. Heureusement, sa main avait rapidement guéri, car elle aurait été capable, sinon, de résoudre le problème en suggérant de l'amputer. C'était une femme aux mesures extrêmes. Elle lui avait prêté des cartes et des livres sur l'Amazonie, afin qu'il recherchât tout seul les renseignements qui l'intéressaient. Si Alex lui commentait ses lectures sur les Indiens ou lui exposait ses théories sur La Bête, elle répliquait, sans lever les yeux de la page qu'elle avait devant elle : « Ne perds jamais une bonne occasion de te taire, Alexander. »

Tout, dans ce voyage, était tellement différent du monde dans lequel l'adolescent avait grandi qu'il lui semblait être un visiteur d'une autre galaxie. Il ne disposait plus des commodités qu'il utilisait autrefois sans y penser, comme un lit, des toilettes, l'eau courante, l'électricité. Il prit des tas de photos avec l'appareil de sa grand-mère pour rapporter des preuves à son retour en Californie. Ses amis ne croiraient jamais qu'il avait tenu dans ses mains un caïman de près d'un mètre de long!

Son plus gros problème était de s'alimenter. Il avait toujours été difficile en matière de nourriture, et voilà qu'on lui servait des choses auxquelles il ne savait même pas donner un nom. Les seules qu'il pouvait identifier, à bord, c'étaient les haricots en boîte, la viande séchée salée, le café, et rien de tout cela ne lui faisait envie. Les hommes d'équipage chassèrent et tuèrent deux singes à coups de fusil, et ce soir-là, quand le bateau fut amarré à la rive, ils les firent rôtir. Ils avaient l'air tellement humain qu'il se sentit malade en les voyant : on aurait dit deux enfants brûlés. Le lendemain matin ils pêchèrent un *pirarucú,* un énorme poisson dont tous apprécièrent la chair, sauf lui, car il refusa d'y goûter. Il avait décidé, à trois ans, qu'il n'aimait pas le poisson. Sa mère, fatiguée de batailler pour l'obliger à en manger, s'était depuis résignée à ne lui servir que les plats qu'il aimait. Ils étaient rares. Aussi avait-il constamment faim au cours de ce voyage, ne disposant que de bananes, d'une boîte de lait condensé et de quelques paquets de galettes. Sa grand-mère ne parut pas s'inquiéter qu'il eût faim, et les autres non plus. Personne ne fit attention à lui.

Plusieurs fois par jour tombait une brève pluie torrentielle ; il dut s'habituer à l'humidité constante, au fait que les vêtements ne séchaient jamais complètement. Quand le soleil se couchait, des nuées de moustiques attaquaient. Les étrangers s'en défendaient en s'enduisant d'insecticide, en particulier Ludovic Leblanc, qui ne perdait pas une occasion de réciter la liste des maladies transmises par les insectes, du typhus à la malaria. Il avait fixé un voile épais autour de son chapeau australien, pour se protéger le visage, et passait une bonne partie de la journée réfugié sous une moustiquaire qu'il avait fait suspendre à la poupe du bateau. Les *caboclos*, quant à eux, paraissaient immunisés contre les piqûres.

*

Le troisième jour, au cours d'une matinée radieuse, le bateau fut stoppé, en raison d'un problème de moteur. Tandis que le capitaine essayait de réparer la panne, les autres se mirent sous le toit pour se reposer. Il faisait trop chaud pour bouger, mais Alex trouva que c'était l'endroit idéal pour se rafraîchir. Il sauta à l'eau, qui semblait peu profonde et aussi calme qu'une assiette de soupe, et s'enfonça comme une pierre.

« Seul un idiot s'assure de la profondeur avec ses deux pieds », commenta sa grand-mère quand sa tête réapparut à la surface, rejetant l'eau jusque par les oreilles.

Le garçon s'éloigna du bateau à la nage – on lui avait dit que les caïmans préféraient les berges – et il fit la planche dans l'eau tiède pendant un bon moment, bras et jambes écartés, regardant le ciel et pensant aux astronautes, qui connaissaient son immensité. Il se sentit tellement en sécurité que lorsque quelque chose passa rapidement en frôlant sa main il ne réagit pas tout de suite. Sans avoir idée du type de danger qui le guettait – peut-être, après tout, les caïmans ne restaient-ils pas constamment près de la berge –, il commença à nager de toutes ses forces pour regagner le bateau, mais la voix de sa grand-mère lui criant de ne plus bouger l'arrêta net. Il lui obéit par habitude, bien que son instinct l'avertît du contraire. Il resta à flotter le plus calmement possible, et il vit alors près de lui un énorme poisson. Il crut que c'était un requin et son cœur cessa de battre, mais le poisson fit un tour très bref et revint, curieux, s'approchant si près qu'il put voir son sourire. Cette fois son cœur fit un bond et il dut se retenir pour ne pas crier de joie. Il nageait avec un dauphin !

Les vingt minutes suivantes, qu'il passa à jouer avec lui comme il le faisait avec son chien Poncho, furent les plus heureuses de sa vie. Le magnifique animal nageait autour de lui à toute allure, sautait par-dessus, s'arrêtait à quelques centimètres de son visage, l'observant avec une expression sympathique. Parfois il passait tout près et il pouvait toucher sa peau, qui n'était pas douce comme il l'avait imaginé, mais plutôt rugueuse. Alex aurait voulu que ce moment dure éternellement, il était prêt à rester dans l'eau pour toujours, mais soudain le dauphin donna un coup de queue d'adieu et disparut.

« Tu as vu, grand-mère ? Personne ne va croire une chose pareille ! » cria-t-il une fois revenu dans le bateau, tellement excité qu'il pouvait à peine parler.

Elle sourit en lui montrant l'appareil photo : « Les

preuves sont ici ! » Les photographes de l'expédition, Bruce et González, avaient eux aussi saisi la scène.

*

A mesure qu'ils remontaient le Río Negro, la végétation devenait plus voluptueuse, l'air plus dense et plus parfumé, le temps plus lent et les distances plus incertaines. Ils avançaient comme en rêve dans un territoire fantastique. D'étape en étape le bateau se vidait peu à peu, les passagers descendaient avec leurs paquets et leurs animaux dans les huttes ou les petits villages qui se dressaient en bordure du fleuve. A bord, les radios ne recevaient plus les messages personnels de Manaus ni n'assourdissaient avec leurs rythmes populaires, les hommes se taisaient tandis que la nature vibrait au son d'un orchestre d'oiseaux et de singes. Seul le bruit du moteur dénonçait la présence humaine dans l'immense solitude de la forêt. Lorsque enfin ils arrivèrent à Santa María de la Lluvia, il ne restait à bord que l'équipage, le groupe de l'*International Geographic*, le docteur Omayra Torres et deux soldats. Il y avait aussi les deux jeunes mormons, attaqués par quelque bactérie intestinale. Malgré les antibiotiques que leur avait administrés le docteur, ils étaient tellement mal en point qu'ils pouvaient à peine ouvrir les yeux et, par moments, confondaient la forêt ardente avec leurs montagnes enneigées de l'Utah.

« Santa María de la Lluvia est la dernière enclave de la civilisation », dit le capitaine du bateau lorsque le petit village apparut à un coude du fleuve.

« A partir d'ici, on est en territoire magique, Alexander, dit Kate à son petit-fils.

— Existe-t-il encore des Indiens qui n'ont eu aucun contact avec la civilisation ? demanda-t-il.

— On pense qu'il en reste deux ou trois mille, mais en réalité personne ne le sait avec certitude », répliqua le docteur Omayra Torres.

Santa María de la Lluvia se dressait telle une aberration humaine au milieu d'une nature écrasante, qui à tout instant menaçait de la dévorer. Le village se composait d'une vingtaine de maisons, d'un hangar tenant lieu d'hôtel, d'un autre plus petit faisant office d'hôpital que dirigeaient deux religieuses, de deux petits magasins, d'une église catholique et d'une caserne militaire. Les soldats gardaient la frontière et contrôlaient la circulation entre le Venezuela et le Brésil. D'après la loi, ils devaient aussi protéger les Indiens des abus des colons et des aventuriers, mais dans la pratique ils ne le faisaient pas. Les nouveaux venus occupaient peu à peu la région sans que personne les en empêchât, repoussant les Indiens de plus en plus loin vers les zones inexpugnables, ou les tuant en toute impunité. Sur l'embarcadère de Santa María de la Lluvia les attendait un homme grand, au profil d'aigle, aux traits virils et à l'expression franche, à la peau tannée par les intempéries, dont la tignasse sombre était attachée en une queue sur la nuque.

« Bienvenue. Je suis César Santos et voici ma fille Nadia », se présenta-t-il.

Alex estima que la fille devait avoir l'âge de sa sœur Andrea, dans les douze ou treize ans. Elle avait des cheveux tout bouclés, en bataille et déteints par le soleil, les yeux et la peau couleur de miel ; elle était vêtue d'un short et d'un tee-shirt, chaussée de sandales en plastique. Plusieurs lanières de couleur entouraient ses poignets, une fleur jaune ornait ses cheveux au-dessus d'une oreille tandis que le lobe de l'autre était traversé par une longue plume verte. Alex pensa que si Andrea voyait ces parures elle les copierait sur-le-champ, et que si Nicole, sa plus jeune sœur, voyait le petit singe noir que la fille portait, assis sur une épaule, elle en mourrait d'envie.

*

Tandis que le docteur Torres, aidée par deux religieuses qui étaient venues à sa rencontre, emmenait les missionnaires mormons au petit hôpital, César Santos entreprit de diriger le débarquement des nombreux bagages de l'expédition. Il s'excusa de ne pas être allé les attendre à Manaus, comme ils en étaient convenus. Il expliqua que son petit avion avait survolé toute l'Amazonie, mais qu'il était bien vieux et qu'au cours de ces dernières semaines des pièces s'étaient détachées du moteur. Comme il avait failli s'écraser, il avait décidé de commander un autre moteur, qui devait arriver ces jours-ci ; il ajouta avec un sourire qu'il ne pouvait laisser sa fille Nadia orpheline. Puis il les conduisit à l'hôtel ; c'était une construction en bois sur pilotis au bord du fleuve, semblable aux autres bicoques disloquées du village. Des caisses de bière s'entassaient un peu partout, et sur le comptoir étaient alignées des bouteilles d'alcool. Alex avait remarqué pendant le voyage que, malgré la chaleur, les hommes buvaient à toute heure des litres et des litres d'alcool. Cette construction rudimentaire servirait aux visiteurs de base d'opérations, de logement, de restaurant et de bar. A Kate Cold et au professeur Ludovic Leblanc furent attribués des espaces séparés du reste par des draps suspendus à des cordes. Les autres dormiraient dans des hamacs protégés par des moustiquaires.

Santa María de la Lluvia était un village somnolent et si éloigné qu'il figurait à peine sur les cartes. Quelques colons y élevaient des vaches aux très longues cornes ; les autres exploitaient l'or du lit du fleuve ou le bois et le caoutchouc de la forêt ; de rares audacieux partaient seuls dans la forêt à la recherche de diamants ; mais la majorité végétait, dans l'attente qu'une occasion quelconque leur tombe miraculeusement du ciel. Telles étaient les activités visibles. Les secrètes consistaient en trafic d'oiseaux exotiques, de drogues et d'armes. Des groupes de soldats, le fusil à l'épaule et la chemise trempée de sueur, jouaient aux cartes ou fumaient, assis à l'ombre. La maigre population languissait, à demi abrutie par la chaleur et l'ennui. Alex vit plusieurs individus sans cheveux ni dents, à moitié aveugles, couverts d'éruptions cutanées, gesticulant et parlant seuls ; c'étaient des mineurs que le mercure avait détraqués et qui mourraient bientôt. Ils plongeaient au fond du fleuve pour aspirer le sable saturé de poudre d'or à l'aide de gros tuyaux. Quelques-uns se noyaient, d'autres mouraient parce que leurs concurrents coupaient leurs tubes à oxygène ; la plupart succombaient lentement, empoisonnés par le mercure qu'ils utilisaient pour séparer le sable de l'or.

Les enfants du village, au contraire, jouaient heureux dans la boue, en compagnie de singes apprivoisés et de chiens efflanqués. Il y avait quelques Indiens, certains vêtus d'un tee-shirt ou d'un pantalon court, d'autres aussi nus que les enfants. Au début, troublé, Alex n'osait pas regarder les seins des femmes, mais très vite il s'y habitua, et au bout de cinq minutes ils cessèrent d'attirer son attention. Ces Indiens étaient en contact avec la civilisation depuis plusieurs années et ils avaient perdu beaucoup de leurs traditions et de leurs coutumes, comme l'expliqua César Santos. Nadia, la fille du guide, s'adressait à eux dans leur langue, et de leur côté ils la traitaient comme l'une des leurs.

Si c'étaient là les féroces indigènes décrits par Leblanc, ils n'avaient franchement rien d'impressionnant : ils étaient petits, les hommes ne mesuraient pas plus d'un mètre cinquante et les enfants avaient l'air de miniatures humaines. Pour la première fois de sa vie Alex se sentit grand. Ils avaient la peau de la couleur du bronze et les pommettes hautes : les hommes portaient les cheveux coupés au bol à la hauteur des oreilles, ce qui accentuait leur aspect asiatique. Ils descendaient d'habitants du nord de la Chine qui étaient arrivés par l'Alaska il y avait dix ou vingt mille ans. Au moment de la conquête, au seizième siècle, ils avaient été sauvés de l'esclavage parce qu'ils étaient restés isolés. Les soldats espagnols et portugais n'avaient pu vaincre les marais, les moustiques, la végétation, les fleuves immenses et les rapides de l'Amazonie.

Une fois qu'il eut installé le petit groupe à l'hôtel, César Santos se mit en devoir d'organiser les bagages de l'expédition et de planifier la suite du voyage avec Kate Cold et les photographes, car le professeur Leblanc, qui ne supportait pas la chaleur, avait décidé de se reposer jusqu'à ce que la température eût un peu fraîchi. Pendant ce temps Nadia, la fille du guide, invita Alex à parcourir les environs.

« Après le coucher du soleil, ne vous aventurez pas hors des limites du village, c'est dangereux », les avertit César Santos.

*

Suivant les conseils de Leblanc, qui parlait en expert des dangers de la forêt, Alex enfonça le bas de son pantalon dans ses chaussettes et ses bottes, afin d'éviter que les sangsues voraces ne lui sucent le sang. Nadia, qui marchait pratiquement pieds nus, se mit à rire.

« Tu t'habitueras aux bestioles et à la chaleur », lui dit-elle. Sa mère était canadienne, aussi parlait-elle très bien l'anglais.

« Il y a trois ans que ma mère est partie, expliqua l'adolescente.

— Pourquoi est-elle partie ?

— Elle n'a pas pu se faire au climat, elle était en mauvaise santé et ça s'est aggravé quand La Bête a commencé à rôder par ici. Elle sentait son odeur, elle voulait partir loin, elle ne pouvait pas rester seule, elle criait... A la fin, le docteur Torres l'a emmenée en hélicoptère. Maintenant elle est au Canada, dit Nadia.

— Ton père n'est pas parti avec elle ?

— Qu'est-ce que ferait mon père au Canada ?

— Et pourquoi ne t'a-t-elle pas emmenée avec elle ? insista Alex, qui n'avait jamais entendu parler d'une mère abandonnant ses enfants.

— Parce qu'elle est dans une clinique. Et puis je ne veux pas quitter mon père.

— Tu n'as pas peur de La Bête ?

— Tout le monde en a peur. Mais si elle vient, Boroba m'avertira à temps », répliqua la fillette, en caressant le petit singe noir qui ne la quittait jamais.

Nadia emmena son nouvel ami visiter le village, ce qui prit à peine une demi-heure, car il n'y avait pas grand-chose à voir. Brusquement, un orage éclata : des éclairs traversaient le ciel en tous sens et il se mit à pleuvoir à torrents. C'était une pluie chaude comme de la soupe, qui transforma les étroites ruelles en un bourbier fumant. La plupart des gens s'abritaient sous un toit, mais les enfants et les Indiens poursuivaient leurs activités, complètement indifférents à l'averse. Alex comprit que sa grand-mère avait eu raison de lui suggérer de troquer ses jeans contre des vêtements légers en coton, plus frais et séchant plus facilement. Pour échapper à la pluie, les deux adolescents entrèrent dans l'église, où ils trouvèrent un homme grand et robuste, aux terribles épaules de bûcheron et aux cheveux blancs, que Nadia présenta comme le père Valdomero. Il n'avait en rien la solennité que l'on attend d'un prêtre : en caleçon, torse nu, juché sur une échelle, il peignait les murs à la chaux. Une bouteille de rhum était posée par terre.

« Le père Valdomero vit ici depuis avant l'invasion des fourmis, expliqua Nadia.

— Je suis arrivé lorsqu'on a fondé ce village, il y a près de quarante ans, et j'étais ici quand les fourmis sont venues. Nous avons dû tout abandonner et nous enfuir par le fleuve, vers l'aval. Elles sont arrivées comme une immense tache noire, qui avançait implacablement, détruisant tout sur leur passage, raconta le prêtre.

— Que s'est-il passé alors ? demanda Alex, qui ne pouvait imaginer un village victime d'insectes.

— Avant de partir, nous avons mis le feu aux maisons. L'incendie a dévié les fourmis et, quelques mois plus tard, nous avons pu revenir. Aucune des maisons que tu vois ici n'a plus de quinze ans », expliqua-t-il.

Le prêtre avait une étrange mascotte, un chien amphibie qui, d'après lui, était natif de l'Amazonie, mais dont l'espèce était quasiment éteinte. Il passait une bonne partie de sa vie dans le fleuve et pouvait rester plusieurs minutes la tête dans un seau d'eau. Il reçut les visiteurs à une certaine distance, méfiant. Son aboiement ressemblait à un trille d'oiseau, on aurait dit qu'il chantait.

« Le père Valdomero a été enlevé par les Indiens. Qu'est-ce que je donnerais, moi, pour avoir cette chance ! s'exclama Nadia, admirative.

— Ils ne m'ont pas enlevé, fillette. Je me suis perdu dans la forêt et ils m'ont sauvé la vie. J'ai vécu plusieurs mois avec eux. Ce sont de bonnes gens, et libres ; pour eux, la liberté est plus importante que la vie elle-même, ils ne peuvent vivre sans elle. Un Indien prisonnier est un Indien mort : il se replie sur lui, cesse de manger et de respirer, et il meurt, raconta le père Valdomero.

— Certains disent qu'ils sont pacifiques et d'autres, complètement sauvages et violents ! remarqua Alex.

— Les hommes les plus dangereux que j'aie vus dans ces parages ne sont pas les Indiens mais les trafiquants d'armes, de drogues et de diamants, les récolteurs de caoutchouc, les chercheurs d'or, les soldats et les bûcherons qui infestent et exploitent cette région », réfuta le prêtre, et il ajouta que les Indiens étaient peut-être primitifs sur le plan matériel, mais très évolués sur le plan mental, attachés à la nature comme un enfant à sa mère.

« Racontez-nous, à propos de La Bête. C'est vrai que vous l'avez vue de vos propres yeux, Père ? demanda Nadia.

— Je crois que je l'ai vue, mais il faisait nuit et mes yeux ne sont plus aussi bons qu'autrefois, répondit le père Valdomero en avalant une bonne rasade de rhum.

— Quand cela a-t-il eu lieu ? demanda Alex, en pensant que sa grand-mère lui serait reconnaissante de cette information.

— Ça fait environ deux ans...

— Qu'avez-vous vu exactement ?

— Je l'ai raconté bien des fois : un géant de plus de trois mètres de haut, qui se déplaçait très lentement et dégageait une odeur épouvantable. Je suis resté paralysé de frayeur.

— Il ne vous a pas attaqué, Père ?

— Non. Il a dit quelque chose, puis il a fait demi-tour et il a disparu dans la forêt.

— Il a dit quelque chose ? Je suppose que vous voulez dire qu'il a émis des bruits, comme des grognements, n'est-ce pas ? insista Alex.

— Non, mon garçon. La créature a clairement parlé. Je n'ai pas compris un mot, mais il ne fait pas de doute qu'il s'agissait d'un langage articulé. Je me suis évanoui... Quand je me suis réveillé, je n'étais pas sûr de ce qui s'était passé, mais j'avais cette odeur pénétrante collée à mes vêtements, à mes cheveux, à ma peau. C'est ainsi que j'ai su que je n'avais pas rêvé. »

CHAPITRE 5

Le chaman

L'ORAGE cessa aussi brusquement qu'il avait commencé, et une nuit claire lui succéda. Alex et Nadia revinrent à l'hôtel, où les membres de l'expédition étaient réunis autour de César Santos et du docteur Omayra Torres, en train d'étudier une carte de la région et de discuter des préparatifs du voyage. Un peu remis de sa fatigue, le professeur Leblanc se trouvait avec eux. Il s'était enduit d'insecticide des pieds à la tête et avait engagé un Indien du nom de Karakawe afin qu'il l'évente avec une feuille de bananier. Leblanc exigea que l'expédition se mît en route pour le haut Orénoque dès le lendemain, car il ne pouvait perdre plus de temps dans ce village insignifiant. Il ne disposait que de trois semaines pour attraper l'étrange créature de la forêt, dit-il.

« Personne n'y est parvenu en plusieurs années, professeur..., fit remarquer César Santos.

— Il faudra qu'elle apparaisse rapidement, car je dois donner une série de conférences en Europe, répliqua-t-il.

— J'espère que La Bête entendra vos raisons », dit le guide, mais le professeur fit mine de ne pas avoir saisi l'ironie.

Kate Cold avait raconté à son petit-fils que l'Amazonie était un lieu dangereux pour les anthropologues, car il leur arrivait souvent d'y perdre la raison. Ils inventaient des théories contradictoires et étaient entre eux à couteaux tirés ; d'autres tyrannisaient les tribus et finissaient par se prendre pour des dieux. On avait dû attacher l'un d'eux, devenu fou, pour le ramener dans son pays.

« Je suppose que vous savez que je fais moi aussi partie de l'expédition, professeur Leblanc, dit le docteur Omayra Torres, que l'anthropologue regardait à tout instant du coin de l'œil, troublé par son opulente beauté.

— Rien ne me plairait davantage, mademoiselle, mais...

— Docteur Torres, l'interrompit le médecin.

— Vous pouvez m'appeler Ludovic, aventura Leblanc avec coquetterie.

— Appelez-moi Docteur Torres, répliqua-t-elle sèchement.

— Je ne pourrai pas vous emmener, mon cher docteur, répliqua Leblanc. Il y a à peine de la place pour ceux qui ont été engagés par l'*International Geographic*. Le budget est généreux, mais pas illimité.

— Dans ce cas, vous n'irez pas non plus, professeur. Je fais partie du Service national de la Santé. Je suis ici pour protéger les Indiens. Aucun étranger à cette région ne peut entrer en contact avec eux sans les mesures de prévention nécessaires. Ils sont très vulnérables aux maladies, surtout celles des Blancs, dit le docteur.

— Un rhume ordinaire est mortel pour eux, ajouta

César Santos. Toute une tribu est morte d'une infection respiratoire, il y a trois ans, quand des journalistes sont venus tourner un documentaire. L'un d'eux toussait, il a offert une bouffée de sa cigarette à un Indien et a ainsi contaminé toute la tribu. »

A ce moment arrivèrent le capitaine Ariosto, chef de la garnison, et Mauro Carías, l'homme d'affaires le plus riche des environs. Dans un murmure, Nadia expliqua à Alex que Carías avait beaucoup de pouvoir, qu'il faisait du commerce avec les présidents et généraux de plusieurs pays sud-américains. Elle ajouta qu'il n'avait pas de cœur dans la poitrine, mais qu'il le portait dans une trousse, et elle indiqua la mallette en cuir que Carías tenait à la main. De son côté, Ludovic Leblanc était très impressionné par Mauro Carías, car c'était grâce aux contacts internationaux de cet homme que l'expédition avait pu être mise sur pied. C'était lui qui avait intéressé la revue *International Geographic* à la légende de La Bête.

« Cette étrange créature terrorise les braves gens du haut Orénoque. Personne ne veut pénétrer dans le triangle où elle est supposée habiter, dit Carías.

— Je comprends que cette zone n'a pas été explorée, dit Kate Cold.

— C'est exact.

— Je suppose qu'elle doit être très riche en minéraux et pierres précieuses, ajouta l'écrivain.

— La richesse de l'Amazonie réside essentiellement dans sa terre et dans ses bois, répondit-il.

— Et dans ses plantes, intervint le docteur Omayra Torres. Nous ne connaissons même pas dix pour cent des substances médicinales qui existent ici. A mesure que disparaissent les chamans et guérisseurs indigènes nous perdons ces connaissances pour toujours.

— J'imagine que dans cette région La Bête est également un obstacle à vos affaires, monsieur Carías, tout comme les Indiens, poursuivit Kate Cold, qui lorsqu'elle s'intéressait à quelque chose ne lâchait pas prise.

— La Bête est un problème pour tous. Même les soldats en ont peur, admit Mauro Carías.

— Si La Bête existe, je la trouverai. L'homme n'est pas né, et encore moins l'animal, qui peut se moquer de Ludovic Leblanc, répliqua le professeur, qui avait l'habitude de parler de lui à la troisième personne.

— Comptez sur mes soldats, professeur. Contrairement à ce qu'affirme mon bon ami Carías, ce sont des hommes courageux, affirma le capitaine Ariosto.

— Comptez également sur tous mes moyens, cher professeur Leblanc. Je dispose de canots à moteur et d'un bon équipement radio, ajouta Mauro Carías.

— Et comptez aussi sur moi pour les problèmes de santé ou les accidents qui pourraient survenir, ajouta le docteur Omayra Torres d'une voix suave, comme si elle avait oublié le refus de Leblanc de l'inclure dans l'expédition.

— Comme je vous l'ai dit, mademoiselle...

— Docteur, le corrigea-t-elle à nouveau.

— Comme je vous l'ai dit, le budget de cette expédition est limité, nous ne pouvons nous permettre d'emmener des touristes, dit Leblanc d'un ton péremptoire.

— Je ne suis pas une touriste. L'expédition ne peut se faire sans un médecin autorisé et sans les vaccins nécessaires.

— Le docteur a raison. Le capitaine Ariosto vous expliquera la loi, intervint César Santos, qui connaissait le docteur et, à l'évidence, se sentait attiré par elle.

— Hum, eh bien... il est certain que..., bafouilla le militaire en regardant Mauro Carías, confus.

— Il n'y aura pas de problème pour inclure Omayra. Je prendrai ses dépenses à ma charge, sourit l'homme d'affaires en mettant un bras autour des épaules de la jeune femme.

— Merci, Mauro, mais ce ne sera pas nécessaire, mes dépenses sont prises en charge par le gouvernement, dit-elle en s'écartant, mais sans brusquerie.

— Bien. Dans ce cas, il n'y a rien à ajouter. J'espère que nous trouverons La Bête, sinon ce voyage sera inutile, commenta Timothy Bruce, le photographe.

— Faites-moi confiance, jeune homme. J'ai l'expérience de cette sorte d'animaux et j'ai moi-même dessiné quelques pièges infaillibles. Vous pouvez en voir les modèles dans mon traité sur l'*abominable homme* de l'Himalaya, précisa le professeur avec une grimace de satisfaction, tout en faisant signe à Karakawe de l'éventer avec plus d'énergie.

— L'avez-vous attrapé ? interrogea Alex avec une feinte innocence, car il connaissait fort bien la réponse.

— Il n'existe pas, jeune homme. Cette supposée créature de l'Himalaya est un bobard. Et il se peut que cette fameuse Bête le soit aussi.

— Il y a des gens qui l'ont vue, allégua Nadia.

— Des gens ignorants sans doute, petite, décida le professeur.

— Le père Valdomero n'est pas un ignorant, insista Nadia.

— Qui est-ce ?

— Un missionnaire catholique, qui a été enlevé par les sauvages et qui depuis est fou », intervint le capitaine Ariosto. Il parlait anglais avec un fort accent vénézuélien, et comme il avait toujours un cigare entre les dents on ne comprenait pas grand-chose à ce qu'il disait.

— Il n'a pas été enlevé et il n'est pas fou non plus ! s'exclama Nadia.

— Calme-toi, ma belle, sourit Mauro Carías en caressant les cheveux de Nadia, qui aussitôt se mit hors de sa portée.

— En fait, le père Valdomero est un savant. Il parle plusieurs langues indigènes, il connaît la flore et la faune de l'Amazonie mieux que personne ; il répare les fractures des os, arrache les dents, et en une ou deux occasions a opéré des cataractes avec un bistouri qu'il a lui-même fabriqué, ajouta César Santos.

— Oui, mais à Santa María de la Lluvia il n'a pas réussi à lutter contre les vices ou à christianiser les Indiens ; vous constatez qu'ils se promènent toujours nus, se moqua Mauro Carías.

— Je doute que les Indiens aient besoin d'être christianisés », rétorqua César Santos.

Il expliqua qu'ils étaient très portés sur la spiritualité et croyaient que tout avait une âme : les arbres, les animaux, les fleuves, les nuages. Pour eux, l'esprit et la matière n'étaient pas séparés. Ils ne comprenaient pas la naïveté de la religion des étrangers et affirmaient que c'était une seule histoire répétée ; eux, en revanche, avaient de nombreuses histoires de dieux, de démons, d'esprits du ciel et de la terre. Le père Valdomero avait renoncé à leur expliquer que le Christ était mort sur la croix pour sauver l'humanité du péché, car l'idée d'un tel sacrifice laissait les Indiens abasourdis. Ils ignoraient le péché. Ils ne voyaient pas non plus la nécessité d'utiliser des vêtements sous ce climat ou d'accumuler des biens, vu qu'ils ne pouvaient rien emporter dans l'autre monde quand ils mouraient.

« Quel dommage qu'ils soient condamnés à disparaître, ils sont le rêve de tout anthropologue, n'est-ce pas professeur Leblanc ? fit remarquer Mauro Carías d'un ton moqueur.

— C'est exact. Par chance j'ai pu écrire sur eux avant qu'ils ne succombent face au progrès. Grâce à Ludovic Leblanc, ils figurent dans l'histoire », répliqua le professeur, parfaitement imperméable aux sarcasmes de l'autre.

Ce soir-là, le repas fut composé de morceaux de tapir rôti, de haricots et de galettes de manioc, toutes choses auxquelles Alex refusa de goûter bien que le torturât une faim de loup.

*

Après le repas, pendant que sa grand-mère buvait de la vodka et fumait sa pipe en compagnie des hommes du groupe, Alex sortit avec Nadia à l'embarcadère. La lune brillait dans le ciel, semblable à une lampe jaune. Le bruit de la forêt les entourait, telle une musique de fond : cris d'oiseaux, appels de singes, coassements de crapauds, crissement de grillons. Des milliers de lucioles passaient, fugaces, à côté d'eux, frôlant leur visage. Nadia en attrapa une avec la main et l'emprisonna dans les boucles de ses cheveux où elle continua à scintiller, telle une petite loupiote. La fillette était assise sur le quai, les pieds dans l'eau sombre du fleuve. Alex la questionna sur les piranhas, qu'il avait vus empaillés dans des boutiques pour touristes, à Manaus, tels des requins en miniature : ils avaient la taille d'une main et étaient pourvus de formidables mandibules et de dents affilées comme des couteaux.

« Les piranhas sont très utiles, ils nettoient l'eau des cadavres et des ordures. Mon père dit qu'ils n'attaquent que s'ils sentent le sang et quand ils ont faim », expliqua-t-elle.

Elle lui raconta qu'une fois elle avait vu un caïman grièvement blessé par un jaguar se traîner jusqu'à l'eau, où les piranhas s'étaient introduits par la blessure et lui avaient dévoré l'intérieur en quelques minutes, laissant la peau intacte.

A cet instant, la fillette retint son souffle et d'un geste de la main lui fit signe de garder le silence. Boroba, le petit singe, se mit à bondir et à pousser des cris, très agité, mais Nadia le calma en un instant en lui murmurant quelques mots à l'oreille. Alex eut l'impression que l'animal comprenait parfaitement ce que lui disait sa maîtresse. Il ne voyait que les ombres de la végétation et le noir miroir de l'eau, mais il était évident que quelque chose avait attiré l'attention de Nadia, car elle s'était levée. De loin lui parvenait le son étouffé de quelqu'un qui jouait de la guitare dans le village. En se tournant, il pouvait voir les lumières des maisons dans son dos, mais là ils étaient seuls.

Nadia lança un long cri aigu, qui aux oreilles du garçon résonna exactement comme l'appel d'une chouette ;

un instant plus tard, un autre cri semblable répondit depuis l'autre rive. Elle répéta deux fois l'appel, et deux fois reçut la même réponse. Alors elle prit Alex par un bras et lui fit signe de la suivre. Le garçon se remémora l'avertissement de César Santos de rester dans les limites du village une fois la nuit tombée, et les histoires qu'il avait entendues à propos de serpents, de fauves, de bandits et d'ivrognes armés. Et mieux valait ne pas penser aux Indiens féroces décrits par Leblanc ou à La Bête... Mais il ne voulut pas paraître lâche aux yeux de l'adolescente et il la suivit sans un mot, tenant dans sa main son couteau suisse ouvert.

Ils laissèrent derrière eux les dernières bicoques du village et avancèrent en faisant attention, sans autre lumière que la lune. La forêt s'avéra moins épaisse que ne le croyait Alex ; la végétation était dense sur les berges du fleuve, mais ensuite elle s'éclaircissait et l'on pouvait avancer sans difficulté. Ils n'allèrent pas très loin avant que l'appel de la chouette ne se répétât. Ils se trouvaient dans une clairière d'où l'on voyait la lune briller au firmament. Nadia s'arrêta et attendit, immobile ; même Boroba était calme, comme s'il savait ce qu'ils attendaient. Tout à coup, Alex fit un bond, surpris : à moins de trois mètres de lui une silhouette sortie de la nuit se matérialisa, aussi soudaine et discrète qu'un fantôme. Le garçon brandit son couteau, prêt à se défendre, mais l'attitude sereine de Nadia suspendit son geste.

« Aïa, murmura la fillette à voix basse.

— Aïa, aïa... » répliqua une voix qui ne parut pas humaine à Alex, on aurait dit un souffle de vent.

La silhouette s'approcha d'un pas et s'arrêta tout près

de Nadia. A ce moment, ses yeux s'étant un peu habitués à la pénombre, Alex put voir à la clarté de la lune un homme incroyablement vieux. Malgré son maintien très droit et ses mouvements agiles, il semblait avoir vécu des siècles. Il était de très petite taille, Alex calcula qu'il mesurait moins que sa sœur Nicole, qui n'avait que neuf ans. Il portait un court « tablier » en fibres végétales, et une douzaine de colliers faits de coquillages, de graines et de dents de sanglier couvraient sa poitrine. Sa peau, semblable à celle d'un éléphant centenaire, tombait en plis sur son frêle squelette. Il portait une courte lance, un bâton d'où pendaient plusieurs petits sacs en peau et un cylindre en quartz qui résonnait à la manière d'un hochet de bébé. Nadia porta sa main à ses cheveux, en détacha la luciole et la lui offrit; le vieillard l'accepta et la posa parmi ses colliers. Elle s'accroupit et fit signe à Alex de l'imiter, en signe de respect. Aussitôt l'Indien s'accroupit aussi et tous trois furent ainsi à la même hauteur.

D'un bond, Boroba alla se percher sur les épaules du vieil homme et se mit à lui tirer les oreilles; sa maîtresse l'éloigna d'une tape et l'ancien se mit à rire de bon cœur. Alex eut l'impression qu'il n'avait plus une seule dent dans la bouche, mais comme il y avait peu de lumière, il ne pouvait en être sûr. L'Indien et Nadia se plongèrent dans une longue conversation de gestes et de sons, dans une langue dont les paroles étaient aussi douces que la brise, l'eau et les oiseaux. Il supposa qu'ils parlaient de lui, car ils le montraient du doigt. A un moment, l'homme se mit debout et, très en colère, agita sa petite lance, mais elle le calma par de longues explications. Enfin, le vieillard enleva une amulette de son cou, un morceau d'os taillé, et, le portant à ses lèvres, souffla dedans. Le son était le même cri de chouette qu'ils avaient entendu auparavant ; Alex le reconnut parce qu'il y avait quantité de ces oiseaux dans les environs de sa maison, au nord de la Californie. L'étrange vieillard passa l'amulette autour du cou de Nadia, posa ses mains sur ses épaules en guise de salut et aussitôt disparut avec la même discrétion que celle dans laquelle s'était effectuée son arrivée. Le garçon pouvait jurer qu'il ne l'avait pas vu reculer, qu'il s'était simplement évaporé.

« C'était Walimaï, lui dit Nadia à l'oreille.

— Walimaï ? demanda celui-ci, impressionné par cette étrange rencontre.

— Chut ! Ne le dis pas à voix haute ! Tu ne dois jamais prononcer le vrai nom d'un Indien en sa présence, c'est tabou. Tu peux encore moins nommer les morts, c'est un tabou bien plus grand, une terrible insulte, expliqua Nadia.

— Qui est-ce ?

— C'est un chaman, un sorcier très puissant. Il parle à travers des rêves et des visions. Il peut voyager dans le monde des esprits quand il le veut. Il est seul à connaître le chemin de l'El Dorado.

— L'El Dorado ? La cité de l'or qu'ont inventée les conquistadores ? C'est une légende absurde ! répliqua Alex.

— Walimaï y est allé très souvent avec sa femme. Il voyage toujours avec elle, rétorqua la fille.

— Elle, je ne l'ai pas vue, admit Alex.

— C'est un esprit. Tout le monde ne peut pas la voir.

— Tu l'as vue ?

— Oui, elle est jeune et très belle.

— Que t'a donné le sorcier? De quoi avez-vous parlé tous les deux? demanda Alex.

— Il m'a donné un talisman, grâce auquel je serai toujours protégée; personne, ni les humains, ni les animaux, ni les fantômes, ne pourra me faire de mal. Il sert aussi à l'appeler, il suffit de souffler dedans et il viendra. Jusqu'à présent je ne pouvais pas l'appeler, je devais attendre qu'il vienne. Walimaï dit que je vais en avoir besoin parce qu'il y a beaucoup de dangers; *Rahakanariwa,* le redoutable esprit de l'oiseau cannibale, est en liberté. Lorsqu'il apparaît il apporte la mort et la destruction, mais je serai protégée par le talisman.

— Tu es une fille plutôt étrange..., soupira Alex sans croire la moitié de ce qu'elle disait.

— Walimaï dit que les étrangers ne doivent pas aller à la recherche de La Bête. Il dit que plusieurs vont mourir. Mais toi et moi devons y aller, parce que nous avons été appelés, parce que notre âme est blanche.

— Qui nous appelle?

— Je ne sais pas, mais si Walimaï le dit, c'est vrai.

— Tu crois vraiment à ces choses, Nadia? Tu crois aux sorciers, aux oiseaux cannibales, à l'El Dorado, aux épouses invisibles, à La Bête? »

Sans répondre, la fillette fit demi-tour et prit la direction du village; il la suivit de près, pour ne pas se perdre.

CHAPITRE 6

Le plan

CETTE nuit-là, Alexander Cold dormit mal. Il avait l'impression d'être en pleine nature, comme si les murs fragiles qui le séparaient de la forêt s'étaient dissous et qu'il fût exposé à tous les dangers de ce monde inconnu. L'hôtel, construit en planches sur pilotis, couvert d'un toit de zinc et avec des fenêtres sans vitres, servait tout juste à se protéger de la pluie. Le bruit extérieur des crapauds et autres animaux s'ajoutait aux ronflements de ses compagnons de chambrée. Son hamac se retourna deux fois, l'étalant par terre de tout son long, avant qu'il se rappelle la façon de l'utiliser, allongé en diagonale pour maintenir l'équilibre. Il ne faisait pas chaud, mais il transpirait. Il resta un grand moment éveillé dans le noir, sous sa moustiquaire imbibée d'insecticide, pensant à La Bête, aux tarentules, aux scorpions, aux serpents et autres dangers à l'affût dans l'obscurité. Il se remémora l'étrange scène à laquelle il avait assisté entre l'Indien et Nadia. Le chaman avait prophétisé que plusieurs membres de l'expédition périraient.

Il lui parut incroyable qu'en quelques jours sa vie eût basculé de façon aussi spectaculaire, que d'un seul coup il se retrouvât en un lieu fantastique où, comme l'avait annoncé sa grand-mère, les esprits se promenaient au milieu des vivants. La réalité avait changé de nature, il ne savait plus que croire. Il ressentit une grande nostalgie pour son foyer, sa famille et même son chien Poncho. Il était très seul et très loin de tout ce qu'il connaissait. Si au moins il pouvait savoir comment allait sa mère ! Mais appeler par téléphone un hôpital au Texas depuis ce village revenait à essayer d'entrer en communication avec la planète Mars. Kate n'était ni une grande compagnie ni une consolation. Comme grand-mère, elle laissait beaucoup à désirer, elle ne se donnait même pas la peine de répondre à ses questions, car elle pensait que la seule chose qu'apprend un être, c'est ce qu'il constate par lui-même. Elle soutenait que l'expérience est ce qu'on obtient au moment précis où l'on en a besoin.

Il ne cessait de se retourner dans son hamac, incapable de dormir, lorsqu'il lui sembla entendre un chuchotis de voix. Ce pouvait n'être que le remue-ménage de la forêt, mais il décida de vérifier. Pieds nus et en sous-vêtements, il s'approcha avec précaution du hamac où Nadia dormait à côté de celui de son père, à l'autre bout de la salle commune. Il posa une main sur la bouche de l'adolescente et chuchota son nom à son l'oreille, essayant de ne pas réveiller les autres. Elle ouvrit les yeux, effrayée, mais se calma dès qu'elle l'eût reconnu et, souple comme un chat, descendit de son hamac, indiquant à Boroba, d'un geste péremptoire, de se tenir tranquille. Le petit singe lui obéit sur-le-champ, en se blottissant au fond du hamac, et Alex le compara à son chien Poncho, à qui il n'avait jamais réussi à faire comprendre seulement l'ordre le plus simple. Ils sortirent en silence, se glissant le long du mur de l'hôtel en direction de la terrasse, où Alex avait perçu les voix. Ils se cachèrent dans l'angle de la porte, collés contre le mur, et de là aperçurent le capitaine Ariosto et Mauro Carías assis autour d'une petite table, fumant, buvant et parlant à voix basse. Leurs visages étaient parfaitement visibles à la lueur des cigarettes et d'une spirale d'insecticide qui se consumait sur la table. Alex se félicita d'avoir appelé Nadia, car les hommes parlaient en espagnol.

« Tu sais ce que tu dois faire, Ariosto, dit Carías.

— Ce ne sera pas facile.

— Mon vieux, si c'était facile, je n'aurais pas besoin de toi et je n'aurais pas non plus besoin de te payer, fit remarquer Mauro Carías.

— Je n'aime pas les photographes, on peut s'attirer des ennuis. Quant à l'écrivain, laisse-moi te dire que cette vieille m'a l'air très rusée, dit le capitaine.

— L'anthropologue, l'écrivain et les photographes sont indispensables pour notre plan, répliqua Carías. Ils partiront d'ici en racontant exactement l'histoire qui nous convient, cela éliminera tout soupçon à notre égard. Nous éviterons ainsi que le Congrès n'envoie une commission pour enquêter sur les faits, comme cela s'est déjà produit. Cette fois il y aura un groupe de témoins de l'*International Geographic*.

— Je ne comprends pas pourquoi le gouvernement

protège cette poignée de sauvages. Ils occupent des milliers de kilomètres carrés qui pourraient être partagés entre les colons, et ainsi le progrès arriverait dans cet enfer, commenta le capitaine.

— Chaque chose en son temps, Ariosto. Sur ce territoire, il y a des émeraudes et des diamants. Avant que n'arrivent les colons pour couper des arbres et élever du bétail, toi et moi serons riches. Je ne veux pas d'aventuriers dans ce coin pour l'instant.

— Alors, il n'y en aura pas. L'armée est là pour ça, mon ami, pour faire respecter la loi. Ne faut-il donc pas protéger les Indiens? dit le capitaine Ariosto, et tous deux rirent de bon cœur.

— J'ai tout prévu, une personne en qui j'ai confiance va partir avec l'expédition.

— Qui ça?

— Pour le moment, je préfère ne pas dévoiler son nom. La Bête est le prétexte pour que cet imbécile de Leblanc et les journalistes aillent exactement où nous le voulons et couvrent l'information. Ils entreront en contact avec les Indiens, c'est inévitable. Ils ne peuvent pas pénétrer dans le triangle du haut Orénoque à la recherche de La Bête sans tomber sur les Indiens, fit remarquer l'homme d'affaires.

— Ton plan m'a l'air bien compliqué. Il serait plus facile de bombarder les *shabonos* depuis un hélicoptère. J'ai des gens très discrets, nous pouvons exécuter le travail sans que personne s'en aperçoive, assura le capitaine Ariosto en portant le verre à ses lèvres.

— Non, mon vieux! Je t'ai déjà dit que nous devions être patients, répliqua Carías.

— Explique-moi encore le plan, exigea Ariosto.

— Ne t'inquiète pas, le plan je m'en charge. En moins de trois mois nous aurons débarrassé la région de tous ses occupants. »

A cet instant, Alex sentit quelque chose sur un pied et il étouffa un cri : un serpent glissait sur sa peau nue. Nadia mit un doigt sur ses lèvres, lui faisant signe de ne pas bouger. Alertés, Carías et Ariosto se levèrent et, en même temps, tous deux sortirent leurs armes. Le capitaine alluma sa torche et balaya les alentours, faisant passer le faisceau lumineux à quelques centimètres de l'endroit où se cachaient les enfants. La frayeur d'Alex était telle qu'il aurait volontiers affronté les pistolets à seule fin de se dégager du serpent, qui s'enroulait maintenant autour de sa cheville, mais Nadia lui avait saisi le bras et il comprit qu'il ne pouvait risquer aussi sa vie à elle.

« Qui est là ? » chuchota le capitaine, sans élever la voix pour ne pas réveiller ceux qui dormaient dans l'hôtel.

Silence.

« Allons-nous-en, Ariosto », ordonna Carías.

A nouveau le militaire promena le faisceau de sa torche, puis tous deux reculèrent jusqu'aux escaliers qui conduisaient à la rue, tenant toujours leurs armes à la main. Une ou deux minutes passèrent avant que les adolescents aient l'impression qu'ils pouvaient bouger sans attirer l'attention. A ce moment, le serpent s'enroulait autour du mollet, sa tête se trouvant à la hauteur du genou, et la sueur ruisselait à flots sur le corps du garçon. Nadia ôta son tee-shirt, en enveloppa sa main droite et, avec précaution, attrapa le serpent près de la tête. Aussitôt Alex sentit le reptile le serrer plus fort, agitant furieusement la queue, mais la fille le maintint fermement, puis peu à peu, sans brusquerie, le détacha de la jambe de son nouvel ami, jusqu'à ce qu'il pendît au bout de sa main. Elle tourna le bras tel un moulinet, pour acquérir de l'élan, puis lança le serpent par-dessus la balustrade de la terrasse, en direction de l'obscurité. Aussitôt, avec le plus grand calme, elle remit son tee-shirt.

« Il était venimeux ? demanda le garçon tremblant dès qu'il put recouvrer la voix.

— Oui, je crois que c'était un *surucucú*, mais il n'était pas très grand. Il avait une petite gueule et il ne peut pas ouvrir beaucoup les mâchoires, il pourrait seulement mordre un doigt, pas la jambe », répliqua Nadia. Puis elle entreprit de lui traduire la conversation de Carías et Ariosto.

« Quel est le plan de ces bandits ? Que pouvons-nous faire ? demanda Nadia.

— Je ne sais pas. La seule chose qui me vienne à l'esprit, c'est de le raconter à ma grand-mère, mais je ne sais pas si elle me croira ; elle dit que je suis paranoïaque, que je vois des ennemis et des dangers partout, répondit le garçon.

— Pour le moment, Alex, nous ne pouvons qu'attendre et surveiller... », suggéra Nadia.

*

Les enfants regagnèrent leurs hamacs. Exténué, Alex s'endormit aussitôt, et il se réveilla au lever du jour avec les hurlements assourdissants des singes. Il avait tellement faim qu'il aurait mangé les crêpes de son père avec plaisir, mais il n'avait rien à se mettre sous la dent et dut attendre deux heures que ses compagnons de voyage soient prêts pour le déjeuner. On lui offrit du café noir, de la bière tiède et les restes froids du tapir de la veille. Il refusa tout cela, écœuré. Il n'avait jamais vu de tapir, mais il imaginait que ce devait être une sorte de gros rat ; il aurait une belle surprise, quelques jours plus tard, en s'apercevant que c'était un animal de plus de cent kilos, semblable à un cochon, dont la chair était très appréciée. Il mit la main sur une banane, mais elle était amère et lui laissa la langue râpeuse ; il apprit par la suite que celles de cette variété devaient être cuites. Nadia, qui était partie de bonne heure se baigner dans le fleuve avec d'autres fillettes, revint avec une fleur fraîche à une oreille et la même plume verte à l'autre, portant Boroba accroché à son cou et tenant une moitié d'ananas dans la main. Alex avait lu que le seul fruit sûr, sous les tropiques, était celui que l'on pelait soi-même, mais il décida que le risque d'attraper le typhus était préférable à la malnutrition. Reconnaissant, il dévora l'ananas qu'elle lui offrait.

César Santos, le guide, apparut quelques instants plus tard, aussi propre que sa fille, invitant les autres membres en sueur de l'expédition à aller faire trempette dans le fleuve. Tous le suivirent, sauf le professeur Leblanc, qui envoya Karakawe chercher plusieurs seaux d'eau pour se baigner sur la terrasse, car l'idée de nager en compagnie d'une raie cornue l'attirait peu. Certaines avaient la taille d'un grand tapis, et non seulement leur puissante queue coupait comme une scie, mais elle injectait aussi du venin. Alex considéra qu'après l'expérience du serpent de la veille, il n'allait pas reculer devant le risque de se trouver nez à nez avec un poisson, aussi détestable que fût sa réputation. Il piqua une tête dans l'eau.

« Si une raie t'attaque, c'est que ces eaux ne sont pas pour toi », fut l'unique commentaire de sa grand-mère, qui partit avec les femmes se baigner d'un autre côté.

« Les raies sont timides et vivent sur le fond du fleuve. En général, elles s'enfuient dès qu'elles perçoivent un mouvement dans l'eau, mais de toute façon il faut marcher en traînant les pieds, pour ne pas poser le pied dessus », lui apprit César Santos.

Le bain fut agréable, le laissant frais et propre.

CHAPITRE 7

Le jaguar noir

AVANT de partir, les membres de l'expédition furent invités au campement de Mauro Carías. Le docteur Omayra Torres s'excusa : elle devait renvoyer les jeunes mormons à Manaus dans un hélicoptère de l'armée, car leur état s'était aggravé. Le campement était composé de plusieurs caravanes, transportées par hélicoptère et installées en cercle dans une clairière de la forêt, à quelques centaines de mètres de Santa María de la Lluvia. Ses installations étaient luxueuses comparées aux bicoques couvertes de zinc du village. Il disposait d'un générateur électrique, d'une antenne de radio et même de panneaux solaires.

Pour contrôler ses multiples négoces, qui allaient de l'exploitation du bois aux mines d'or, Carías possédait des installations semblables en plusieurs points stratégiques de l'Amazonie, mais il vivait loin de là. On disait qu'il possédait des maisons princières à Caracas, à Rio de Janeiro et à Miami, et que dans chacune il entretenait une épouse. Il se déplaçait avec son jet privé et son petit avion, mais il utilisait aussi les véhicules de l'armée que quelques généraux de ses amis mettaient à sa disposition. A Santa María de la Lluvia, il n'y avait pas d'aéroport où pût atterrir son jet, c'est pourquoi il utilisait son bimoteur, qui comparé au petit avion de César Santos, un oiseau décrépit de tôles oxydées, était impressionnant. Kate Cold fut surprise de constater que le campement était entouré de fil électrique et surveillé par des gardes.

« Qu'est-ce que cet homme peut bien posséder ici qui mérite une telle surveillance ? » commenta-t-elle à son petit-fils.

Mauro Carías faisait partie de ces rares aventuriers qui s'étaient enrichis en Amazonie. Des milliers de *garimpeiros* pénétraient à pied ou en pirogue dans la forêt ou sur les fleuves, à la recherche de mines d'or ou de gisements de diamant, se frayant un chemin à coups de machette dans la végétation, attaqués par les fourmis, les sangsues et les moustiques. Beaucoup mouraient de malaria, d'autres par balles, d'autres de faim ou de solitude ; leurs corps pourrissaient dans des tombes anonymes, ou alors les animaux les mangeaient.

On disait que Carías avait commencé sa fortune avec des poules : il les lâchait dans la forêt, puis leur ouvrait le gésier d'un coup de couteau pour récolter les pépites d'or que les malheureuses avaient avalées. Mais ce ragot, comme tous ceux qui se colportaient sur le passé de cet homme, devait être exagéré, car en réalité l'or n'était pas semé comme du maïs dans le sol de l'Amazonie. En tout cas, Carías n'avait jamais dû risquer sa santé comme les misérables *garimpeiros*, car il avait de bons contacts et le sens des affaires, il savait commander et se faire respecter ; ce qu'il n'obtenait pas de bon gré, il l'obtenait par la force. Beaucoup murmuraient dans son dos que c'était un criminel, mais personne n'osait le lui dire en face ; on ne pouvait prouver qu'il avait du sang sur les mains. Son apparence n'avait rien de menaçant ou de suspect, c'était un homme sympathique, de belle prestance, bronzé, aux mains soignées et aux dents très blanches, s'habillant de vêtements de sport raffinés. Il parlait d'une voix mélodieuse et regardait droit dans les yeux, comme s'il voulait prouver sa franchise à chaque phrase.

L'homme d'affaires reçut les membres de l'expédition de l'*International Geographic* dans l'une des caravanes tenant lieu de salon, avec toutes les commodités qui n'existaient pas au village. Il était accompagné de deux femmes jeunes et fort séduisantes, qui servaient à boire et allumaient les cigares, mais qui ne prononçaient pas un mot. Alex pensa qu'elles ne parlaient pas anglais. Il les compara à Morgana, la fille qui lui avait volé son sac à dos à New York, car elles avaient la même attitude insolente. Il rougit en pensant à Morgana, et se demanda à nouveau comment il avait pu être aussi naïf et se laisser berner de la sorte. C'étaient les seules femmes qu'on pouvait voir dans le campement, par ailleurs peuplé exclusivement d'hommes armés jusqu'aux dents. L'amphitryon leur offrit un délicieux déjeuner de fromages, de viandes froides, de crustacés, de fruits, de glaces et autres luxes apportés de Caracas. Pour la première fois depuis qu'il avait quitté son pays, le jeune Américain put manger à sa faim.

« Il paraît que tu connais très bien cette région, Santos.

Depuis combien de temps vis-tu ici ? demanda Mauro Carías au guide.

— Depuis toujours. Je ne pourrais vivre ailleurs, répliqua celui-ci.

— On m'a dit que ta femme est tombée malade ici. Je regrette beaucoup... Je n'en suis pas surpris, fort peu d'étrangers arrivent à survivre dans cet isolement et sous ce climat. Et cette fillette, elle ne va pas à l'école ? », et Carías tendit le bras pour toucher Nadia, mais Boroba lui montra les dents.

« Je n'ai pas besoin d'aller à l'école. Je sais lire et écrire, dit Nadia d'un ton emphatique.

— Avec ça, tu n'as pas besoin d'en savoir davantage, ma belle, dit Carías en souriant.

— Nadia connaît aussi la nature, elle parle anglais, espagnol, portugais et plusieurs langues indigènes, ajouta son père.

— Que portes-tu à ton cou, ma belle ? interrogea Carías d'un ton affectueux.

— Je m'appelle Nadia, dit-elle.

— Montre-moi ton collier, Nadia, sourit l'homme d'affaires en montrant sa denture parfaite.

— Il est magique, je ne peux pas l'enlever.

— Tu veux le vendre ? Je te l'achète, se moqua Mauro Carías.

— Non ! » cria-t-elle en s'écartant.

César Santos intervint pour excuser les manières sauvages de sa fille. Il était surpris qu'un homme aussi important perde son temps à se moquer d'une gamine. Avant, personne ne prêtait attention à Nadia, mais au cours des derniers mois, sa fille commençait à attirer les regards, et cela ne lui plaisait pas du tout. Mauro Carías ajouta que si l'adolescente avait toujours vécu en Amazonie, elle n'était pas préparée à la vie en société ; quel avenir serait le sien ? Elle semblait très dégourdie, et avec une bonne éducation elle pourrait aller loin, dit-il. Il offrit même de l'emmener avec lui à la ville, où il pourrait l'envoyer à l'école et en faire une demoiselle, comme il se devait.

« Je ne peux me séparer de ma fille, mais je vous remercie tout de même, répliqua Santos.

— Penses-y, mon vieux. Je serais en quelque sorte son parrain..., ajouta l'homme d'affaires.

— Je peux aussi parler avec les animaux », l'interrompit Nadia. Un éclat de rire général accueillit ses paroles. Les seuls à ne pas rire furent son père, Alex et Kate Cold.

« Si tu peux parler avec les animaux, peut-être pourrais-tu me servir d'interprète avec l'une de mes mascottes. Venez avec moi », les invita Carías de son intonation très douce.

*

Ils suivirent Mauro Carías dans une enceinte formée par les caravanes placées en cercle, au centre de laquelle se trouvait une cage improvisée faite de bâtons et de grillage de poulailler. A l'intérieur allait et venait un grand félin, au comportement agité des fauves en captivité. C'était un jaguar noir, l'un des plus beaux spécimens qu'on eût jamais vus dans cette région, avec une peau brillante et des yeux hypnotiques, couleur topaze. En sa présence, Boroba lança un cri aigu, sauta de l'épaule de Nadia et s'enfuit à vive allure, suivi de la jeune fille qui l'appelait en vain. Alex fut surpris, car jusqu'alors il n'avait jamais vu le singe se séparer de son plein gré de sa maîtresse. Les photographes braquèrent aussitôt leurs objectifs sur le fauve et Kate Cold sortit elle aussi son petit appareil automatique de son sac. Le professeur Leblanc resta à prudente distance.

« Les jaguars noirs sont les animaux les plus redoutables d'Amérique du Sud. Ils ne reculent devant rien, ils sont courageux, dit Carías.

— Si vous l'admirez, pourquoi ne le libérez-vous pas ? Ce pauvre chat serait mieux mort que prisonnier, fit remarquer César Santos.

— Le libérer ? Il n'en est pas question, mon vieux ! J'ai un petit zoo dans ma maison de Rio de Janeiro. J'attends qu'arrive une cage appropriée pour l'envoyer là-bas. »

Comme en transe, fasciné par la vision de cet immense félin, Alex s'était approché. Sa grand-mère lui cria un avertissement qu'il n'entendit pas, et il s'avança jusqu'à toucher des deux mains le grillage qui le séparait de l'animal. Le jaguar s'arrêta, lança un formidable feulement, puis fixa son regard jaune sur Alex ; il était immobile, muscles tendus, sa peau noir de jais palpitait. Le garçon ôta ses lunettes, qu'il portait depuis l'âge de sept ans, et les laissa tomber par terre. Ils étaient si près l'un de l'autre qu'il put distinguer chacune des petites taches dorées dans les pupilles du fauve, tandis que leurs yeux se rejoignaient en un dialogue silencieux. Tout disparut : il se trouva seul face à l'animal dans une vaste plaine d'or, entouré de très hautes tours noires, sous un ciel blanc où flottaient six lunes transparentes, semblables à des méduses. Il vit le félin ouvrir sa gueule où brillaient ses grandes dents de perle, et d'une voix humaine, mais qui semblait venir du fond d'une caverne, il l'entendit prononcer son nom : Alexander. Et lui, répondit avec sa propre voix, qui elle aussi résonnait de façon caverneuse : Jaguar. L'animal et le garçon répétèrent trois fois ces mots, Alexander, Jaguar, Alexander, Jaguar, Alexander, Jaguar, et alors le sable de la plaine devint phosphorescent, le ciel vira au noir et les six lunes se mirent à tourner dans ses orbites, se déplaçant comme de lentes comètes.

Entre-temps, Mauro Carías avait donné un ordre et l'un de ses employés amena un singe en le tirant par une corde. En voyant le jaguar, le singe eut une réaction semblable à celle de Boroba, il se mit à crier, à faire des bonds et à gesticuler, mais il ne put se libérer. Carías l'attrapa par le cou et, avant que quiconque eût pu deviner ses intentions, il ouvrit la cage d'un seul geste et lança le petit animal terrorisé à l'intérieur.

Pris par surprise, les photographes durent faire un effort pour se rappeler qu'ils avaient un appareil entre les mains. Fasciné, Leblanc suivait chaque mouvement du malheureux singe, qui grimpait au grillage en cherchant une issue, et du fauve qui le suivait des yeux, tapi, prêt à bondir. Sans penser à ce qu'il faisait, Alex s'élança en courant, marchant sur ses lunettes qui étaient toujours par terre et les réduisant en miettes. Il se jeta sur la porte de la cage, prêt à sauver les deux animaux, le singe d'une mort certaine et le jaguar de sa prison. En voyant son petit-fils ouvrir le loquet, Kate courut elle aussi, mais avant qu'elle l'atteigne, deux des employés de Carías avaient déjà attrapé le garçon par les bras et luttaient avec lui. Tout se déroula simultanément, et si vite qu'Alex fut incapable ensuite de se souvenir de la succession des faits. D'un coup de patte le jaguar mit le singe à terre et il le dépeça d'un coup de ses terribles mâchoires. Le sang gicla dans toutes les directions. Au même instant César Santos sortit son pistolet et tira sur le fauve, le visant précisément au front. Alex sentit l'impact comme si la balle l'avait atteint lui-même entre les deux yeux, et il serait tombé sur le dos si les gardes de Carías ne l'avaient retenu par les bras, pratiquement en l'air.

« Qu'as-tu fait, malheureux ! » cria l'homme d'affaires, dégainant aussi son arme et se tournant vers César Santos.

Ses gardes lâchèrent Alex, qui perdit l'équilibre et tomba à terre, pour affronter le guide, mais ils n'osèrent pas poser la main sur lui parce qu'il tenait encore son arme fumante.

« Je lui ai rendu sa liberté », répliqua César Santos étonnamment calme.

Mauro Carías fit un effort pour se maîtriser. Il comprit qu'il ne pouvait se battre avec lui à coups de pistolet devant les journalistes et Leblanc.

« Du calme ! » ordonna Mauro Carías à ses hommes.

« Il l'a tué ! Il l'a tué ! » répétait Leblanc, rouge d'excitation. La mort du singe puis celle du félin l'avaient rendu fou, il se comportait comme s'il eût été ivre.

« Ne vous inquiétez pas, professeur Leblanc, je peux avoir autant d'animaux que je veux. Je vous prie de m'excuser ; je crains que ce spectacle n'ait été peu approprié pour des cœurs sensibles », s'exclama Carías.

Kate Cold aida son petit-fils à se relever, puis elle prit César Santos par un bras et le conduisit vers la sortie, sans attendre que la situation devînt plus violente. Le guide se laissa conduire par la journaliste et ils sortirent, suivis d'Alex. Dehors ils retrouvèrent Nadia et Boroba, épouvanté, accroché à sa taille.

*

Alex tenta d'expliquer à Nadia ce qui s'était passé entre le jaguar et lui avant que Mauro Carías n'introduise le singe dans la cage, mais tout s'embrouillait dans son esprit. L'expérience avait été si réelle que le garçon pouvait jurer que, l'espace de quelques instants, il s'était trouvé dans un autre monde, dans un monde aux sables rayonnants où six lunes tournaient dans le firmament, un monde où le jaguar et lui s'étaient fondus en une seule voix. Bien que les mots lui manquent pour raconter à son amie ce qu'il avait ressenti, elle parut comprendre sans avoir besoin d'entendre les détails.

« Le jaguar t'a reconnu parce que c'est ton animal totémique, dit-elle. Nous avons tous l'esprit d'un animal qui nous accompagne. C'est comme notre âme. Tout le monde ne découvre pas son animal, uniquement les grands guerriers et les chamans, mais tu l'as découvert sans le chercher. Ton nom est Jaguar, dit Nadia.

— Jaguar ?

— Alexander est le nom que t'ont donné tes parents. Jaguar est ton vrai nom, mais pour l'utiliser tu dois avoir la nature du jaguar.

— Et comment est sa nature ? Cruelle et sanguinaire ?

demanda Alex en pensant à la gueule du fauve en train de déchirer le singe dans la cage de Carías.

— Les animaux ne sont pas cruels comme les humains, ils ne tuent que pour se défendre ou quand ils ont faim.

— Toi aussi tu as un animal totémique, Nadia ?

— Oui, mais il ne m'a pas encore été révélé. Trouver son animal est moins important pour une femme, parce que nous, nous recevons notre force de la terre. Nous les femmes, *nous sommes* la nature, expliqua la jeune fille.

— Comment sais-tu tout cela ? demanda Alex, qui déjà doutait moins des paroles de sa nouvelle amie.

— Walimaï me l'a appris.

— Le chaman est ton ami ?

— Oui, Jaguar, mais je n'ai dit à personne que je parle avec Walimaï, pas même à mon père.

— Pourquoi ?

— Parce que Walimaï préfère la solitude. La seule compagnie qu'il supporte est celle de l'esprit de son épouse. Parfois seulement, il apparaît dans un *shabono* pour soigner un malade ou participer à une cérémonie des morts, mais jamais il n'apparaît devant les *nahab*.

— *Nahab* ?

— Les étrangers.

— Tu es étrangère, Nadia.

— Walimaï dit que je n'appartiens à aucun lieu, que je ne suis ni indienne ni étrangère, ni femme ni esprit.

— Qu'est-ce que tu es alors ? demanda Jaguar.

— Je suis, voilà tout », répliqua-t-elle.

*

César Santos expliqua aux membres de l'expédition qu'ils remonteraient le fleuve dans des canots à moteur et pénétreraient dans les territoires indigènes jusqu'aux pieds des cataractes du haut Orénoque. Là ils installeraient le campement et, si possible, défricheraient une frange de forêt pour improviser une petite piste d'atterrissage. Lui reviendrait à Santa María de la Lluvia pour chercher son avion, qui servirait de liaison rapide avec le village. Il dit qu'à ce moment-là le nouveau moteur serait arrivé et qu'il n'aurait qu'à le monter. Avec l'avion, ils pourraient aller dans la zone inexpugnable des montagnes où, d'après les témoignages de quelques Indiens et aventuriers, la Bête mythique pourrait avoir son repaire.

« Comment une créature gigantesque monte-t-elle et descend-elle sur ce terrain que nous-mêmes ne sommes pas censés pouvoir escalader ? demanda Kate Cold.

— C'est ce que nous vérifierons, répliqua César Santos.

— Comment les Indiens se déplacent-ils dans cette région sans un avion ? insista-t-elle.

— Ils connaissent le terrain. Les Indiens peuvent grimper au sommet d'un très haut palmier dont le tronc est hérissé d'épines. Ils peuvent aussi escalader les parois rocheuses des cataractes, qui sont lisses comme des miroirs », dit le guide.

Ils passèrent une bonne partie de la matinée à charger les bateaux. Le professeur Leblanc avait plus de bagages que les photographes, y compris une provision de caisses d'eau en bouteille, qu'il utilisait même pour se raser, parce qu'il craignait les eaux infectées de mercure. Il fut inutile que César Santos lui répétât qu'ils camperaient en amont, loin des mines d'or. Sur la suggestion du guide, Leblanc avait embauché Karakawe, l'Indien qui la veille l'éventait, afin qu'il fût son assistant personnel pendant le reste du voyage. Il précisa qu'il souffrait du dos et ne pouvait porter le moindre poids.

Dès le début de cette aventure, Alexander avait eu la responsabilité de s'occuper des affaires de sa grand-mère. C'était là un aspect de son travail, pour lequel elle lui donnait une rémunération minime, qui lui serait payée au retour, à condition qu'il eût bien accompli sa tâche. Chaque jour Kate Cold notait dans son carnet les heures de travail de son petit-fils et lui faisait signer la feuille : ainsi tenaient-ils les comptes. Dans un moment de sincérité, il lui avait raconté comment il avait tout cassé dans sa chambre avant d'entreprendre ce voyage. Sa grand-mère n'avait pas paru trouver cela grave, car elle était d'avis qu'on a besoin de fort peu de chose en ce monde, mais elle lui avait offert un salaire au cas où il voudrait réparer les dégâts. Kate voyageait avec trois vêtements de rechange en coton, de la vodka, du tabac, du shampooing, du savon, du répulsif contre les insectes, une moustiquaire, une couverture, du papier et une boîte de crayons, le tout dans un grand sac de grosse toile. Elle emportait également un appareil photo automatique des plus ordinaires, qui avait provoqué les éclats de rire dédaigneux des photographes professionnels, Timothy Bruce et Joel González. Kate les laissa rire sans faire de commentaires. Alex avait encore moins de vêtements que sa grand-mère, mais également une carte et deux livres. Il avait attaché son couteau suisse, sa flûte ainsi qu'une boussole à sa ceinture. En voyant l'instrument, César Santos lui expliqua qu'elle ne lui servirait à rien dans la forêt, car on ne pouvait y avancer en ligne droite.

« Oublie la boussole, petit. Le mieux est que tu me suives sans jamais me perdre de vue », lui conseilla-t-il.

Mais Alex aimait l'idée de pouvoir situer le nord, où qu'il se trouvât. Sa montre, en revanche, ne servait à rien, car en Amazonie le temps n'était pas comme celui du reste de la planète, il ne se mesurait pas en heures, mais en aubes, en marées, en saisons, en pluies.

Les cinq soldats mis à la disposition de l'expédition par le capitaine Ariosto, et Matuwe, le guide indien employé par César Santos, étaient bien armés. Matuwe et Karakawe avaient adopté ces noms à l'usage des étrangers ; seuls les membres de leur famille et leurs proches amis pouvaient les appeler par leurs vrais noms. Tous deux avaient quitté leurs communautés très jeunes, pour être éduqués dans les écoles des missionnaires, où ils avaient été christianisés, mais ils restaient en contact avec les leurs. Personne dans la région ne pouvait s'orienter mieux que Matuwe, qui n'avait jamais eu besoin d'une carte pour savoir où il se trouvait. Karakawe était considéré comme un « homme de la ville », parce qu'il voyageait souvent à Manaus et Caracas et que, comme bien des gens de la ville, il était d'un tempérament méfiant.

César Santos emportait l'indispensable pour monter le campement : des tentes, de la nourriture, des ustensiles de cuisine, des lampes et une radio fonctionnant avec des piles, des outils, des filets pour fabriquer des pièges, des machettes, des couteaux et quelques colifichets en verroterie et en plastique pour faire du troc avec les Indiens. Au dernier moment, sa fille apparut avec son petit singe noir perché sur une hanche, l'amulette de Walimaï en pendentif, et sans autre bagage qu'un gilet de coton noué à son cou, annonçant qu'elle était prête à embarquer. Elle avait averti son père qu'elle ne voulait pas rester à Santa María de la Lluvia avec les religieuses de l'hôpital, comme d'autres fois, parce que Mauro Carías était dans les parages et qu'elle n'aimait pas la manière dont il la regardait et essayait de la toucher. Elle avait peur de l'homme qui « portait son cœur dans une trousse ». Le professeur Leblanc se mit en colère. Il avait déjà sévèrement fait objection à la présence du petit-fils de Kate Cold, mais comme il était impossible de le renvoyer aux Etats-Unis, il avait dû le tolérer ; maintenant, cependant, il n'était pas disposé à permettre, et sous aucun prétexte, que la fille du guide vînt aussi.

« Ce n'est pas une maternelle, c'est une expédition scientifique comportant de nombreux risques, les yeux du monde sont fixés sur Ludovic Leblanc », allégua-t-il furieux.

Comme personne ne faisait attention à lui, il refusa d'embarquer. Sans lui, ils ne pouvaient partir ; seul l'immense prestige de son nom servait de garantie à l'*International Geographic*, dit-il. César Santos essaya de le convaincre que sa fille l'accompagnait toujours et qu'elle ne dérangerait pas le moins du monde, bien au contraire ; elle pourrait être d'un grand secours, car elle parlait plusieurs dialectes indiens. Leblanc resta inflexible. Une demi-heure plus tard, la chaleur avait augmenté de cent degrés, l'humidité gouttait de toutes les surfaces et les esprits des membres de l'expédition étaient aussi échauffés que la température. Alors Kate Cold intervint.

« Moi aussi j'ai mal au dos, professeur. J'ai besoin d'une assistante personnelle. J'ai embauché Nadia Santos afin qu'elle porte mes carnets et qu'elle m'évente avec une feuille de bananier », dit-elle.

Tous éclatèrent de rire. L'adolescente monta dignement dans l'embarcation et prit place à côté de l'écrivain. Le singe s'installa sur ses genoux et de là se mit à tirer la langue et à faire des grimaces au professeur Leblanc, qui avait aussi embarqué, rouge d'indignation.

CHAPITRE 8

L'expédition

De nouveau, le groupe se trouva en train de naviguer vers l'amont. Cette fois il y avait treize adultes et deux enfants dans deux gros canots à moteur, appartenant tous deux à Mauro Carías qui les avait mis à la disposition de Leblanc.

Alex attendit l'occasion de raconter à sa grand-mère, en privé, l'étrange dialogue entre Mauro Carías et le capitaine Ariosto, que Nadia lui avait traduit. Kate écouta avec attention, sans montrer d'incrédulité comme son petit-fils l'avait craint, paraissant au contraire fort intéressée.

« Je n'aime pas Carías. Quel peut être son plan pour exterminer les Indiens ? demanda-t-elle.

— Je ne sais pas.

— Tout ce que nous pouvons faire pour le moment, c'est attendre et surveiller, décida l'écrivain.

— C'est exactement ce qu'a dit Nadia.

— Cette gamine devrait être ma petite-fille, Alexander. »

Le voyage sur le fleuve ressemblait à celui qu'ils

avaient fait auparavant, de Manaus à Santa María de la Lluvia, bien que le paysage eût changé. A ce moment, le garçon avait décidé de faire comme Nadia et, au lieu de lutter contre les moustiques en s'aspergeant d'insecticide, il les laissait l'attaquer, surmontant la tentation de se gratter. Il enleva aussi ses bottes lorsqu'il constata qu'elles étaient toujours trempées et que les sangsues le piquaient autant que s'il n'en avait pas. Il ne s'en rendit compte, la première fois, que lorsque sa grand-mère lui montra ses pieds : ses chaussettes étaient pleines de sang. Il les ôta et vit les écœurantes bestioles collées à sa peau, gonflées de sang.

« Ça ne fait pas mal parce qu'elles injectent un anesthésique avant de sucer le sang », expliqua César Santos.

Puis il lui apprit à détacher les sangsues en les brûlant avec une cigarette, pour éviter que les dents ne restent accrochées à la peau, risquant de provoquer une infection. Cette méthode était assez compliquée pour Alex, car il ne fumait pas, mais un peu du tabac chaud de la pipe de sa grand-mère eut le même effet. Il était plus facile de les enlever que de passer son temps à essayer de s'en protéger.

Depuis le début, Alex avait l'impression que la tension était palpable entre les adultes de l'expédition : personne n'avait confiance en personne. Il n'arrivait pas non plus à se débarrasser de la sensation qu'on les épiait, que des milliers d'yeux observaient chaque mouvement des embarcations. A chaque instant il regardait par-dessus son épaule, mais personne ne les suivait sur le fleuve.

Les cinq soldats étaient des *caboclos* originaires de la région ; Matuwe, le guide employé par César Santos, était un indigène et il leur servirait d'interprète auprès des groupes indigènes. L'autre Indien pur était Karakawe, l'assistant de Leblanc. D'après le docteur Omayra Torres, Karakawe ne se comportait pas comme les autres Indiens, et sans doute ne pourrait-il jamais vivre à nouveau avec les siens.

Chez les Indiens, on partageait tout, les seuls biens individuels étant les rares armes ou les outils primitifs que chacun pouvait emporter avec soi. Chaque communauté habitait un *shabono*, une grande maison commune de forme circulaire, couverte de feuilles et ouverte sur un espace intérieur. Ses membres vivaient tous ensemble, partageant la nourriture aussi bien que l'éducation des enfants. Cependant, le contact avec les étrangers était en train de les détruire : non seulement ces derniers leur transmettaient les maladies du corps, mais aussi d'autres de l'âme. A peine les Indiens essayaient-ils une machette, un couteau ou tout autre instrument métallique, que leur vie changeait pour toujours. Avec une seule machette, ils pouvaient multiplier par mille la production des petits jardins dans lesquels ils cultivaient le manioc et le maïs. Avec un simple couteau, n'importe quel guerrier se prenait pour un dieu. Les Indiens souffraient de la même obsession pour l'acier que les étrangers en éprouvaient pour l'or. Karakawe avait dépassé le stade de la machette et se trouvait à celui des armes à feu : il ne se séparait jamais de son vieux pistolet. Quelqu'un comme lui, qui pensait plus à lui qu'à la communauté, n'avait pas sa place dans le groupe. L'individualisme était considéré comme une forme de démence, comme être possédé par un démon.

Karakawe était un homme taciturne, qui ne répondait que par un ou deux mots quand on lui posait une question à laquelle il ne pouvait se dérober ; il ne s'entendait ni avec les étrangers, ni avec les *caboclos*, ni avec les Indiens. Il servait Ludovic Leblanc à contrecœur, et la haine brillait dans ses yeux chaque fois qu'il devait s'adresser à l'anthropologue. Il ne mangeait pas avec les autres, ne buvait pas une goutte d'alcool et s'éloignait du groupe lorsqu'ils campaient pour la nuit. Nadia et Alex le surprirent une fois en train de fouiller dans les affaires du docteur Omayra Torres.

« Tarentule », dit-il en guise d'explication.

Les deux enfants décidèrent de le surveiller.

*

Plus ils avançaient et plus la navigation devenait difficile, car le fleuve se rétrécissait, se précipitant souvent dans des rapides qui menaçaient de retourner les embarcations. A d'autres endroits, l'eau paraissait stagner et des cadavres d'animaux y flottaient, de même que des troncs pourris et des branches qui empêchaient d'avancer. Ils devaient alors arrêter les moteurs et continuer à la rame, utilisant des bambous en guise de perches pour écarter les obstacles. Plusieurs fois il s'avéra que c'étaient de grands caïmans, qui vus d'en haut se confondaient avec des troncs. César Santos expliqua que lorsque l'eau était basse apparaissaient les jaguars, et que lorsqu'elle était haute arrivaient les serpents. Ils virent deux tortues gigantesques et une anguille d'un mètre cinquante qui, d'après César Santos, attaquait par une forte décharge électrique. La végétation était dense et exhalait une odeur de matière organique en décomposition, mais parfois, au crépuscule, de grandes fleurs s'épanouissaient au milieu des arbres ; l'air s'emplissait alors d'un doux parfum de vanille et de miel. Des hérons blancs les observaient, immobiles, depuis les hautes herbes qui poussaient sur les berges, et partout volaient des papillons aux couleurs brillantes.

César Santos stoppait en général les bateaux devant des arbres dont les branches s'inclinaient au-dessus de l'eau, et il suffisait de tendre la main pour cueillir leurs fruits. Ne les ayant jamais vus, Alex refusait d'y goûter, mais les autres les savouraient avec plaisir. Une fois, le guide dévia l'embarcation pour récolter une plante qui, d'après ce qu'il dit, était un formidable cicatrisant. Le docteur Omayra Torres acquiesça et recommanda au jeune Américain de frotter la cicatrice de sa main avec le jus de la plante, bien qu'en réalité ce ne fût pas nécessaire, car elle avait bien guéri. A peine restait-il une légère ligne rouge qui ne le gênait pas du tout.

Kate Cold raconta que nombre d'hommes avaient cherché dans cette région la ville mythique d'El Dorado où, selon la légende, les rues étaient pavées d'or et les enfants jouaient avec des pierres précieuses. Une multitude d'aventuriers avait pénétré dans la forêt en remontant l'Amazone et l'Orénoque, sans atteindre le cœur de ce territoire enchanté où le monde était resté innocent, comme à l'aube de la vie humaine sur la planète. Ils étaient morts ou avaient reculé, vaincus par les Indiens, les moustiques, les fauves, les maladies tropicales, le climat et les difficultés du terrain.

Ils se trouvaient déjà en territoire vénézuélien, mais dans ces parages disparaissait toute notion de frontières ; partout régnait le même paradis préhistorique. A la différence du Río Negro, les eaux de ces fleuves étaient désertes. Ils ne croisèrent pas d'autres bateaux, ne virent pas de pirogues ni de maisons sur pilotis, ni un seul être humain. En revanche, la flore et la faune étaient une merveille, les photographes étaient à la fête ; ils n'avaient jamais eu autant d'espèces d'arbres, de plantes, de fleurs, d'insectes, d'oiseaux et d'animaux à portée de leurs objectifs. Ils virent des perroquets vert et rouge, d'élégants flamants, des toucans au bec si grand et si lourd qu'ils pouvaient à peine le soutenir de leur crâne fragile, des centaines de canaris et de perruches. Beaucoup de ces oiseaux étaient menacés de disparition, car les trafiquants les chassaient sans merci pour les vendre en contrebande dans d'autres pays. Les singes de différentes espèces, presque humains dans leurs expressions et leurs jeux, paraissaient les saluer depuis les arbres. Il y avait des cervidés, des fourmiliers, des écureuils et d'autres petits mammifères. Plusieurs splendides perroquets – ou aras, comme on les appelait aussi – les suivirent de longs moments. Ces grands oiseaux multicolores volaient avec une grâce incroyable au-dessus des canots, comme si, curieux, ils voulaient voir de plus près les étranges créatures qui voyageaient dedans. Leblanc leur tira dessus avec son pistolet, mais César Santos réussit à dévier le tir en lui donnant un coup sec sur le bras. Le coup de feu effraya les singes et d'autres oiseaux, le ciel s'emplit d'ailes, mais les perroquets revinrent peu après, impassibles.

« Ils ne sont pas comestibles, professeur, leur chair est

amère. Il n'y a aucune raison de les tuer, reprocha César Santos à l'anthropologue.

— J'aime les plumes, dit Leblanc, irrité par l'intervention du guide.

— Achetez-les à Manaus, répliqua sèchement César Santos.

— Les aras peuvent être domestiqués, dit le docteur Omayra Torres. Ma mère en a un chez nous, à Boa Vista. Il l'accompagne partout, en volant toujours à deux mètres au-dessus de sa tête. Quand elle va au marché, l'ara suit l'autobus jusqu'à ce qu'elle en descende, il l'attend dans un arbre pendant qu'elle fait ses courses, puis revient avec elle, comme un petit chien de compagnie. »

Alex constata une fois de plus que la musique de sa flûte mettait les singes et les oiseaux en effervescence. Boroba semblait particulièrement attiré par les sons de l'instrument. Lorsqu'il en jouait, le petit singe restait immobile à l'écouter, avec une expression solennelle et curieuse; parfois il sautait sur lui et tirait sur la flûte pour lui demander d'en jouer. Alex lui faisait ce plaisir, ravi d'avoir enfin un auditoire attentif après avoir bataillé pendant des années avec ses sœurs pour qu'elles le laissent jouer en paix. Les membres de l'expédition se sentaient réconfortés par la musique, qui les accompagnait tandis que le paysage devenait plus hostile et plus mystérieux. Le garçon jouait sans effort, les notes coulaient toutes seules, comme si ce délicat instrument avait une mémoire et se souvenait de l'impeccable maestria de son ancien propriétaire, le célèbre Joseph Cold.

*

L'impression d'être suivis s'était emparée de tous. Sans le dire, car ce qu'on ne nomme pas n'existe pas vraiment, ils surveillaient la nature. Le professeur Leblanc passait toute sa journée les jumelles à la main, à examiner les berges ; la tension l'avait rendu encore plus désagréable. Les seuls qui n'avaient pas été contaminés par la nervosité ambiante étaient Kate Cold et l'Anglais Timothy Bruce. Tous deux avaient travaillé ensemble en de nombreuses occasions, ils avaient parcouru la moitié du globe pour leurs articles de voyage, avaient été dans plusieurs guerres et révolutions, avaient escaladé des montagnes et étaient descendus au fond de la mer : aussi, fort peu de choses troublaient-elles leur sommeil. Ils aimaient en outre se targuer d'indifférence.

« Kate, n'as-tu pas l'impression qu'on nous surveille ? lui demanda son petit-fils.

— Oui.

— Tu n'as pas peur ?

— Il y a plusieurs manières de surmonter la peur, Alexander. Aucune ne marche », répliqua-t-elle.

Elle avait à peine prononcé ces mots que l'un des soldats qui voyageaient dans leur embarcation tomba sans un cri à leurs pieds. Kate Cold se pencha sur lui, sans d'abord comprendre ce qui se passait, jusqu'à ce qu'elle découvrît une sorte de longue épine fichée dans la poitrine de l'homme. Elle s'assura qu'il était mort instantanément : l'épine était proprement passée entre les côtes et lui avait transpercé le cœur. Alex et Kate alertèrent les autres passagers, qui ne s'étaient rendu compte de rien tant l'attaque avait été silencieuse. Un instant plus tard, une demi-douzaine d'armes à feu se déchargèrent en direction des fourrés. Quand se dissipèrent le fracas, la poudre et la fuite précipitée des oiseaux qui couvrirent le ciel, ils constatèrent que rien d'autre n'avait bougé dans la forêt. Ceux qui avaient lancé le dard mortel étaient restés accroupis, immobiles et silencieux. D'une secousse, César Santos l'arracha du cadavre et ils virent qu'il mesurait environ un pied de long et était aussi solide et souple que l'acier.

Le guide donna l'ordre de continuer à toute vitesse, car dans cette partie le fleuve était étroit et les embarcations faisaient des cibles faciles pour les flèches des attaquants. Ils ne s'arrêtèrent que deux heures plus tard, lorsqu'il considéra qu'ils étaient en sécurité. Alors à nouveau ils purent examiner le dard, décoré d'étranges marques de peinture rouge et noire, que personne ne put identifier. Karakawe et Matuwe assurèrent qu'ils ne les avaient jamais vues, qu'elles n'appartenaient pas à leurs tribus ni à aucune autre connue, mais que tous les Indiens de la région utilisaient les sarbacanes. Le docteur Omayra Torres expliqua que si le dard n'avait pas atteint le cœur avec une précision aussi spectaculaire, il aurait de toute façon tué l'homme en quelques minutes, bien que de façon plus douloureuse, car la pointe était enduite de curare, un poison mortel utilisé par les Indiens pour la chasse et la guerre, contre lequel on ne connaissait pas d'antidote.

« C'est inadmissible ! Cette flèche aurait pu m'atteindre moi ! protesta Leblanc.

— C'est certain, admit César Santos.

— C'est votre faute ! ajouta le professeur.

— Ma faute ? répéta César Santos, confondu par le tour insolite que prenait cette affaire.

— Vous êtes le guide ! Donc responsable de notre sécurité, vous êtes payé pour ça !

— Nous ne sommes pas précisément dans un voyage touristique, professeur, répliqua César Santos.

— Nous allons faire demi-tour et rentrer immédiatement. Vous rendez-vous compte de la perte que ce serait pour le monde scientifique s'il arrivait quoi que ce soit à Ludovic Leblanc ? » s'exclama le professeur.

Stupéfaits, les membres de l'expédition gardèrent le silence. Personne ne sut quoi dire, jusqu'à ce que Kate Cold intervînt.

« On m'a engagée pour écrire un article sur La Bête, dit-elle, et j'ai bien l'intention de le faire, avec ou sans flèches empoisonnées, professeur. Si vous voulez rentrer, vous pouvez le faire à pied ou à la nage, à votre convenance. Nous, nous allons continuer comme cela a été établi.

— Vieille insolente, comment osez-vous... ! parvint à articuler le professeur.

— Ne me manquez pas de respect, espèce de minus ! » l'interrompit l'écrivain d'un ton calme en le saisissant fermement par la chemise et le paralysant par l'expression de ses redoutables pupilles bleues.

Alex pensa que l'anthropologue allait donner une gifle à sa grand-mère, aussi s'avança-t-il, prêt à l'intercepter, mais ce ne fut pas nécessaire. Le regard de Kate Cold eut le pouvoir de calmer, comme par magie, l'irritable Leblanc.

« Qu'allons-nous faire du corps de ce pauvre homme ? demanda le docteur en montrant le cadavre.

— Par cette température, nous ne pouvons l'emporter, Omayra, tu sais que la décomposition est très rapide. Je suppose que nous devons le jeter à l'eau..., suggéra César Santos.

— Son esprit se fâcherait et il nous poursuivrait pour nous tuer, intervint Matuwe, le guide indien, atterré.

— Dans ce cas, nous ferons comme les Indiens quand ils doivent ajourner une crémation ; nous le laisserons exposé pour que les oiseaux et les animaux profitent de ses restes, décida César Santos.

— Il n'y aura pas de cérémonie, comme il se doit ? insista Matuwe.

— Nous n'avons pas le temps. Des obsèques appropriées dureraient plusieurs jours. De plus, cet homme était chrétien », expliqua César Santos.

Ils se mirent finalement d'accord pour l'envelopper dans une bâche et le placer sur une petite plate-forme d'écorce qu'ils installèrent à la cime d'un arbre. Kate Cold, qui n'était pas une femme religieuse mais avait une bonne mémoire et se souvenait des prières de son enfance, improvisa un bref rituel chrétien. Timothy Bruce et Joel González filmèrent et photographièrent le corps et les funérailles, comme preuve de ce qui était arrivé. César Santos grava des croix dans les arbres de la berge, et il indiqua l'emplacement du mieux qu'il put sur la carte, afin de le reconnaître quand ils reviendraient plus tard chercher les ossements, qui seraient remis à la famille du défunt à Santa María de la Lluvia.

*

A partir de ce moment, le voyage alla de mal en pis. La végétation se fit plus dense et la lumière du soleil ne les atteignait que lorsqu'ils naviguaient au milieu du fleuve. Ils étaient si serrés et si peu à l'aise qu'ils ne pouvaient dormir dans les canots ; malgré le danger que représentaient les Indiens et les animaux sauvages, il fallait camper sur la berge. César Santos répartissait la nourriture, organisait les sorties de chasse et de pêche, puis distribuait les tours de garde entre les hommes pour la nuit. Il exclut le professeur Leblanc, car il était évident que celui-ci perdait son sang-froid au moindre bruit. Kate Cold et le docteur Omayra Torres exigèrent de participer aux veilles ; elles prirent comme une insulte qu'on voulût les exempter parce qu'elles étaient des femmes. Alors, les deux enfants insistèrent pour être acceptés eux aussi, en partie parce qu'ils voulaient surveiller Karakawe. Ils l'avaient vu mettre des poignées de balles dans ses poches et tourner autour du matériel radio avec lequel César Santos parvenait de temps en temps, très difficilement, à entrer en communication avec l'opérateur de Santa María de la Lluvia pour indiquer leur position sur la carte. La coupole végétale de la forêt agissait comme un parapluie, interdisant le passage des ondes radio.

« Qu'est-ce qui est plus dangereux, les Indiens ou La Bête ? demanda Alex à Ludovic Leblanc en plaisantant.

— Les Indiens, jeune homme, ce sont des cannibales. Non seulement ils mangent leurs ennemis, mais aussi les morts de leur propre tribu, répliqua le professeur avec emphase.

— C'est vrai ? Je n'avais jamais entendu parler d'une chose pareille, fit ironiquement remarquer le docteur Omayra Torres.

— Lisez mon livre, mademoiselle.

— Docteur, le corrigea-t-elle pour la millième fois.

— Ces Indiens tuent pour obtenir des femmes, affirma Leblanc.

— Peut-être tueriez-vous pour ce motif, professeur, mais pas les Indiens, car ils ne manquent pas de femmes, ils en auraient plutôt en trop, répliqua le docteur.

— Je l'ai vérifié de mes propres yeux : ils attaquent d'autres *shabonos* pour voler les jeunes femmes.

— Que je sache, ils ne peuvent les obliger à rester avec eux contre leur volonté, interrompit César Santos. Elles sont libres de partir. Lorsqu'il y a la guerre entre deux *shabonos*, c'est parce que l'un d'eux a utilisé la magie pour nuire à l'autre, par vengeance ; parfois aussi, il s'agit de guerres cérémonielles dans lesquelles les hommes se donnent des coups de bâton, mais sans intention de tuer qui que ce soit.

— Vous vous trompez, Santos. Voyez le documentaire de Ludovic Leblanc et vous comprendrez ma théorie, assura Leblanc.

— Ce que je comprends, c'est que vous avez distribué des machettes et des couteaux dans un *shabono* en promettant aux Indiens qu'ils auraient plus de cadeaux s'ils jouaient pour les caméras d'après vos indications..., suggéra le guide.

— C'est une calomnie ! Selon ma théorie...

— D'autres anthropologues et aussi des journalistes sont venus en Amazonie avec leurs propres idées sur les

Indiens, le coupa César Santos. L'un d'eux a filmé un documentaire dans lequel les garçons étaient vêtus en femmes, se maquillaient et employaient du déodorant.

— Ah ! Ce collègue a toujours eu des idées un peu bizarres... », admit le professeur.

Le guide apprit à Alex et Nadia à charger et utiliser les pistolets. L'adolescente ne montra ni une grande habileté ni beaucoup d'intérêt ; elle semblait incapable d'atteindre la cible à trois pas, alors qu'Alex était fasciné. Le poids du pistolet dans sa main lui donnait une sensation de pouvoir invincible ; pour la première fois il comprenait l'obsession de tant de gens pour les armes.

« Mes parents ne supportent pas les armes à feu. S'ils me voyaient avec ça, je crois qu'ils s'évanouiraient, commenta-t-il.

— Ils ne te verront pas », assura sa grand-mère en le prenant en photo.

Alex s'accroupit et fit semblant de tirer, comme il le faisait quand il jouait, enfant.

« Le moyen le plus sûr de rater la cible, c'est de viser et de tirer trop vite, dit Kate Cold. S'ils nous attaquent, c'est exactement ce que tu feras, Alexander, mais n'aie crainte, personne ne te regardera. Le plus probable, c'est qu'alors nous serons tous morts.

— Tu me crois incapable de te défendre, c'est ça ?

— Non, mais je préfère mourir assassinée par les Indiens en Amazonie, que de vieillesse à New York, répliqua sa grand-mère.

— Tu es unique, Kate ! sourit le garçon.

— Nous sommes tous uniques, Alexander », rectifia-t-elle.

*

Le troisième jour de navigation, ils aperçurent une famille de cervidés dans une petite clairière de la berge. Les animaux, habitués à être en lieu sûr dans la forêt, ne parurent pas troublés par la présence des canots. César Santos donna l'ordre de stopper et il en tua un avec son fusil, tandis que les autres s'enfuyaient épouvantés. Ce soir-là, les membres de l'expédition auraient un excellent dîner, la viande de cervidé était très appréciée, malgré sa texture fibreuse, et ce serait un festin après tous ces jours du même régime de poisson. Matuwe avait un poison que les Indiens de sa tribu jetaient dans la rivière. Quand le poison tombait dans l'eau, les poissons étaient paralysés et il devenait alors facile de les attraper avec une lance ou une flèche attachée à une liane. Le poison ne laissait de trace ni dans la chair du poisson ni dans l'eau, les autres poissons sortaient rapidement de leur léthargie.

Ils se trouvaient en un lieu paisible où la rivière formait une petite lagune, idéale pour s'arrêter une heure ou deux, se restaurer et reprendre des forces. César Santos les avertit de faire attention, car l'eau était trouble et ils avaient vu des caïmans quelques heures plus tôt, mais tous avaient chaud et soif. A l'aide des perches, les gardes remuèrent l'eau et, comme ils ne virent pas d'empreintes de caïmans, tous décidèrent de se baigner, sauf le professeur Ludovic Leblanc, qui sous aucun prétexte ne voulait se tremper dans un fleuve ou une rivière. Boroba, le singe, détestait l'eau, mais Nadia l'obligeait à se mouiller de temps en temps pour lui enlever les puces. Juché sur la tête de sa maîtresse, le petit animal poussait des exclamations de pure épouvante chaque fois qu'une goutte d'eau l'éclaboussait. Les membres de l'expédition barbotèrent un moment, tandis que César Santos et deux de ses hommes dépeçaient le cervidé et allumaient un feu pour le faire rôtir.

Alex vit sa grand-mère retirer son pantalon et sa chemise pour nager en sous-vêtements, sans aucune pudeur, bien qu'une fois mouillée elle eût l'air quasiment nue. Il essaya de ne pas la regarder, mais il comprit bien vite que là, au milieu de la nature et si loin du monde connu, la honte du corps n'avait pas sa place. Il avait grandi en contact étroit avec sa mère et ses sœurs, et à l'école il s'était habitué à la compagnie du sexe opposé, mais ces derniers temps l'univers féminin l'attirait, tel un mystère lointain et interdit. Il en connaissait la cause : ses hormones très perturbées, qui ne le laissaient pas réfléchir en paix. L'adolescence était le pire des casse-tête, décida-t-il. On devrait inventer un appareil à rayons laser, dans lequel on pourrait s'introduire pendant une minute, et paf! on sortirait changé en adulte. Il portait en lui un ouragan : parfois il se sentait euphorique, le roi du monde, prêt à lutter à mains nues avec un lion; d'autres fois, tout juste un avorton. Depuis le début de ce voyage, cependant, il avait oublié ses hormones, et il n'avait pas eu non plus le temps de se demander s'il valait la peine de vivre, question qui autrefois l'assaillait au moins une fois par jour. Il comparait à présent le corps de sa grand-mère – sec, plein de nœuds, à la peau flétrie – aux douces courbes dorées du docteur Omayra Torres, qui portait un discret maillot de bain noir, et à la grâce encore enfantine de Nadia. Il considéra les changements du corps aux différents âges de la vie et pensa que les trois femmes, chacune à sa manière, étaient également belles. Il rougit à cette idée. Il n'aurait jamais pensé, deux semaines plus tôt, qu'il pourrait trouver du charme à sa propre grand-mère. Les hormones lui mettraient-elles la cervelle en ébullition ?

Un hurlement à faire se dresser les cheveux sur la tête tira Alex de réflexions si profondes. Le cri provenait de Joel González, l'un des photographes, qui se débattait désespérément dans la boue de la berge. Au début, personne ne comprit ce qui se passait, on ne voyait que les bras de l'homme s'agitant dans l'air et la tête qui disparaissait sous l'eau et en émergeait à nouveau. Alex, qui faisait partie de l'équipe de natation de son collège, fut le premier à l'atteindre en deux ou trois brasses. En s'approchant, absolument horrifié, il vit qu'un serpent aussi gros qu'un tuyau de pompier gonflé d'eau entourait le corps du photographe. Alex attrapa González par un bras et tenta de le tirer vers la terre ferme, mais le poids de l'homme et du reptile était trop lourd pour lui. A deux mains il essaya de détacher l'animal, en tirant de toutes ses forces, mais les anneaux du serpent se resserrèrent davantage sur la victime. Il se souvint de la terrible expérience du *surucucú*, qui quelques nuits plus tôt s'était enroulé autour de sa jambe. Mais là, c'était mille fois pire. Le photographe ne se débattait plus, il ne criait plus, il était inconscient.

« Papa, papa ! Un anaconda ! » appela Nadia, joignant ses cris à ceux d'Alex.

A ce moment, Kate Cold, Timothy Bruce ainsi que deux des soldats s'étaient approchés et tous luttaient contre le puissant serpent, essayant de le détacher du corps du malheureux González. Le tumulte remua la boue du fond de la lagune, rendant l'eau aussi épaisse et foncée que du chocolat. Dans la confusion on ne voyait rien de ce qui se passait, tous tiraient et criaient des instructions sans aucun résultat. Les efforts paraissaient vains, jusqu'à ce que César Santos arrive, tenant le couteau avec lequel il dépeçait le cervidé. Le guide n'osa pas s'en servir à l'aveuglette de crainte de blesser Joel González ou l'un de ceux qui luttaient contre le reptile ; il dut attendre que la tête de l'anaconda surgisse brièvement de la boue pour le décapiter d'un coup de lame précis. L'eau se remplit de sang, prenant la couleur de la rouille. Il leur fallut cinq minutes de plus pour libérer le photographe car, par réflexe, les anneaux constricteurs continuaient à l'enserrer.

Ils hissèrent Joel González sur la berge où il demeura étendu, comme mort. Le professeur Leblanc était si nerveux que, posté en lieu sûr, il tirait en l'air, contribuant à la confusion et au trouble général, jusqu'à ce que Kate Cold vînt lui retirer le pistolet en lui intimant de se taire. Pendant que les autres luttaient dans l'eau avec l'anaconda, le docteur Omayra Torres était retournée au bateau chercher sa trousse, et elle se trouvait maintenant à genoux au côté de l'homme inconscient, une seringue à la main. Elle agissait en silence et calmement, comme si l'attaque d'un anaconda était un événement parfaitement normal dans sa vie. Elle fit une piqûre d'adrénaline à González et, lorsqu'elle fut certaine qu'il respirait, procéda à son examen.

« Il a plusieurs côtes brisées et il est en état de choc,

dit-elle. Espérons qu'il n'ait pas les poumons perforés par un os ou le cou fracturé. Il faut l'immobiliser.

— Comment allons-nous faire ? demanda César Santos.

— Les Indiens utilisent des écorces d'arbre, de la boue et des lianes, dit Nadia, tremblant encore du spectacle auquel elle venait d'assister.

— Très bien, Nadia », approuva le docteur.

Le guide distribua les instructions nécessaires et bientôt le docteur, aidé de Kate et de Nadia, avait enveloppé le blessé depuis les hanches jusqu'au cou dans des morceaux de toile enduits de boue fraîche, puis l'avait attaché après avoir disposé par-dessus de longues bandes d'écorce. La boue séchant, ce paquet rudimentaire aurait le même effet qu'un corset orthopédique moderne. Joel González, hébété et endolori, ne se doutait pas encore de ce qui lui était arrivé, mais il avait recouvré ses esprits et pouvait articuler quelques mots.

*

« Nous devons immédiatement emmener Joel à Santa María de la Lluvia. Là-bas, ils pourront le transporter dans un hôpital avec l'avion de Mauro Carías, exposa le docteur.

— C'est là un terrible contretemps ! Nous n'avons que deux canots. Nous ne pouvons en renvoyer un, lui rétorqua le professeur Leblanc.

— Comment ? Hier il vous fallait une embarcation pour prendre la fuite et maintenant vous refusez d'en envoyer un avec mon ami gravement blessé ? s'insurgea Timothy Bruce en faisant un effort pour garder son calme.

— Sans une attention adéquate, Joel peut mourir, expliqua le docteur.

— N'exagérez rien, ma bonne dame. Cet homme n'est pas en péril, il est seulement effrayé. Avec un peu de repos il sera remis dans deux jours, dit Leblanc.

— Très avisé de votre part, professeur, marmotta Timothy Bruce en serrant les poings.

— Assez, messieurs ! Nous prendrons demain une décision. Il est trop tard aujourd'hui pour naviguer, la nuit va bientôt tomber. Nous devons camper ici », résolut César Santos.

Le docteur Omayra Torres ordonna qu'on allumât un feu près du blessé pour le maintenir au sec et au chaud pendant la nuit, qui était toujours froide. Pour l'aider à supporter la douleur elle lui fit une piqûre de morphine, et pour prévenir toute infection commença à lui administrer des antibiotiques. Elle mélangea quelques cuillerées d'eau et un peu de sel dans une bouteille et recommanda à Timothy Bruce de faire boire ce liquide à son ami à la petite cuiller, afin d'éviter qu'il ne se déshydrate, car à l'évidence il ne pourrait avaler aucun aliment solide au cours des prochains jours. Le photographe anglais, qui quittait rarement son expression de cheval apathique, était franchement inquiet, et il obéit aux ordres avec la sollicitude d'une mère. Même l'antipathique professeur Leblanc dut admettre en son for intérieur que la présence du docteur était indispensable dans une aventure comme celle-ci.

Pendant ce temps, trois des soldats et Karakawe avaient tiré le corps de l'anaconda sur la berge. En le mesurant ils constatèrent qu'il avait près de six mètres de long. Le professeur Leblanc insista pour être photographié avec l'anaconda enroulé autour de son corps de manière qu'on ne vît pas qu'il lui manquait la tête. Puis les soldats détachèrent la peau du reptile, qu'ils clouèrent sur un tronc pour la faire sécher ; de cette façon, ils pouvaient en augmenter la longueur de plus d'un mètre et les touristes en donneraient un bon prix. Mais ils n'auraient cependant pas à l'emporter à la ville, car le professeur Leblanc offrit sur-le-champ de la leur acheter, lorsqu'il se fut assuré qu'on ne lui en ferait pas cadeau. Moqueuse, Kate Cold chuchota à l'oreille de son petit-fils que dans quelques semaines, au cours de ses conférences, l'anthropologue exhiberait certainement l'anaconda comme un trophée, en racontant comment il l'avait attrapé de ses propres mains. C'est ainsi qu'il avait gagné sa réputation de héros auprès des étudiants d'anthropologie du monde entier, fascinés par l'idée que les homicides avaient deux fois plus de femmes et trois fois plus d'enfants que les hommes pacifiques. La théorie de Leblanc sur l'avantage du mâle dominant, capable de commettre n'importe quelle brutalité pour transmettre ses gènes, attirait maints de ces étudiants condamnés à vivre domestiqués en pleine civilisation, et s'ennuyant ferme.

Les soldats cherchèrent dans la lagune la tête de l'anaconda, mais ils ne purent la trouver, elle avait coulé dans la boue du fond, ou alors le courant l'avait emportée. Ils n'osèrent pas trop fouiller, car on disait que ces reptiles allaient toujours par couple et aucun n'était disposé à se retrouver nez à nez avec un autre spécimen de cette taille. Le docteur Omayra Torres expliqua que les Indiens, de même que les *caboclos*, attribuaient des pouvoirs curatifs et prophétiques aux têtes de serpents. Ils les faisaient sécher, les réduisaient en poudre et utilisaient celle-ci pour soigner la tuberculose, la calvitie et les maladies des os, mais également pour interpréter les rêves. La tête d'un serpent de cette taille serait très appréciée, assura-t-elle, il était dommage qu'elle eût été perdue.

Les hommes découpèrent la chair du reptile, ils la salèrent et se mirent en devoir de la faire rôtir en l'embrochant sur des bâtons. Alex, qui jusqu'alors avait refusé de goûter au *pirarucú*, au fourmilier, au toucan, au singe ou au tapir, fut pris d'une soudaine curiosité et voulut savoir à quoi ressemblait la chair de cet énorme serpent d'eau. Il prit surtout en considération combien son prestige augmenterait aux yeux de Cecilia Burns et de ses amis de Californie quand ils sauraient qu'il avait dîné d'anaconda au cœur de la forêt amazonienne. Il posa devant la peau du serpent, avec un morceau de sa chair à la main, exigeant que sa grand-mère gardât un témoignage photographique. L'animal, plutôt carbonisé car aucun des membres de l'expédition n'était bon cuisinier, avait la texture du thon et un vague goût de poulet. Comparé au cervidé, il était insipide, mais Alex décida qu'il était en tout cas meilleur que les crêpes caoutchouteuses de son père. Le souvenir subit de sa famille l'atteignit comme une gifle. Il resta à regarder la nuit, pensif, le morceau d'anaconda piqué sur la brochette.

« Que vois-tu ? lui demanda Nadia dans un murmure.

— Je vois ma mère, répondit le garçon, et un sanglot lui échappa des lèvres.

— Comment est-elle ?

— Malade, très malade, répondit-il.

— La tienne est malade du corps, la mienne est malade de l'âme.

— Tu peux la voir ? s'enquit Alex.

— Parfois, dit-elle.

— C'est la première fois que je peux voir quelqu'un de cette façon, expliqua Alex. J'ai eu une sensation très étrange, comme si je voyais ma mère très clairement sur un écran, sans pouvoir la toucher ou lui parler.

— Tout est question de pratique, Jaguar. On peut apprendre à voir avec le cœur. Les chamans comme Walimaï peuvent aussi toucher et parler de loin, avec le cœur », dit Nadia.

CHAPITRE 9

Les Gens de la brume

CE soir-là ils suspendirent les hamacs entre les arbres et César Santos assigna les tours de veille, de deux heures chacun, pour monter la garde et entretenir le feu. Après la mort de l'homme victime de la flèche et l'accident de Joel González, il restait dix adultes et les deux enfants – car Ludovic Leblanc ne comptait pas – pour couvrir les huit heures d'obscurité. Ludovic Leblanc se considérait comme le chef de l'expédition et en tant que tel devait « se garder frais et dispos » ; sans une bonne nuit de sommeil, il ne se sentirait pas assez lucide pour prendre des décisions, argua-t-il. Les autres s'en réjouirent, car en fait aucun n'avait envie de monter la garde avec un homme que la seule vue d'un écureuil rendait nerveux. Le premier tour, considéré comme le plus facile car les gens restaient vigilants et il ne faisait pas encore trop froid, fut attribué au docteur Omayra Torres, à un *caboclo* et à Timothy Bruce, qui ne se consolait pas de ce qui était arrivé à son collègue. Bruce et González travaillaient ensemble depuis plusieurs années et ils se considéraient comme des frères. Le deuxième tour revenait à un autre soldat, à Alex et à Kate Cold; le troisième à Matuwe, César Santos et sa fille Nadia. Le tour de l'aube fut attribué à deux soldats et à Karakawe.

Ils eurent tous du mal à trouver le sommeil, car aux gémissements du malheureux Joel González s'ajoutait une odeur étrange et tenace, qui semblait imprégner la forêt. Ils avaient entendu parler de cette puanteur qui, d'après ce qu'on affirmait, était caractéristique de La Bête. César Santos expliqua qu'ils campaient probablement près d'une famille d'*iraras*, une sorte de belette au visage très doux, mais exhalant une odeur semblable à celle des moufettes. Cette explication ne rassura personne.

« J'ai mal au cœur et des nausées, commenta Alex, tout pâle.

— Si l'odeur ne te tue pas, elle te rendra fort, dit Kate, qui était la seule personne que ne gênait pas la puanteur.

— Elle est épouvantable !

— Disons qu'elle est différente. Les sens sont subjectifs, Alexander. Ce qui te répugne peut être attirant pour une autre personne. Peut-être La Bête émet-elle cette odeur comme un chant d'amour, pour appeler sa femelle, sourit sa grand-mère.

— Pouah ! Ça sent le cadavre de rat mélangé à de l'urine d'éléphant, de la nourriture avariée et...

— Autrement dit, ça sent tes chaussettes », le coupa sa grand-mère.

Les membres de l'expédition avaient toujours l'impression persistante d'être observés par des centaines d'yeux depuis le sous-bois. Ils se sentaient exposés, éclairés comme ils l'étaient par deux lampes à pétrole et la lueur vacillante du feu de bois. La première partie de la nuit s'écoula sans émotions majeures, jusqu'au tour que se partageaient Alex, Kate et l'un des soldats. Le garçon passa la première heure à regarder la nuit et le reflet de l'eau, veillant sur le sommeil des autres. Il pensait au changement qui en quelques jours s'était produit en lui. A présent, il pouvait passer de longs moments calme et silencieux, plongé dans ses pensées, sans avoir besoin comme avant de ses jeux vidéo, de sa bicyclette ou de la télévision. Il découvrit qu'il pouvait se transporter dans ce lieu intime de quiétude et de silence qu'il devait atteindre lorsqu'il faisait de l'escalade. La première leçon d'alpinisme de son père avait été de lui dire que lorsqu'il était tendu, anxieux et pressé, il perdait la moitié de ses forces. Il fallait du calme pour vaincre la montagne. Il pouvait appliquer cette leçon quand il escaladait, mais jusqu'à présent elle ne lui avait pas beaucoup servi dans d'autres aspects de sa vie. Il se rendit compte qu'il avait beaucoup de choses sur lesquelles méditer, mais l'image qui revenait le plus souvent était toujours celle de sa mère. Si elle mourait... Il n'allait jamais plus loin. Il avait décidé de ne pas envisager cette éventualité, car cela revenait à appeler le malheur. Il s'efforçait au contraire, en se concentrant, de lui envoyer de l'énergie positive; c'était sa manière de l'aider.

Un bruit interrompit soudain ses pensées. Il entendit très nettement des pas de géant qui écrasaient les arbustes proches. Il ressentit un spasme dans la poitrine, comme s'il étouffait. Pour la première fois depuis qu'il avait perdu ses lunettes dans le camp de Mauro Carías, il les regretta, car la nuit sa vue était bien plus mauvaise. Empoignant le pistolet à deux mains pour dominer son tremblement, comme il l'avait vu faire au cinéma, il attendit sans savoir quoi faire. Lorsqu'il perçut que la végétation bougeait tout près, comme si tout un contingent d'ennemis y était accroupi, il poussa un long cri à faire se dresser les cheveux sur la tête, qui résonna comme une sirène de naufrage et réveilla tout le monde. En un instant sa grand-mère fut à ses côtés, brandissant son rifle. Tous deux se trouvèrent face à face avec la grosse tête d'un animal qu'ils ne purent tout d'abord identifier. C'était un cochon sauvage, un gros sanglier. Paralysés par la surprise, ils s'immobilisèrent, et cela les sauva, car l'animal, comme Alex, y voyait très mal dans l'obscurité. Par chance, un vent léger soufflait dans la direction contraire, si bien qu'il ne put les flairer. César Santos fut le premier à glisser avec précaution de son hamac et à évaluer la situation, malgré la faible visibilité.

« Personne ne bouge... » ordonna-t-il tout bas, pour ne pas attirer le sanglier.

Sa chair est excellente et il y en aurait eu pour festoyer pendant plusieurs jours, mais on n'y voyait pas assez pour tirer et personne n'osa se saisir d'une machette pour attaquer un animal aussi dangereux. Le sanglier se promena tranquillement entre les hamacs, reniflant les provisions qui étaient suspendues à des cordes, à l'abri des rats et des fourmis ; finalement, il passa son groin dans la tente du professeur Ludovic Leblanc, qui de frayeur faillit avoir un infarctus. Il n'y eut d'autre solution que d'attendre que le lourd visiteur se fatiguât d'inspecter le campement et s'en allât, passant si près d'Alex que celui-ci aurait pu, en tendant la main, toucher son pelage hérissé. Une fois que la tension fut dissipée et qu'ils purent plaisanter, le garçon eut l'impression de s'être comporté comme un hystérique en criant de cette manière, mais César Santos l'assura qu'il avait agi comme il fallait. Le guide répéta ses instructions en cas d'alerte : s'accroupir et crier d'abord, puis tirer. Il n'avait pas fini de le dire qu'un coup de feu éclata : c'était Ludovic Leblanc qui tirait en l'air, dix minutes après que le danger fut passé. Pas de doute, le professeur était une poule mouillée, décréta Kate Cold.

Le troisième tour – la nuit était alors plus froide et plus noire – fut celui de l'équipe formée par César Santos, Nadia et l'un des soldats. Le guide hésita à réveiller sa fille, qui dormait profondément en tenant Boroba dans ses bras, mais il devina qu'elle ne lui pardonnerait pas de ne pas l'avoir fait. L'adolescente se réveilla complètement avec deux gorgées de café noir bien sucré, et se protégea du mieux qu'elle put en enfilant deux tee-shirts, son gilet et la veste de son père. Alex n'avait réussi à dormir que deux heures et il était très fatigué, mais quand il entrevit à la faible lueur du feu que Nadia se préparait à monter la garde, il se leva aussi, prêt à l'accompagner.

« Je suis en sécurité, ne t'inquiète pas. J'ai le talisman qui me protège, murmura-t-elle pour le tranquilliser.

— Retourne à ton hamac, lui ordonna César Santos. Nous avons tous besoin de dormir, c'est pour cette raison qu'on établit des tours de garde. »

Alex obéit à contrecœur, décidé à rester éveillé, mais quelques minutes plus tard le sommeil le vainquit. Il ne put se faire une idée du temps pendant lequel il avait dormi, mais ce fut probablement plus de deux heures, car lorsqu'il se réveilla, surpris par le bruit autour de lui, le tour de Nadia était fini depuis un moment. Il commençait tout juste à faire jour, la brume était laiteuse et le froid intense, mais tous étaient déjà debout. Dans l'air flottait une odeur si dense qu'on aurait pu la couper au couteau.

« Que s'est-il passé ? demanda-t-il en dégringolant de son hamac, encore tout engourdi de sommeil.

— Personne ne sort du camp quel que soit le motif ! Ajoutez du bois dans le feu ! » ordonna César Santos, qui s'était noué un mouchoir sur le nez et qui, un fusil dans une main et une torche dans l'autre, examinait la brume tremblante et grise qui envahissait la forêt au lever du jour.

*

Kate, Nadia et Alex s'empressèrent d'alimenter le feu, ce qui augmenta un peu la clarté. Karakawe avait donné l'alarme : l'un des *caboclos* qui montait la garde avec lui avait disparu. César Santos tira deux fois en l'air en l'appelant, mais comme il n'obtint pas de réponse il décida d'aller inspecter les alentours avec Timothy Bruce et deux soldats, laissant les autres armés de pistolets autour du feu. Tous durent suivre l'exemple du guide et mettre un mouchoir en guise de bâillon pour pouvoir respirer.

Quelques minutes passèrent qui parurent interminables, sans que personne prononçât un mot. A cette heure, les singes commençaient normalement à se réveiller dans les cimes des arbres et leurs cris, qui résonnaient tels des aboiements de chiens, annonçaient l'aube, mais ce matin-là régnait un silence à donner le frisson. Les animaux et même les oiseaux s'étaient enfuis. Soudain un coup de feu claqua, suivi d'un appel de César Santos, puis des exclamations des autres hommes. Un instant plus tard, Timothy Bruce arriva à bout de souffle : ils avaient trouvé le *caboclo*.

L'homme était allongé par terre, à plat ventre, au milieu des fougères. Mais sa tête était de face, comme si une main puissante l'avait tournée de quatre-vingt-dix degrés sur les épaules, brisant les os du cou. Il avait les yeux ouverts et une expression de terreur absolue déformait son visage. En le retournant, ils virent que la poitrine et le ventre avaient été lacérés par de profondes entailles. Le corps était couvert de centaines d'insectes étranges, de tiques et de petits scarabées. Le docteur Omayra Torres confirma l'évidence : il était mort. Timothy Bruce courut chercher son appareil photo afin de garder un témoignage du drame, tandis que César Santos ramassait quelques insectes qu'il mit dans un petit sac en plastique pour les rapporter au père Valdomero, à Santa María de la Lluvia, car celui-ci avait des connaissances d'entomologie et collectionnait les espèces de la région. A cet endroit la puanteur était bien pire, et ils durent faire un gros effort de volonté pour ne pas partir en courant.

César Santos ordonna à l'un des soldats de retourner surveiller Joel González, qui était resté seul au campement, puis à Karakawe et à l'autre soldat d'inspecter les alentours. Profondément troublé, Matuwe, le guide indien, observait le cadavre; il était grisâtre, comme s'il s'était trouvé en présence d'un fantôme. Nadia étreignit son père et cacha son visage contre sa poitrine pour ne pas voir le sinistre spectacle.

« La Bête ! s'exclama Matuwe.

— La Bête, sûrement pas mon vieux, ce sont les Indiens qui ont fait ça », réfuta le professeur Leblanc, pâle d'émotion, un mouchoir imprégné d'eau de Cologne dans une main tremblante et un pistolet dans l'autre.

A cet instant Leblanc recula, trébucha et tomba assis dans la boue. Il lança un juron et voulut se remettre debout, mais à chaque mouvement qu'il faisait il glissait davantage, se vautrant dans une matière sombre, molle et grumeleuse. L'épouvantable odeur leur indiqua que ce n'était pas de la boue mais une immense mare d'excréments : le célèbre anthropologue se retrouva littéralement couvert de merde des pieds à la tête. César Santos et Timothy Bruce lui tendirent une branche pour le tirer de là, puis ils l'accompagnèrent à la rivière en se tenant à une distance prudente pour ne pas le toucher. Leblanc n'eut d'autre alternative que de se laisser tremper un bon moment dans l'eau, grelottant d'humiliation, de froid, de peur et de colère. Karakawe, son assistant personnel, refusa catégoriquement de le savonner ou de laver ses vêtements et, malgré les circonstances tragiques, les autres durent se retenir pour ne pas éclater d'un rire purement nerveux. La même pensée leur trottait à tous dans la tête : l'être qui avait produit cette excrétion devait avoir la taille d'un éléphant.

« Je suis presque sûre que la créature qui a fait cela a

une alimentation mixte, qui comprend des végétaux, des fruits et un peu de viande crue », dit le docteur, qui avait noué un mouchoir sur son nez et sa bouche, tandis qu'elle observait un peu de cette matière à la loupe.

Pendant ce temps, à quatre pattes, Kate Cold examinait le sol et la végétation, imitée par son petit-fils.

« Regarde, grand-mère, il y a des branches cassées, et par endroits les arbustes sont aplatis, comme par d'énormes pattes. J'ai trouvé un poil noir et dur..., signala le garçon.

— Il pourrait appartenir au sanglier, dit Kate.

— Il y a aussi beaucoup d'insectes, semblables à ceux qui se trouvent sur le cadavre. Je n'en ai jamais vu auparavant. »

*

Dès que le jour se leva, César Santos et Karakawe entreprirent d'accrocher dans un arbre, aussi haut qu'ils purent, le corps du malheureux soldat enveloppé dans un hamac. Le professeur, tellement nerveux qu'il avait maintenant un tic à l'œil droit et des tremblements dans les genoux, se prépara à prendre une décision. Il expliqua qu'ils couraient tous le grave danger de mourir et que lui, Ludovic Leblanc, en tant que responsable du groupe, se devait de donner les ordres. L'assassinat du premier soldat confirmait sa théorie que les Indiens étaient des assassins nés, sournois et traîtres. La mort du second, dans des circonstances tellement étranges, pouvait aussi être attribuée aux Indiens, mais il admit qu'on ne pouvait écarter La Bête. Le mieux serait d'installer ses pièges – avec un peu de chance, la créature qu'ils cherchaient y tomberait avant de tuer une autre personne –, puis de retourner immédiatement à Santa María de la Lluvia, où ils pourraient se procurer des hélicoptères. Les autres conclurent que sa chute dans la flaque d'excréments avait appris quelque chose au petit homme.

« Le capitaine Ariosto n'osera pas refuser son aide à Ludovic Leblanc », dit le professeur. Au fur et à mesure qu'ils pénétraient en territoire inconnu et que La Bête donnait des signes de vie, la tendance de l'anthropologue à parler de lui-même à la troisième personne s'était accentuée. Plusieurs membres du groupe approuvèrent. Kate Cold se déclara quant à elle décidée à poursuivre et exigea que Timothy Bruce restât avec elle, car il ne servait à rien de trouver La Bête s'ils n'avaient pas de photographies pour le prouver. Le professeur suggéra qu'ils se séparent et que ceux qui le souhaitaient retournent au village dans l'une des embarcations. Terrorisés, les soldats et le guide indien, Matuwe, voulaient s'en aller au plus tôt. Le docteur Omayra Torres, en revanche, dit qu'elle était venue jusque-là dans l'intention de vacciner des Indiens, qu'elle n'aurait peut-être pas d'autre possibilité de le faire dans un proche avenir et ne pensait pas reculer au premier incident.

« Tu es une femme très courageuse, Omayra », commenta César Santos, admiratif. « Je reste. Je suis le guide, je ne peux vous laisser ici », ajouta-t-il.

Alex et Nadia échangèrent un regard complice : ils avaient remarqué que César Santos ne quittait pas la belle doctoresse des yeux et qu'il ne perdait pas une occasion d'être auprès d'elle. Tous deux avaient deviné, avant qu'il ne le dise, que si elle restait il resterait aussi.

« Et comment allons-nous rentrer sans vous ? voulut savoir le professeur Leblanc, quelque peu inquiet.

— Karakawe peut vous conduire, dit César Santos.

— Je reste, refusa tout net celui-ci, toujours aussi laconique.

— Moi aussi, je n'ai pas l'intention de laisser ma grand-mère toute seule, dit Alex.

— Je n'ai pas besoin de toi et n'ai aucune envie d'avancer avec des marmots, Alexander, grogna sa grand-mère, mais tous purent voir ses yeux d'oiseau de proie briller d'orgueil devant la décision de son petit-fils.

— Moi, je ramènerai des renforts, dit Leblanc.

— N'avez-vous pas la charge de cette expédition, professeur ? demanda froidement Kate Cold.

— Je suis plus utile là-bas qu'ici..., bredouilla l'anthropologue.

— Faites comme vous voudrez, mais si vous partez, je me charge de l'écrire dans l'*International Geographic* : tout le monde saura combien le professeur Leblanc est courageux », menaça-t-elle.

Ils tombèrent finalement d'accord pour que l'un des soldats et Matuwe ramènent Joel González à Santa María de la Lluvia. Le voyage serait plus court, car ils voyageraient dans le sens du courant. Les autres, y compris Ludovic Leblanc qui n'osa pas relever le défi de Kate Cold, resteraient où ils étaient jusqu'à ce qu'arrivent les renforts. Au milieu de la matinée, tout fut prêt, les membres de l'expédition se firent leurs adieux et l'embarcation emportant le blessé entreprit le voyage de retour.

*

Ils passèrent le reste de cette journée et une bonne partie du lendemain à installer un piège pour La Bête selon les instructions du professeur Leblanc. C'était d'une simplicité enfantine : un grand trou dans le sol, recouvert d'un filet dissimulé par des feuilles et des branches. En posant le pied dessus, la créature était supposée tomber dans le trou en entraînant le filet. Au fond du trou se trouvait une alarme à pile qui sonnerait immédiatement pour avertir les membres de l'expédition. Le plan consistait à s'approcher avant que La Bête ne parvînt à se libérer du filet et à sortir du trou, puis à tirer plusieurs capsules d'un puissant anesthésique capable d'endormir un rhinocéros.

Le plus dur fut de creuser un trou assez profond pour contenir une créature de la taille de La Bête. Tous creusèrent à tour de rôle avec la pelle, sauf Nadia et Leblanc, la première parce qu'elle refusait l'idée de faire du mal à un animal, le second parce qu'il avait mal au dos. Le terrain s'avéra très différent de ce qu'avait imaginé le professeur lorsqu'il avait dessiné son piège confortablement installé chez lui, dans son bureau, à des milliers de kilomètres de là. Il y avait une mince couche d'humus, un enchevêtrement compact de racines en dessous, puis de l'argile glissante comme du savon ; à mesure qu'ils creusaient, le trou se remplissait d'une eau rougeâtre où flottaient toutes sortes de bestioles. Vaincus par les obstacles, ils finirent par renoncer. Alex suggéra d'accrocher les filets aux arbres au moyen d'un système de cordes, et de placer dessous un appât ; quand l'animal s'approcherait pour s'emparer de la viande, l'alarme retentirait et le filet lui tomberait dessus. Tous, sauf Leblanc, considérèrent qu'en théorie ce plan pouvait fonctionner, mais ils étaient trop épuisés pour l'essayer, aussi décidèrent-ils de remettre le projet au lendemain matin.

« J'espère que ton idée ne marchera pas, Jaguar, dit Nadia.

— La Bête est dangereuse, répliqua le garçon.

— Qu'en ferez-vous si vous l'attrapez ? Vous la tuerez ? Vous la couperez en petits morceaux pour l'étudier ? Vous la mettrez dans une cage pour le reste de sa vie ?

— Et toi, Nadia, que proposes-tu ?

— De lui parler et de lui demander ce qu'elle veut.

— Quelle idée géniale ! On pourrait l'inviter à prendre le thé..., se moqua-t-il.

— Tous les animaux communiquent entre eux, assura Nadia.

— C'est ce que dit ma sœur Nicole, mais elle a neuf ans.

— Je vois qu'à neuf ans elle en sait plus que toi qui en as quinze », répliqua Nadia.

Ils se trouvaient dans un très bel endroit. La végétation, touffue et enchevêtrée sur la berge, s'éclaircissait vers l'intérieur, où la forêt révélait une grande majesté. Les troncs des arbres, hauts et droits, se dressaient tels les piliers d'une magnifique cathédrale de verdure. Des orchidées et d'autres fleurs apparaissaient suspendues aux branches, et des fougères luisantes couvraient le sol. La faune était si variée qu'il n'y avait jamais de silence ; de l'aube au crépuscule on entendait le chant des toucans et des perroquets ; lorsqu'il faisait nuit débutait le vacarme des grenouilles et des singes hurleurs. Ce jardin d'Eden cachait pourtant bien des dangers : les distances étaient immenses, la solitude absolue, et on ne pouvait s'orienter si on ne connaissait pas le terrain. D'après Leblanc – et César Santos était d'accord avec lui sur ce point –, la seule manière de se déplacer dans cette région était de le faire avec l'aide des Indiens. Il fallait les attirer. Cette idée intéressait au plus haut point le docteur Omayra Torres, car elle avait une mission : les vacciner et établir un système de contrôle de santé, expliqua-t-elle.

« Ça m'étonnerait que les Indiens te présentent volontairement leurs bras pour que tu les piques, Omayra. Ils n'ont jamais vu une aiguille de leur vie », sourit César Santos. Entre eux passait un courant de sympathie, et leurs rapports étaient maintenant empreints d'une grande familiarité.

« Nous leur dirons que c'est une magie très puissante des Blancs, dit-elle en lui faisant un clin d'œil.

— Ce qui est absolument vrai », approuva César Santos.

*

D'après le guide, plusieurs communautés des environs avaient certainement eu un contact, bref sans doute, avec le monde extérieur. Depuis son petit avion il avait aperçu quelques *shabonos*, mais il n'y avait pas d'endroits où atterrir dans ces parages et il s'était contenté de les signaler sur sa carte. Les maisons communautaires qu'il avait vues étaient plutôt petites, ce qui indiquait que chaque communauté se composait d'un petit nombre de familles. Selon le professeur Leblanc, qui se disait expert en la matière, le nombre minimum d'habitants par *shabono* était d'environ une cinquantaine – moins, ils n'auraient pu se défendre contre les attaques ennemies – et il dépassait rarement deux cent cinquante. César Santos suspectait également l'existence de groupes isolés, qui n'avaient encore jamais été vus, comme le pensait le docteur Omayra Torres, et le seul moyen d'arriver jusqu'à eux serait la voie des airs. Ils devraient monter sur les hauts plateaux, dans la région fantastique des cataractes, que les étrangers n'avaient jamais pu atteindre avant l'invention des avions et des hélicoptères.

Espérant attirer les Indiens, le guide fixa une corde entre deux arbres et il y suspendit quelques cadeaux : des colliers de perles de verre, des tissus de couleur, des miroirs et des babioles en plastique. Il réserva les machettes, les couteaux et les ustensiles en métal pour plus tard, quand les véritables négociations et l'échange de cadeaux commenceraient.

Cet après-midi-là, César Santos essaya d'entrer en communication radio avec le capitaine Ariosto et avec Mauro Carías à Santa María de la Lluvia, mais l'appareil ne marchait pas. Le professeur Leblanc, que cette nouvelle contrariété rendait furieux, allait et venait dans le campement, tandis que chacun à leur tour les autres tentaient d'émettre ou de capter un message. Nadia entraîna Alex à l'écart pour lui raconter que la nuit précédente, avant que le soldat ne fût tué pendant le tour de garde de Karakawe, elle avait vu l'Indien manipuler la radio : elle s'était couchée quand son tour avait pris fin, mais elle ne s'était pas endormie tout de suite et, de son hamac, avait vu Karakawe près de l'appareil.

« Tu l'as bien vu, Nadia ?

— Non, parce qu'il faisait nuit, mais les seuls qui

étaient debout à ce moment-là, c'étaient les deux soldats et lui. Je suis à peu près certaine que ce n'était aucun des soldats, répliqua-t-elle. Je crois que Karakawe est la personne qu'a mentionnée Mauro Carías. Peut-être son plan prévoit-il que nous ne puissions demander des secours en cas de besoin.

— Nous devons avertir ton père », décida Alex.

La nouvelle ne souleva pas un très grand intérêt chez César Santos ; il se contenta de dire qu'avant d'accuser quelqu'un il fallait être sûr de ce qu'on avançait. Il y avait bien des raisons pour lesquelles un équipement radio aussi vieux que celui-ci pouvait tomber en panne. De plus, qu'est-ce qui aurait pu pousser Karakawe à le détraquer ? Lui non plus n'avait aucun intérêt à se retrouver dans l'impossibilité de communiquer. Il les rassura en disant que dans trois ou quatre jours des renforts arriveraient.

« Nous ne sommes pas perdus, seulement isolés, conclut-il.

— Et La Bête, papa ? demanda Nadia, inquiète.

— Nous ne savons même pas si elle existe, ma fille. Ce qui est sûr en revanche, c'est que les Indiens existent. Tôt ou tard ils s'approcheront, et espérons que ce soit alors avec des intentions pacifiques. En tout cas, nous sommes bien armés.

— Le soldat qui est mort avait un fusil, mais il ne lui a servi à rien, objecta Alex.

— Il était distrait. A partir de maintenant, nous devrons faire preuve de la plus grande prudence. Malheureusement, nous ne sommes que six adultes pour monter la garde.

— Je compte pour un adulte, assura Alex.

— C'est bien, mais pas Nadia. Elle ne pourra que m'accompagner dans mon tour, décida César Santos.

*

Ce jour-là, Nadia découvrit un arbre d'*urucu pod* à proximité du campement; elle y cueillit plusieurs fruits qui ressemblaient à des amandes velues, les ouvrit, et de l'intérieur sortit des graines rouges. En les pressant entre ses doigts, mélangées à un peu de salive, elle prépara une pâte rouge de la consistance du savon, celle-là même qu'employaient les Indiens, avec d'autres teintures végétales, pour se peindre le corps. Nadia et Alex se peignirent des rayures, des cercles et des points sur le visage, puis ils attachèrent à leurs bras des plumes et des graines. En les voyant, Timothy Bruce et Kate Cold insistèrent pour les prendre en photo, et Omayra Torres pour peigner les cheveux bouclés de la fillette et les orner de minuscules orchidées. César Santos, lui, ne se réjouit pas : la vue de sa fille parée comme une jeune indigène parut le remplir de tristesse.

Quand la lumière baissa, ils comprirent que le soleil s'apprêtait à disparaître quelque part à l'horizon pour faire place à la nuit; sous la coupole des arbres, il apparaissait rarement, son éclat était diffus, filtré par la dentelle verte de la nature. Parfois seulement, là où un arbre était tombé, on voyait nettement l'œil bleu du ciel. A cette heure, les ombres de la végétation commençaient à les envelopper comme d'un halo; en moins d'une heure la forêt deviendrait noire et lourde. Nadia demanda à Alex de jouer de la flûte pour les distraire, et pendant un moment la musique, délicate et cristalline, envahit la forêt. Boroba, le petit singe, suivait la mélodie en remuant la tête au rythme des notes. Accroupis près du feu, César Santos et le docteur Omayra Torres faisaient griller des poissons pour le dîner. Kate Cold, Timothy Bruce et l'un des soldats s'affairaient à consolider les tentes et à mettre les provisions à l'abri des singes et des fourmis. Karakawe et l'autre soldat, armés et sur le qui-vive, surveillaient. Le professeur Leblanc dictait les idées qui lui passaient par la tête à un magnétophone de poche qu'il avait toujours à portée de la main, au cas où lui viendrait à l'esprit une pensée transcendante que l'humanité ne devait pas perdre, ce qui arrivait avec une telle fréquence que les enfants, exaspérés, attendaient l'occasion de lui voler les piles. Au bout d'environ un quart d'heure de concert de flûte, l'attention de Boroba changea brusquement d'objet ; inquiet, le petit singe se mit à sauter en tirant les vêtements de sa maîtresse. Nadia fit d'abord semblant de l'ignorer, mais l'animal ne la laissa pas en paix tant qu'elle ne fut pas debout. Après avoir scruté la végétation environnante, elle appela Alex d'un geste, le guidant loin du cercle de lumière du feu sans attirer l'attention des autres.

« Chut », dit-elle en portant un doigt à ses lèvres.

Il faisait encore un peu clair, mais on ne distinguait presque plus les couleurs, l'univers apparaissant dans des tons de gris et de noir. Si Alex s'était constamment senti observé depuis qu'ils avaient quitté Santa María de la Lluvia, ce soir justement cette impression d'être épié avait disparu. Il était envahi par une sensation de calme et de sécurité qu'il n'avait pas connue depuis des jours.

Même l'odeur pénétrante qui avait accompagné le meurtre du soldat la nuit précédente s'était, elle aussi, dissipée. Les deux adolescents et Boroba s'enfoncèrent de quelques mètres dans les fourrés et ils attendirent là, plus curieux qu'inquiets. Sans se l'être dit, ils supposaient que s'il y avait des Indiens tout près et qu'ils avaient l'intention de les attaquer, ils l'auraient déjà fait, car les membres de l'expédition, bien éclairés par les flammes du feu de camp, étaient exposés à leurs flèches et à leurs dards empoisonnés.

Ils attendirent calmement, ayant l'impression de plonger dans une brume cotonneuse, comme si les dimensions habituelles de la réalité s'estompaient quand la nuit tombait. Alors peu à peu, un à un, Alex commença à voir les êtres qui l'entouraient. Ils étaient nus, peints de rayures et de taches, avec des plumes et des bandes de cuir attachées aux bras, silencieux, légers, immobiles. Bien qu'ils fussent tout près d'eux, il était difficile de les voir ; ils se fondaient si bien dans la nature qu'ils en devenaient invisibles, tels de fragiles fantômes. Lorsqu'il put les distinguer, Alex estima qu'il y en avait au moins une vingtaine, tous des hommes, tenant leurs armes primitives à la main.

« Aïa », murmura Nadia tout doucement.

Personne ne répondit, mais un mouvement à peine perceptible au milieu des feuilles indiqua que les Indiens se rapprochaient. Dans la pénombre et sans lunettes, Alex n'était pas sûr de ce qu'il voyait, mais son cœur se mit à battre la chamade et il sentit le sang frapper dans ses tempes. La même sensation hallucinante de vivre un rêve qu'il avait eue en présence du jaguar noir, dans le camp de Mauro Carías, s'empara de lui. Il y avait la même tension, comme si les événements se déroulaient dans une bulle de verre qui pouvait se briser à tout instant. Le danger était dans l'air, comme il l'avait été avec le jaguar, mais le garçon n'eut pas peur. Il ne se crut pas menacé par ces êtres transparents qui flottaient entre les arbres. L'idée de sortir son couteau ou d'appeler à l'aide ne lui traversa même pas l'esprit. En revanche, en un éclair lui revint une scène qu'il avait vue dans un film, des années auparavant : la rencontre d'un enfant avec un extraterrestre. La situation qu'il vivait à ce moment était semblable. Il pensa, émerveillé, qu'il n'échangerait cette expérience pour rien au monde.

« Aïa, répéta Nadia.

— Aïa », murmura-t-il aussi.

Il n'y eut pas de réponse.

Les enfants attendirent, sans se lâcher la main, calmes comme des statues, et Boroba aussi demeura immobile, en attente, comme s'il savait qu'il participait à un moment unique. Des minutes interminables passèrent et la nuit tomba avec une grande rapidité, les enveloppant totalement. Finalement ils se rendirent compte qu'ils étaient seuls ; les Indiens s'étaient évaporés avec la même légèreté qu'ils avaient surgi du néant.

« Qui étaient-ils ? demanda Alex lorsqu'ils revinrent au campement.

— Ce doit être les *Gens de la brume,* les invisibles, les habitants les plus éloignés et les plus mystérieux de l'Amazonie. On sait qu'ils existent, mais en fait personne ne leur a jamais parlé.

— Qu'attendent-ils de nous ? demanda Alex.

— Ils veulent voir comment nous sommes, peut-être..., suggéra-t-elle.

— C'est ce que je veux moi aussi, dit-il.

— Jaguar, ne disons à personne que nous les avons vus.

— C'est étrange qu'ils ne nous aient pas attaqués et qu'ils ne se soient pas approchés non plus, attirés par les cadeaux qu'a suspendus ton père, commenta le garçon.

— Crois-tu que c'est eux qui ont tué le soldat dans le bateau ? demanda Nadia.

— Je ne sais pas, mais si ce sont les mêmes, pourquoi ne nous ont-ils pas attaqués aujourd'hui ? »

Cette nuit-là, Alex monta la garde avec sa grand-mère sans crainte, parce qu'il ne perçut pas l'odeur de La Bête et que les Indiens ne l'inquiétaient pas. Après cette étrange rencontre avec eux, il était convaincu que des pistolets ne serviraient pas à grand-chose s'ils décidaient de les assaillir. Comment viser ces êtres presque invisibles ? Les Indiens se dissolvaient comme des ombres dans la nuit ; c'étaient des fantômes muets qui pouvaient leur tomber dessus et les assassiner en un instant, sans même qu'ils s'en rendent compte. Au fond de lui cependant, il avait la certitude que telles n'étaient pas les intentions des *Gens de la brume*.

CHAPITRE 10

Capturés

Le jour suivant s'écoula lentement, fastidieux ; il plut tellement qu'ils ne parvenaient pas à sécher leurs vêtements entre deux averses. Cette nuit-là, les deux soldats disparurent pendant leur tour de garde, et le petit groupe constata bientôt que l'embarcation aussi avait disparu. Ces hommes, qui depuis la mort de leurs compagnons étaient terrorisés, avaient fui par le fleuve. Ils avaient été sur le point de se mutiner quand on ne leur avait pas permis de retourner à Santa María de la Lluvia avec le premier bateau ; personne ne les payait pour risquer leur vie, avaient-ils dit. César Santos leur avait rétorqué qu'on les payait justement pour ça : n'étaient-ils pas des soldats ? La décision de fuir pouvait leur coûter très cher, mais ils avaient préféré affronter une cour martiale plutôt que de mourir des mains des Indiens ou de La Bête. Pour le reste des membres de l'expédition, cette embarcation représentait la seule possibilité de revenir à la civilisation ; sans elle et sans radio, ils se trouvaient définitivement isolés.

« Les Indiens savent que nous sommes ici. Nous ne pouvons pas rester ! s'exclama le professeur Leblanc.

— Où voulez-vous aller, professeur ? Si nous bougeons, les hélicoptères ne nous trouveront pas quand ils viendront. Depuis les airs on ne voit qu'une masse verte, jamais ils ne nous localiseraient, expliqua César Santos.

— Ne pouvons-nous suivre le cours du fleuve et essayer de retourner à Santa María de la Lluvia par nos propres moyens ? suggéra Kate Cold.

— A pied, c'est impossible. Il y a trop d'obstacles et de méandres, répliqua le guide.

— C'est votre faute, Cold ! Nous aurions tous dû retourner à Santa María de la Lluvia, comme je l'avais proposé, allégua le professeur.

— Très bien, c'est ma faute. Qu'allez-vous faire à ce sujet ? demanda l'écrivain.

— Je vous dénoncerai ! Je vais ruiner votre carrière !

— Il se pourrait que ce soit moi qui ruine la vôtre, professeur », répliqua-t-elle sans se troubler.

César Santos les interrompit en disant qu'au lieu de discuter ils feraient mieux d'unir leurs forces et d'évaluer la situation : les Indiens étaient méfiants et ils n'avaient montré aucun intérêt pour les cadeaux ; ils se contentaient de les observer, mais ne les avaient pas attaqués.

« Ce qu'ils ont fait à ce pauvre soldat vous paraît peu de chose ? demanda Leblanc sarcastique.

— Je ne crois pas que ce soient les Indiens, ce n'est pas leur manière de combattre. Si nous avons de la chance, il est possible que ce soit une tribu pacifique, répliqua le guide.

— Mais si nous n'avons pas de chance, ils nous mangeront, grogna l'anthropologue.

— Ce serait parfait, professeur. Vous auriez ainsi la preuve que votre théorie sur la férocité des Indiens est exacte, dit Kate.

— Bon, assez de sottises. Il faut prendre une décision. Soit on reste, soit on part..., coupa Timothy Bruce, le photographe.

— Presque trois jours ont passé depuis que le premier bateau est parti, dit César Santos. Comme il descendait le courant et que Matuwe connaît le chemin, ils doivent être à Santa María de la Lluvia maintenant. Demain, ou au plus tard dans deux jours, les hélicoptères du capitaine Ariosto arriveront. Ils voleront de jour, nous devons donc garder un feu toujours allumé, pour qu'ils voient la fumée. Comme je l'ai dit, la situation est difficile, mais elle n'est pas grave, beaucoup de gens savent où nous sommes, ils viendront nous chercher. »

Nadia était calme, elle tenait son singe dans les bras et ne semblait pas saisir l'importance de ce qui leur arrivait. Alex conclut de son côté qu'il ne s'était jamais trouvé en aussi grand danger, pas même quand il était resté accroché à un rocher escarpé, appelé Le Capitaine, que seuls les plus experts osaient escalader. S'il n'avait pas été attaché par une corde à la ceinture de son père, il se serait tué.

*

César Santos avait mis les membres de l'expédition en garde contre divers insectes et animaux de la forêt, depuis les tarentules jusqu'aux serpents, mais il avait oublié de mentionner les fourmis. Alex avait renoncé à enfiler ses bottes, non seulement parce qu'elles étaient toujours humides et sentaient mauvais, mais aussi parce qu'elles le serraient trop ; sans doute avaient-elles rétréci à l'eau. Les premiers jours, bien qu'il n'eût pas quitté les sandales que lui avait données César Santos, ses pieds s'étaient couverts de croûtes et de durillons.

« Ce n'est pas un endroit pour des pieds délicats », fut le seul commentaire de sa grand-mère lorsqu'il lui montra les blessures saignantes de ses pieds.

Son indifférence se changea en inquiétude quand son petit-fils fut piqué par une fourmi de feu. Le garçon ne put retenir un cri : il eut la sensation qu'on le brûlait avec une cigarette à la cheville. La fourmi lui laissa une petite marque blanche qui en quelques minutes vira au rouge et enfla jusqu'à avoir la taille d'une cerise. La douleur monta comme une flamme dans sa jambe et il ne put faire un pas de plus. Le docteur Omayra Torres l'avertit que l'effet du venin durerait plusieurs heures et qu'il devrait le supporter sans autre soulagement que des compresses d'eau chaude.

« J'espère que tu n'es pas allergique, car alors les conséquences seront plus graves », fit observer le docteur.

Alex n'était pas allergique, mais la piqûre lui gâcha en tout cas une bonne partie de sa journée. En fin d'après-midi, dès qu'il put poser le pied par terre et faire quelques pas, Nadia lui raconta que pendant que les autres étaient occupés à leurs tâches elle avait surpris Karakawe en train de rôder autour des caisses de vaccins. Quand l'Indien s'était aperçu qu'elle l'avait découvert, il l'avait attrapée par les bras avec une telle brutalité que la marque de ses doigts était restée sur sa peau, et il l'avait avertie que si elle disait un mot à ce sujet elle le paierait très cher. Elle était sûre que cet homme mettrait ses menaces à exécution, mais Alex considéra qu'ils ne pouvaient se taire et qu'il fallait avertir le docteur. Nadia, qui comme son père était tombée sous le charme de la jeune femme et commençait à caresser l'idée de la voir devenir sa belle-mère, voulait aussi lui raconter la conversation entre Mauro Carías et le capitaine Ariosto, qu'ils avaient entendue à Santa María de la Lluvia. Elle restait convaincue que Karakawe était la personne désignée pour accomplir les sinistres desseins de Carías.

« Nous ne dirons rien de cela pour l'instant », lui fit promettre Alex.

Ils attendirent le moment propice, quand Karakawe partit pêcher à la rivière, pour exposer la situation à Omayra Torres. Elle les écouta avec la plus grande attention et, pour la première fois depuis qu'ils la connaissaient, montra des signes d'inquiétude. Cette femme ravissante n'avait jamais perdu son calme, même dans les moments les plus dramatiques de cette aventure ; elle avait les nerfs bien trempés d'un samouraï. Cette fois non plus elle ne s'émut pas, mais voulut savoir tous les détails. En apprenant que Karakawe avait ouvert les caisses, mais qu'il n'avait pas violé les sceaux des flacons, elle respira, soulagée.

« Ces vaccins sont le seul espoir de vie pour les Indiens. Nous devons y veiller comme à la prunelle de nos yeux, dit-elle.

— Alex et moi n'avons pas cessé de surveiller Karakawe, nous pensons qu'il a cassé la radio, mais mon père dit qu'on ne peut l'accuser sans preuves, dit Nadia.

— N'inquiétons pas ton père avec ces soupçons, Nadia, il a déjà assez de problèmes. Entre vous deux et moi, nous pouvons neutraliser Karakawe. Ne le quittez pas des yeux, les enfants », leur demanda Omayra Torres, et ils le lui promirent.

Le jour s'écoula sans autres nouveautés. César Santos s'acharna à essayer de faire fonctionner l'émetteur radio, mais sans résultat. Timothy Bruce possédait une radio qui pendant la première partie du voyage leur avait servi à écouter les nouvelles de Manaus, mais les ondes ne parvenaient pas aussi loin. Ils s'ennuyaient, car après avoir tué quelques oiseaux et pêché deux poissons pour la journée, il n'y avait vraiment rien à faire. Il était inutile de chasser ou de pêcher davantage, car en quelques heures la viande se couvrait de fourmis ou se décomposait. Alex comprit enfin pourquoi les Indiens n'accumulaient rien. A tour de rôle ils entretinrent un feu fumant, comme signal au cas où l'on viendrait à leur recherche, bien qu'il fût trop tôt pour cela d'après César Santos. Timothy Bruce sortit un vieux jeu de cartes et ils jouèrent au poker, au blackjack et au gin-rummy jusqu'à ce qu'il fît trop sombre. L'odeur pénétrante de La Bête ne revint pas frapper leurs narines.

*

Nadia, Kate Cold et le docteur s'en furent au fleuve pour se baigner et faire leurs besoins ; ils s'étaient mis d'accord sur le fait que personne ne devait s'aventurer seul hors des limites du camp. Pour les activités les plus intimes, les trois femmes allaient ensemble ; pour le reste, ils faisaient tout par deux. César Santos s'arrangeait toujours pour être avec Omayra Torres, ce qui ennuyait assez Timothy Bruce, car l'Anglais était lui aussi captivé par le docteur. Pendant le voyage, et bien que Kate Cold lui eût rappelé de garder les pellicules pour La Bête et les Indiens, il l'avait photographiée jusqu'à ce qu'elle se lassât de poser. L'écrivain et Karakawe étaient les seuls à ne pas sembler impressionnés par la jeune femme. Kate marmonna qu'elle était déjà bien vieille pour remarquer un joli visage, commentaire qui aux oreilles d'Alex résonna comme une preuve de jalousie, laquelle lui parut indigne d'une personne aussi intelligente que sa grand-mère. Le professeur Leblanc, qui ne pouvait rivaliser de prestance avec César Santos ni de jeunesse avec Timothy Bruce, essayait d'impressionner la jeune femme avec le poids de sa célébrité, et ne perdait pas une occasion de lui lire à haute voix des passages de son livre, où il narrait en détail les terribles dangers qu'il avait affrontés chez les Indiens. Quant à elle, elle avait du mal à imaginer le timoré Leblanc vêtu d'un cache-sexe, combattant seul contre les Indiens et les fauves, chassant avec des flèches et survivant sans aide au milieu de toutes sortes de catastrophes naturelles, comme il le racontait. En tout cas, la rivalité entre les hommes du groupe pour attirer l'attention d'Omayra Torres avait créé une certaine tension, qui augmentait à mesure que passaient les heures dans l'attente angoissante des hélicoptères.

Alex examina sa cheville : elle lui faisait toujours mal et était un peu enflée, mais la cerise dure et rouge à l'endroit où l'avait piqué la fourmi avait diminué ; les compresses d'eau chaude avaient fait de l'effet. Pour se distraire, il prit sa flûte et commença à jouer le concert préféré de sa mère, une musique douce et romantique d'un compositeur européen mort depuis plus d'un siècle, mais s'accordant parfaitement avec la forêt environnante. Son grand-père, Joseph Cold, avait raison : la musique est un langage universel. Dès les premières notes, Boroba arriva en bondissant et s'assit à ses pieds avec le sérieux d'un critique, et peu après Nadia revint avec le docteur et Kate Cold. L'adolescente attendit que les autres fussent occupés à préparer le campement pour la nuit et fit signe à Alex de la suivre sans se faire remarquer.

« Ils sont revenus, Jaguar, murmura-t-elle à son oreille.

— Les Indiens... ?

— Oui, les *Gens de la brume*. Je crois qu'ils viennent pour la musique. Ne fais pas de bruit et suis-moi. »

Ils s'enfoncèrent de quelques mètres dans la végétation et, comme ils l'avaient fait auparavant, attendirent en silence. Alex avait beau regarder attentivement, il ne distingua personne entre les arbres : les Indiens se fondaient dans leur environnement. Tout à coup, il sentit que des mains le prenaient fermement par les bras et en se retournant il vit que Nadia et lui étaient encerclés. Les Indiens ne restèrent pas à une certaine distance comme la dernière fois ; Alex pouvait à présent percevoir l'odeur douceâtre de leurs corps. De nouveau il nota qu'ils étaient de petite taille et minces, mais put constater qu'ils étaient également très forts et que leur attitude avait quelque chose de féroce. Leblanc avait-il raison lorsqu'il affirmait qu'ils étaient violents et cruels ?

« Aïa », tenta-t-il de dire en guise de salut.

Une main lui couvrit la bouche et, avant qu'il se rendît compte de ce qui lui arrivait, il se sentit soulevé en l'air par les chevilles et les aisselles. Il commença à se tordre et à gigoter, mais les mains ne le lâchèrent pas. Il fut frappé à la tête, mais ne sut pas si c'était avec les poings ou avec une pierre ; il comprit cependant qu'il valait mieux se laisser emporter, ou ils finiraient par l'assommer ou le tuer. Il pensa à Nadia et se demanda si elle aussi ils l'emmenaient de force. Il lui sembla entendre de loin la voix de sa grand-mère qui l'appelait tandis que les Indiens l'emportaient, s'enfonçant dans l'obscurité comme des esprits de la nuit.

*

Alexander Cold sentait une brûlure lancinante à la cheville où la fourmi l'avait piqué, et qu'emprisonnait maintenant la main de l'un des quatre Indiens qui le portaient en l'air. Ses ravisseurs avançaient en trottinant et à chaque pas le corps du garçon se balançait brutalement ; la douleur dans les épaules lui donnait l'impression qu'ils étaient en train de le disloquer. Ils lui avaient retiré son tee-shirt et lui en avaient entouré la tête, l'aveuglant et étouffant sa voix. Il pouvait à peine respirer et son crâne tambourinait là où ils lui avaient donné un coup, mais le fait de n'avoir pas perdu connaissance le réconforta : cela signifiait que les guerriers ne l'avaient pas frappé fort et qu'ils n'avaient pas l'intention de le tuer. Du moins pour le moment... Il lui sembla qu'ils marchaient longtemps, mais enfin ils s'arrêtèrent et le laissèrent tomber comme un sac de pommes de terre. Le soulagement dans ses muscles et ses os fut quasi instantané, mais sa cheville le brûlait terriblement. Il n'osa pas retirer le tee-shirt qui lui couvrait la tête pour ne pas provoquer ses agresseurs, mais au bout d'un moment, comme il ne se passait rien, il décida de l'enlever. Personne ne l'arrêta. Quand ses yeux se furent habitués à la faible clarté de la lune, il se vit au milieu de la forêt, allongé sur le matelas d'humus qui couvrait le sol. Autour de lui, il sentit la présence des Indiens en un cercle étroit, bien qu'il ne pût les distinguer avec si peu de lumière et sans ses lunettes. Il se souvint de son couteau suisse et porta discrètement la main à sa ceinture pour le prendre, mais il ne put achever son geste : une main ferme lui saisit le poignet. Alors il entendit la voix de Nadia et sentit les petites mains fines de Boroba dans ses cheveux. Il poussa un cri, car le singe avait posé ses doigts sur la bosse provoquée par le coup.

« Du calme, Jaguar. Ils ne vont pas nous faire de mal, dit l'adolescente.

— Que s'est-il passé ?

— Ils ont pris peur, ils ont cru que tu allais crier, c'est pourquoi ils ont dû t'emmener de force. Ils veulent seulement que nous allions avec eux.

— Où ? Pourquoi ? » bredouilla le garçon en essayant de s'asseoir. Il sentait sa tête résonner comme un tambour.

Nadia l'aida à se redresser et lui donna à boire l'eau d'une calebasse. Ses yeux s'étaient maintenant accoutumés à la pénombre et il vit que les Indiens l'observaient de près en faisant des commentaires à haute voix, sans crainte d'être entendus ou rejoints. Alex imagina que le reste de l'expédition était sûrement en train de les chercher, mais que personne n'oserait s'aventurer trop loin en pleine nuit. Il pensa que, pour une fois, sa grand-mère devait s'inquiéter. Comment expliquerait-elle à son fils John qu'elle avait perdu son petit-fils dans la forêt ? A première vue, les Indiens avaient traité Nadia avec plus de douceur, car elle allait et venait parmi eux en toute confiance. En se levant, il sentit quelque chose de tiède couler sur sa tempe droite et tomber sur son épaule. Il y passa un doigt et le porta à ses lèvres.

« Ils m'ont ouvert la tête, murmura-t-il effrayé.

— Fais semblant de ne pas avoir mal, Jaguar, comme le font les véritables guerriers », le prévint Nadia.

Le garçon en conclut qu'il devait faire une démonstration de courage : il se mit debout en essayant de dissimuler le tremblement de ses genoux, se tint aussi droit qu'il put et frappa sa poitrine comme il l'avait vu faire dans les films de Tarzan, tout en poussant un interminable rugissement de King Kong. Les Indiens reculèrent de deux pas et saisirent leurs armes, abasourdis. Il répéta les coups sur sa poitrine et les grognements, certain d'avoir mis les rangs ennemis en alerte, mais au lieu de partir en courant, effrayés, les guerriers se mirent à rire. Nadia souriait aussi et Boroba sautait en montrant les dents, émettant un rire hystérique. Les éclats de rire prirent de l'ampleur : certains Indiens tombaient assis, d'autres se jetaient par terre sur le dos et levaient les jambes en l'air tant ils s'amusaient, d'autres encore imitaient le garçon en hurlant comme Tarzan. Les éclats de rire durèrent un bon moment, jusqu'à ce qu'Alex, se sentant absolument ridicule, fût lui aussi pris de fou rire. Enfin ils se calmèrent et, ayant séché leurs larmes, échangèrent des tapes amicales.

L'un des Indiens, qui dans la pénombre paraissait plus petit, plus vieux, et se distinguait des autres par une couronne de plumes, unique parure de son corps nu, commença un long discours. Connaissant plusieurs langues indiennes, Nadia en saisit le sens ; bien que les *Gens de la brume* eussent leur propre langue, beaucoup de mots étaient proches. Elle était certaine qu'elle pourrait communiquer avec eux. Elle comprit que la diatribe de l'homme à la couronne de plumes faisait référence à *Rahakanariwa* – l'esprit de l'oiseau cannibale mentionné par Walimaï –, aux *nahab*, comme ils appelaient les étrangers, et à un puissant chaman. Bien qu'il ne l'eût pas nommé, car cela eût été fort impoli de sa part, elle supposa qu'il s'agissait de Walimaï. S'aidant des mots et des gestes qu'elle connaissait, l'adolescente montra l'os taillé qu'elle portait au cou, cadeau du sorcier. L'homme qui semblait être le chef examina le talisman pendant un bon moment, donnant des signes d'admiration et de respect, puis il poursuivit son discours, mais cette fois en s'adressant aux guerriers, qui l'un après l'autre s'approchèrent pour toucher l'amulette.

Ensuite, les Indiens s'assirent en cercle et les conversations reprirent, tandis qu'on distribuait des morceaux d'une pâte cuite, semblable à du pain sans levure. Alex s'aperçut qu'il n'avait pas mangé depuis plusieurs heures et qu'il avait très faim ; il reçut sa part de repas sans se soucier de la saleté ni se demander de quoi était faite cette pâte. Ses chichis à propos de la nourriture étaient choses du passé. Aussitôt après, les guerriers firent circuler une vessie d'animal contenant un jus visqueux à l'odeur âcre et au goût de vinaigre, tandis que tous psalmodiaient un chant pour défier les fantômes qui la nuit provoquent des cauchemars. Ils n'offrirent pas de ce breuvage à Nadia, mais eurent l'amabilité de le partager avec Alex, que ne tenta pas l'odeur et encore moins l'idée de boire au même récipient que les autres. Il se rappelait l'histoire racontée par César Santos d'une tribu entière contaminée par la bouffée de cigarette d'un journaliste. Il ne voulait surtout pas transmettre ses microbes à ces Indiens – leur système immunitaire n'y résisterait pas –, mais Nadia le prévint que s'il ne l'acceptait pas, ce serait considéré comme une insulte. Elle l'informa que c'était du *masato*, une boisson fermentée faite de manioc mastiqué et de salive, que seuls buvaient les hommes. Après cette explication, Alex crut qu'il allait vomir, mais il n'osa pas refuser.

Entre le coup reçu sur la tête et le *masato*, le garçon se transporta sans effort vers la planète des sables d'or et des six lunes dans le ciel phosphorescent, qu'il avait vue dans le camp de Mauro Carías. Il était tellement confus et intoxiqué qu'il n'aurait pu avancer d'un pas, mais par chance il n'eut pas à le faire, car l'effet de l'alcool touchait aussi les guerriers ; bientôt, ils gisaient sur le sol et ronflaient. Alex supposa qu'ils ne poursuivraient la marche que lorsqu'il ferait un peu clair, et il se consola avec le vague espoir que sa grand-mère le retrouverait à l'aube. Pelotonné par terre, ayant oublié les fantômes des cauchemars, les fourmis de feu, les tarentules et les serpents, il s'abandonna au sommeil. Il ne s'alarma pas non plus quand la terrible odeur de La Bête se répandit dans l'air.

*

Les seuls à être sobres et réveillés quand La Bête apparut étaient Nadia et Boroba. Le singe s'immobilisa complètement, comme changé en statue de pierre et, à la clarté de la lune, Nadia put apercevoir une silhouette gigantesque avant que l'odeur ne lui fît perdre connaissance. Elle raconterait plus tard à son ami la même chose qu'avait racontée le père Valdomero : c'était une créature d'apparence humaine, debout, d'environ trois mètres de haut, avec des bras puissants terminés par des griffes courbes comme des cimeterres et une petite tête, disproportionnée par rapport à la taille du corps. Il sembla à Nadia qu'elle se déplaçait avec une extrême lenteur, mais si elle l'avait voulu, La Bête aurait pu tous les étriper. L'odeur fétide qui en émanait – ou peut-être la terreur absolue qu'elle produisait sur ses victimes – paralysait comme une drogue. Avant de s'évanouir elle voulut crier ou s'enfuir, mais elle fut incapable de bouger un seul muscle ; dans un éclair de conscience elle vit le corps du soldat ouvert comme une carcasse d'animal et put imaginer l'horreur de l'homme, son impuissance et sa mort épouvantable.

Alex se réveilla l'esprit confus, essayant de se rappeler ce qui s'était passé, le corps tremblant à cause de l'étrange liqueur de la nuit précédente et de la puanteur qui flottait encore dans l'air. Il vit Nadia, Boroba blotti dans son giron, assise jambes croisées et le regard perdu dans le vague. Le garçon s'avança à quatre pattes jusqu'à elle, contenant difficilement ses haut-le-cœur.

« Je l'ai vu, Jaguar, dit Nadia d'une voix lointaine, comme si elle était en transe.

— Qu'as-tu vu ?

— La Bête. Elle était ici, elle est énorme, un géant... »

Alex s'en fut derrière une fougère pour vider son estomac, après quoi il se sentit plus léger, bien que la puanteur de l'air lui soulevât encore le cœur. Lorsqu'il revint, les guerriers étaient prêts à se remettre en route. Dans la lumière de l'aube, pour la première fois, il put bien les voir. Leur terrible aspect correspondait exactement aux descriptions de Leblanc : ils étaient nus, le corps peint de rouge, de noir et de vert, ils portaient des brassards de plumes et les cheveux coupés au bol, avec la partie supérieure du crâne rasée, comme une tonsure de prêtre. Ils étaient munis d'arcs et de flèches attachés dans le dos et d'une petite calebasse couverte d'un morceau de peau, qui d'après Nadia contenait le curare mortel pour les flèches et les dards. Plusieurs d'entre eux portaient d'épaisses massues, et tous arboraient des cicatrices sur le crâne, équivalant à de fières décorations de guerre : le courage et la force se mesuraient aux traces des coups de bâton reçus.

Alex dut secouer Nadia pour la tirer de son engourdissement, car la frayeur d'avoir vu La Bête la nuit précédente l'avait complètement hébétée. Elle parvint à expliquer ce qu'elle avait vu et les guerriers écoutèrent avec attention, mais ils ne montrèrent aucune surprise, de même qu'ils ne firent aucun commentaire à propos de l'odeur.

Le groupe se mit immédiatement en marche, trottant en file derrière le chef, que Nadia décida d'appeler Mokarita, vu qu'elle ne pouvait lui demander son vrai nom. A en juger par l'état de sa peau, de ses dents et de ses pieds déformés, Mokarita était beaucoup plus âgé que ce qu'Alex avait supposé quand il l'avait vu dans la pénombre, mais il avait la même agilité et la même résistance que les autres guerriers. L'un des hommes jeunes se distinguait au milieu du groupe : il était plus grand et plus fort et, à la différence des autres, totalement peint en noir, sauf une sorte de masque rouge autour des yeux et sur le front. Il marchait toujours à côté du chef, comme s'il était son lieutenant, et se référait à lui-même comme étant Tahama ; Nadia et Alex apprirent par la suite que c'était son titre honorifique pour être le meilleur chasseur de la tribu.

Bien que le paysage parût immuable et qu'il n'y eût aucun point de repère, les Indiens savaient exactement où ils allaient. Pas une seule fois ils ne se retournèrent pour voir si les jeunes étrangers les suivaient : ils savaient qu'ils n'avaient d'autre alternative que de le faire, sous peine de se perdre. Parfois Alex et Nadia avaient l'impression d'être seuls, parce que les *Gens de la brume* disparaissaient dans la végétation, mais cette impression ne durait pas longtemps ; de même qu'ils s'évaporaient, les Indiens réapparaissaient n'importe quand, comme s'ils s'exerçaient à l'art de se rendre invisibles. Alex en conclut que ce don pour disparaître ne pouvait être uniquement attribué à la peinture avec laquelle ils se camouflaient : c'était surtout une attitude mentale. Comment faisaient-ils ? Il imagina combien ce truc de l'invisibilité pouvait être utile dans la vie et il se proposa de l'apprendre. Il comprendrait au cours des jours suivants qu'il ne s'agissait pas d'illusionnisme, mais d'un don qu'on acquérait avec beaucoup de pratique et de concentration, comme pour jouer de la flûte.

Ils marchèrent d'un pas rapide pendant plusieurs heures, ne s'arrêtant que de temps en temps pour boire de l'eau dans les ruisseaux. Alex avait faim, mais du moins était-il soulagé que la cheville où l'avait piqué la fourmi ne lui fît plus mal. César Santos lui avait raconté que les Indiens mangent quand ils le peuvent – pas forcément tous les jours – et que leur organisme est habitué à emmagasiner de l'énergie ; lui, en revanche, avait toujours eu chez lui un réfrigérateur bourré d'aliments, du moins tant que sa mère avait été en bonne santé, et lorsqu'il lui arrivait de devoir sauter un repas il se sentait faible. Il ne put moins faire que sourire devant le chamboulement complet de ses habitudes. Entre autres choses, il ne s'était pas brossé les dents ni n'avait changé de vêtements depuis plusieurs jours. Il décida d'ignorer le creux de son estomac et de venir à bout de la faim par l'indifférence. Deux ou trois fois il jeta un coup d'œil sur sa boussole et découvrit qu'ils se dirigeaient vers le nord-est. Quelqu'un viendrait-il à leur secours ? Comment pourrait-il laisser des signes en chemin ? Les verrait-on d'un hélicoptère ? Il ne se sentait pas optimiste, leur situation était vraiment désespérée. Il fut surpris que Nadia ne montrât aucun signe de fatigue, son amie paraissait s'abandonner totalement à l'aventure.

Quatre ou cinq heures plus tard – impossible de mesurer le temps en ce lieu –, ils arrivèrent à une rivière limpide et profonde. Ils longèrent sa rive sur quelques kilomètres et bientôt, devant les yeux émerveillés d'Alex, surgit une très haute montagne et une magnifique cascade qui tombait dans une clameur de guerre, formant en bas un énorme nuage d'écume et d'eau pulvérisée.

« C'est le fleuve qui descend du ciel », dit Tahama.

CHAPITRE 11

Le village invisible

MOKARITA, le chef aux plumes jaunes, permit au groupe de se reposer un moment avant d'entreprendre l'ascension de la montagne. Il avait un visage de bois, à la peau fendillée comme de l'écorce d'arbre, calme et doux.

« Je ne peux pas grimper », dit Nadia en voyant la roche noire, lisse et humide. C'était la première fois qu'Alex la voyait vaincue devant un obstacle, et comme lui aussi avait peur il la comprit, bien que pendant des années il eût escaladé des montagnes et des rochers avec son père. John Cold était l'un des alpinistes les plus expérimentés et les plus audacieux des Etats-Unis, il avait participé à des expéditions célèbres dans des endroits quasiment inaccessibles, et en une ou deux occasions il était même arrivé qu'on fît appel à lui pour sauver des personnes accidentées sur les plus hauts pics d'Autriche et du Chili. Il savait qu'il n'avait ni l'habileté ni le courage de son père, encore moins son expérience; il n'avait jamais non plus vu un rocher aussi escarpé que celui qu'il avait à présent devant lui. Escalader sur les côtés de la cataracte, sans cordes et sans aide, était pratiquement impossible.

Nadia s'approcha de Mokarita et essaya, par signes et au moyen des quelques mots qu'ils partageaient, de lui expliquer qu'elle était incapable de grimper. Le chef parut très irrité, il se mit à crier, à brandir ses armes et à gesticuler. Les autres Indiens l'imitèrent, entourant Nadia, menaçants. Alex se plaça à côté de son amie et, par gestes, tenta de les calmer, mais tout ce qu'il obtint, c'est que Tahama attrapa Nadia par les cheveux et commença à tirer dessus, la traînant vers la cataracte, tandis que Boroba donnait des tapes et poussait des cris. Dans un éclair d'inspiration – ou de désespoir –, le garçon détacha la flûte de sa ceinture et se mit à jouer. Aussitôt les Indiens s'arrêtèrent, comme hypnotisés ; Tahama lâcha Nadia et tous entourèrent Alex.

Quand les esprits furent un peu apaisés, Alex convainquit Nadia qu'avec une corde il pouvait l'aider à monter. Il lui dit ce qu'il avait tant de fois entendu son père répéter : avant de vaincre la montagne, il faut apprendre à utiliser la peur.

« L'altitude m'épouvante, Jaguar, j'ai le vertige. Chaque fois que je monte en avion avec mon père je suis malade..., gémit Nadia.

— Mon père dit que la peur est bonne, c'est le système d'alarme du corps, elle nous avertit du danger ; mais parfois le danger est inévitable et alors il faut dominer la peur.

— Je ne peux pas !

— Nadia, écoute-moi, dit Alex, la saisissant par les bras et l'obligeant à le regarder dans les yeux. Respire profondément, calme-toi. Je t'apprendrai à utiliser la peur. Aie confiance en toi-même et en moi. Je t'aiderai à grimper, nous le ferons ensemble, je te le promets. »

Pour toute réponse Nadia éclata en sanglots, la tête contre l'épaule d'Alex. Le garçon ne sut quoi faire, il n'avait jamais été aussi près d'une fille. Il avait mille fois imaginé qu'il embrassait Cecilia Burns, son amour de toute la vie, mais dans la pratique il serait parti en courant pour se perdre si elle l'avait touché. Cecilia Burns était si loin que c'était comme si elle n'existait pas : il n'arrivait même pas à se rappeler son visage. D'un geste machinal ses bras entourèrent Nadia. Il sentit son cœur battre dans sa poitrine comme une fuite précipitée de buffle, mais il réussit à rester suffisamment lucide pour se rendre compte de l'absurdité de la situation. Il était au milieu de la forêt, entouré d'étranges guerriers peinturlurés, tenant dans ses bras une pauvre fille épouvantée, et à quoi pensait-il ? A l'amour ! Il parvint à réagir, écartant Nadia pour lui faire résolument face.

« Cesse de pleurer et explique à ces messieurs que nous avons besoin d'une corde, lui ordonna-t-il en montrant les Indiens. Et souviens-toi que tu as la protection du talisman.

— Walimaï a dit qu'il me protégerait des hommes, des animaux et des fantômes, mais il n'a pas parlé du danger de tomber et de me briser la nuque, expliqua Nadia.

— Comme dit ma grand-mère, il faut bien mourir de quelque chose », la consola son ami en essayant de sourire. Et il ajouta : « Ne m'as-tu pas dit qu'il fallait voir avec le cœur ? Voilà une bonne occasion de mettre cela en pratique. »

Nadia se débrouilla pour transmettre aux Indiens la requête du garçon. Lorsque enfin ils comprirent, plusieurs d'entre eux se mirent au travail et en peu de temps, avec des lianes, ils eurent tressé une corde. Quand ils virent qu'Alex attachait l'extrémité de la corde à la taille de la jeune fille et qu'il enroulait l'autre extrémité autour de sa propre poitrine, ils montrèrent une grande curiosité. Ils ne pouvaient imaginer que les étrangers fassent une chose aussi absurde : si l'un tombait, il entraînerait l'autre.

*

Le groupe s'approcha de la chute d'eau qui tombait tout droit d'une hauteur de plus de cinquante mètres et s'écrasait en bas dans un impressionnant nuage d'eau couronné d'un magnifique arc-en-ciel. Des centaines d'oiseaux noirs traversaient la cascade en tous sens. Les Indiens saluèrent le fleuve qui descendait du ciel en brandissant leurs armes et en poussant des cris : ils étaient tout près de leur territoire. Monter vers les terres hautes les faisait se sentir à l'abri de n'importe quel danger. Trois d'entre eux s'éloignèrent un moment dans la forêt et en revinrent en portant des boules ; les enfants les examinèrent et découvrirent que c'était de la résine blanche, épaisse et très collante. Imitant les autres, ils se frottèrent la paume des mains et la plante des pieds avec cette pâte. En contact avec le sol, l'humus se collait à la résine, formant une semelle irrégulière. Les premiers pas furent pénibles, mais dès qu'ils se mirent sous la pluie fine de la cataracte ils comprirent son utilité : c'était comme s'ils portaient des bottes et des gants de caoutchouc adhésif.

Ils longèrent le lac qui s'étalait au pied de la chute et bientôt, trempés, atteignirent la cascade, un lourd rideau liquide éloigné de quelques mètres de la roche. Le rugissement de l'eau était tel qu'on ne pouvait se parler, ni non plus communiquer par signes, car la visibilité était à peu près nulle, la vapeur d'eau transformant l'air en écume blanche. Ils avaient l'impression d'avancer à tâtons au milieu d'un nuage. Sur l'ordre de Nadia, Boroba s'était collé au corps d'Alex telle une grosse rustine poilue et chaude, tandis qu'elle-même avançait à sa suite, parce qu'elle était attachée par une corde, sinon elle aurait reculé. Les guerriers connaissaient bien le terrain et progressaient lentement, mais sans hésiter, calculant où poser le pied. Les enfants les suivirent d'aussi près que possible, car il suffisait de s'éloigner de deux pas pour les perdre complètement de vue. Alex imagina que le nom de cette tribu – *Gens de la brume* – provenait de l'épaisse brume que formait l'eau dans sa chute.

Ces cataractes et d'autres, sur le haut Orénoque, avaient toujours arrêté les étrangers, mais les Indiens en avaient fait leurs alliées. Ils savaient exactement où mettre les pieds : ils utilisaient probablement depuis des centaines d'années les encoches naturelles ou taillées par eux. Derrière la cascade, ces entailles dans la montagne formaient des degrés qui menaient jusqu'au sommet. Si on ne connaissait pas leur existence et leur situation exacte, il était impossible de monter par ces parois lisses, mouillées et glissantes, avec la présence tonitruante de la cascade dans son dos. Un faux pas et la chute se terminait par une mort certaine dans le fracas de l'écume.

Avant qu'ils se retrouvent isolés par le bruit, Alex réussit à dire à Nadia de ne pas regarder en bas : elle devait se concentrer sur ses mouvements à lui et les copier, en s'accrochant là où il s'accrochait, tout comme lui-même imitait les gestes de Tahama, qui le précédait. Il lui expliqua aussi que la première partie était la plus difficile, à cause de la brume produite par l'éclatement de l'eau sur le sol, mais qu'à mesure qu'ils s'élèveraient ce serait sûrement moins glissant et qu'ils pourraient mieux y voir. Cela ne ranima pas le courage de Nadia, son problème le plus grave n'étant pas la visibilité mais le vertige. Elle essaya d'ignorer l'altitude et le bruit assourdissant de la cascade en pensant que la résine sur ses mains et ses pieds permettait d'adhérer au rocher mouillé. La corde qui l'unissait à Alex lui donnait un peu d'assurance, bien qu'il fût facile de deviner qu'un faux pas de l'un ou de l'autre les jetterait tous deux dans le vide. Elle s'efforça de suivre les instructions d'Alex : se concentrer sur le prochain mouvement, sur l'emplacement précis où elle devait poser le pied ou la main, un à la fois, sans hâte et sans perdre le rythme. A peine s'était-elle stabilisée qu'elle se déplaçait prudemment en cherchant une fente ou un angle saillant supérieur, s'assurait aussitôt avec un pied jusqu'à ce qu'elle en trouve un autre qui lui permettait de hisser son corps quelques centimètres plus haut. Les fissures dans la montagne étaient suffisamment profondes pour prendre appui, le plus grand danger consistant à écarter le corps : il lui fallait se déplacer en restant collée au rocher. En un éclair, Boroba traversa son esprit : si elle-même avait tellement peur, dans quel état devait être le pauvre singe cramponné à Alex !

Au fur et à mesure qu'ils s'élevaient la visibilité augmentait, mais la distance entre la chute d'eau et la montagne se réduisait. Les enfants sentaient l'eau de plus en plus proche dans leur dos. Juste au moment où Alex et Nadia se demandaient comment ils allaient pouvoir continuer l'ascension dans la partie supérieure de la cataracte, les encoches de la roche bifurquèrent vers la droite. Le garçon tâta avec les doigts et trouva une surface plane ; alors il sentit qu'on le saisissait par le poignet et qu'on le tirait vers le haut. Il se poussa de toutes ses forces et atterrit dans une grotte, où les guerriers étaient déjà réunis. En tirant la corde il hissa Nadia, qui tomba à plat ventre sur lui, hébétée par l'effort et la peur. Le pauvre Boroba ne bougea pas, collé comme une patelle à son dos et glacé de terreur. Devant l'entrée de la grotte tombait un rideau liquide compact que traversaient les oiseaux noirs, prêts à défendre leurs nids contre les envahisseurs. Alex s'extasia devant l'incroyable courage des premiers Indiens qui, peut-être dans la préhistoire, s'étaient aventurés derrière la cascade, avaient trouvé quelques fentes et en avaient taillé d'autres, découvrant la grotte et ouvrant le chemin pour leurs descendants.

La grotte, longue et étroite, ne permettait pas de se tenir debout, ils devaient marcher à quatre pattes ou se traîner. La clarté du soleil filtrait, blanche et laiteuse, à travers la cascade, mais à peine éclairait-elle l'entrée ; à l'intérieur, il faisait sombre. Tenant Nadia et Boroba contre sa poitrine, Alex vit Tahama s'approcher de lui en gesticulant et en montrant la chute d'eau. Il ne pouvait l'entendre, mais saisit que quelqu'un avait glissé et était resté en arrière. Tahama lui montrait la corde et il finit par comprendre que ce dernier voulait l'utiliser pour descendre à la recherche de l'absent. L'Indien était plus lourd que lui et, bien que très agile, il n'avait pas l'expérience du sauvetage en haute montagne. Lui non plus n'était pas un expert, mais du moins avait-il une ou deux fois accompagné son père dans des missions risquées, il savait utiliser une corde et avait beaucoup lu sur le sujet. Escalader était sa passion, seulement comparable à son amour pour la flûte. Il fit signe aux Indiens qu'il irait jusqu'où le lui permettraient les lianes. Il détacha Nadia et indiqua à Tahama et aux autres de le descendre dans le précipice.

La descente dans l'abîme, suspendu à une fragile corde au milieu d'une mer d'eau rugissante, parut à Alex plus pénible que la montée. Il y voyait très peu et ne savait même pas qui avait glissé, ni où le chercher. La manœuvre était d'une témérité pratiquement vaine : celui qui avait fait un faux pas pendant l'ascension avait dû aller s'écraser en bas. Que ferait son père en pareilles circonstances ? John Cold penserait d'abord à la victime, puis à lui-même. John Cold ne s'avouerait pas vaincu sans avoir tenté tous les recours possibles. Tandis qu'on le descendait, il s'efforça de voir plus loin que le bout de son nez et de respirer, mais il pouvait à peine ouvrir les yeux et sentait ses poumons remplis d'eau. Il se balançait dans le vide, priant pour que la corde de lianes ne cédât pas.

Soudain l'un de ses pieds toucha quelque chose de mou et un instant plus tard il palpait avec ses doigts une forme humaine qui pendait apparemment dans le vide. Dans un sursaut d'angoisse, il comprit que c'était le chef Mokarita. Il le reconnut à sa coiffe de plumes jaunes, qui tenait toujours fermement sur sa tête bien que le malheureux ancien fût accroché comme une bête à une racine épaisse qui émergeait de la roche et qui, miraculeusement, avait arrêté sa chute. Alex n'avait nulle part où s'agripper et il craignait, s'il prenait appui sur la racine, que celle-ci ne cassât, précipitant Mokarita dans l'abîme. Il calcula qu'il avait une seule chance de l'attraper et qu'il valait mieux le faire avec précision, sinon l'homme, trempé comme il l'était, lui glisserait entre les doigts comme un poisson.

Alexander se donna de l'élan, en se balançant presque à l'aveuglette, et des pieds et des bras enlaça le corps prostré. Dans la grotte, les guerriers sentirent la secousse et le poids sur la corde, et ils commencèrent à tirer avec précaution, très lentement, pour éviter que le frottement ne rompe les lianes et que le balancement ne projette Alex et Mokarita contre le rocher. Le garçon ne sut pas combien de temps dura l'opération, peut-être seulement quelques minutes, mais elles lui parurent des heures. Enfin il se sentit attrapé par plusieurs mains, qui le hissèrent dans la caverne. Les Indiens durent lutter pour lui faire lâcher prise : il étreignait Mokarita avec la détermination d'un piranha.

*

Le chef arrangea ses plumes et esquissa un faible sourire. Des filets de sang coulaient de son nez et de sa bouche, mais pour le reste il paraissait intact. Les Indiens se montraient très impressionnés par le sauvetage et ils se passaient la corde de main en main avec admiration, mais à aucun ne vint l'idée d'attribuer le sauvetage du chef au jeune étranger, félicitant plutôt Tahama d'en avoir eu l'idée. Epuisé et endolori, Alex regretta que personne ne le remercie, et Nadia elle-même l'ignora. Accroupie dans un coin avec Boroba, elle essayait encore de se remettre de son ascension et n'eut absolument pas conscience de l'héroïsme de son ami.

Le reste du voyage fut plus facile, car le tunnel s'ouvrait à une certaine distance de l'eau, à un endroit où il était possible de grimper avec moins de risque. En se servant de la corde, les Indiens hissèrent Mokarita, car il avait les jambes en coton, puis Nadia, car son courage flanchait, mais finalement tous se retrouvèrent au sommet.

« Ne t'ai-je pas dit que le talisman servait aussi pour les dangers de l'altitude ? se moqua Alex.

— C'est sûr ! » admit Nadia, convaincue.

Devant eux apparut l'Œil du Monde, comme les *Gens de la brume* appelaient leur pays. C'était un paradis de cascades et de montagnes splendides, une immense forêt peuplée d'animaux, d'oiseaux et de papillons, au climat doux et sans les nuages de moustiques qui tourmentaient dans les basses terres. Au loin se dressaient d'étranges formations semblables à de hauts cylindres de granite noir et de terre rouge. Prostré par terre sans pouvoir bouger, Mokarita les montra avec respect : « Ce sont les *tepuyes*, les demeures des dieux », dit-il dans un filet de voix. Alex les reconnut aussitôt : ces impressionnants plateaux étaient identiques aux tours magnifiques qu'il avait vues lorsqu'il avait affronté le jaguar noir dans l'enceinte de Mauro Carías.

« Ce sont les montagnes les plus anciennes et les plus mystérieuses de la terre, dit-il.

— Comment le sais-tu ? Tu les avais déjà vues ? s'enquit Nadia.

— Je les ai vues dans un rêve », répondit Alex.

Comme il convenait à un guerrier de sa classe, le chef indien ne laissait pas paraître sa douleur, mais il n'avait plus de forces, par moments il fermait les yeux et semblait évanoui. Alex ne sut pas s'il avait des os cassés ou d'innombrables blessures internes, mais il était évident qu'il ne pouvait tenir debout. Avec l'aide de Nadia comme interprète, il obtint que les Indiens improvisent un brancard avec deux troncs minces et longs reliés par des lianes recouvertes d'écorce d'arbre. Les guerriers, déconcertés par la faiblesse de l'ancien, qui guidait la tribu depuis plusieurs dizaines d'années, suivirent les instructions d'Alex sans discuter. Deux d'entre eux prirent les extrémités du brancard et ils continuèrent ainsi leur marche pendant une demi-heure en longeant la berge du fleuve, guidés par Tahama, jusqu'à ce que Mokarita leur fît signe de s'arrêter pour se reposer un moment.

L'ascension sur les versants de la cataracte avait duré plusieurs heures et à ce moment tous étaient épuisés, morts de faim. Tahama et deux autres hommes s'enfoncèrent dans la forêt et revinrent bientôt avec quelques oiseaux, un tatou et un singe qu'ils avaient tués avec leurs flèches. Le singe, encore vivant mais paralysé par le curare, fut tué d'un coup de pierre sur la tête devant

Boroba horrifié, qui courut se réfugier sous le tee-shirt de Nadia. Ils firent du feu en frottant deux pierres l'une contre l'autre – chose qu'Alex avait tentée en vain lorsqu'il était scout – et ils firent cuire les animaux après les avoir embrochés sur des branches. Le chasseur ne goûtait pas la viande de sa victime, car c'était mal élevé et portait malheur : il devait attendre qu'un autre chasseur lui offrît une part de ce qu'il avait chassé. Tahama avait tout tué sauf le tatou, si bien que le repas dura un bon moment, tandis qu'ils accomplissaient le strict protocole de l'échange de nourriture. Lorsque enfin il eut sa part entre les mains, Alex la dévora sans prêter attention aux plumes et aux poils qui adhéraient encore à la viande, et elle lui parut délicieuse.

Il restait encore deux heures avant le coucher du soleil et sur le haut plateau, où la végétation était moins dense, la lumière du jour durait plus longtemps que dans la vallée. Après une longue discussion entre Tahama et Mokarita, le groupe se remit en marche.

*

Tapirawa-teri, le village des *Gens de la brume*, apparut soudain au milieu de la forêt, comme s'il avait la même propriété que ses habitants de se rendre visible ou invisible à volonté. Il était protégé par un bouquet de *castanheiros* géants, les arbres les plus hauts de la forêt, le tronc de certains d'entre eux mesurant plus de dix mètres de circonférence. Leurs cimes couvraient le village comme d'immenses parapluies. Tapirawa-teri était différent du *shabono* typique, ce qui confirma les soupçons d'Alex que les *Gens de la brume* n'étaient pas comme les autres Indiens d'Amazonie. Le village ne consistait pas en une seule maison circulaire avec un espace ouvert au centre, où vivait toute la communauté, mais en petites habitations faites d'argile, de pierres, de piliers et de paille, couvertes de branches et d'arbustes, si bien qu'elles se confondaient parfaitement avec la nature. On pouvait se trouver à quelques mètres de distance sans se douter qu'existait là une construction humaine. Alex comprit que s'il était si difficile de distinguer le petit village quand on se trouvait au milieu, il serait impossible de le voir depuis les airs, comme sans doute se verrait le grand toit circulaire et l'espace central dégagé de végétation d'un *shabono*. Ce devait être la raison pour laquelle les *Gens de la brume* étaient parvenus à rester complètement isolés. Son espoir d'être sauvé par les hélicoptères de l'armée ou le petit avion de César Santos s'évanouit.

Le village était aussi irréel que les Indiens. De même que les maisons étaient invisibles, tout le reste aussi paraissait diffus et transparent. Les objets, comme les personnes, y perdaient leurs contours précis et existaient sur le plan de l'illusion. Surgissant de l'air, comme des fantômes, les femmes et les enfants arrivèrent pour accueillir les guerriers. Ils étaient petits, de peau plus claire que les Indiens de la vallée, avec des yeux couleur ambre ; ils se déplaçaient avec une extraordinaire légèreté, en flottant, presque sans consistance matérielle. Pour tout vêtement, ils portaient des dessins peints sur le corps et quelques plumes ou fleurs attachées sur les bras ou enfilées dans les trous de leurs oreilles. Effrayés par l'aspect des deux étrangers, les petits enfants se mirent à pleurer et les femmes restèrent à distance, craintives, malgré la présence de leurs hommes armés.

« Déshabille-toi, Jaguar », dit Nadia en se débarrassant de son short, de son tee-shirt et même de ses sous-vêtements.

Alex l'imita sans même penser à ce qu'il faisait. L'idée de se déshabiller en public l'aurait horrifié deux semaines plus tôt, mais dans ce lieu, c'était naturel. Etre vêtu s'avérait indécent alors que tous les autres étaient nus. Il ne lui parut pas étrange non plus de voir le corps de son amie, alors qu'avant il aurait rougi si l'une de ses sœurs s'était présentée sans vêtements devant lui. Aussitôt les femmes et les enfants furent rassurés, et peu à peu ils se rapprochèrent. Ils n'avaient jamais vu de personnes à l'aspect aussi singulier, surtout le garçon américain, si blanc en certains endroits. Alex sentit qu'ils examinaient avec une curiosité particulière la différence de couleur entre ce que couvrait habituellement son maillot de bain et le reste de son corps, bronzé par le soleil. Ils le frottaient avec leurs doigts pour voir si c'était de la peinture et riaient aux éclats.

Les guerriers déposèrent le brancard de Mokarita sur le sol, et aussitôt les habitants du village l'entourèrent. Ils se parlaient en murmurant et d'un ton mélodieux, imitant les sons de la forêt, de la pluie, de l'eau sur les pierres des rivières, tout comme Walimaï. Emerveillé, Alex se rendit compte qu'il pouvait assez bien comprendre du moment qu'il ne faisait pas d'effort : il devait « écouter avec le cœur ». D'après Nadia, qui avait une facilité étonnante pour les langues, les mots sont moins importants que les intentions.

Iyomi, l'épouse de Mokarita, encore plus vieille que lui, s'approcha. Les autres s'écartèrent avec respect pour la laisser passer et elle s'agenouilla auprès de son mari, sans une larme, murmurant des paroles de consolation à son oreille, tandis que les autres femmes formaient un chœur autour d'elle, sérieuses et silencieuses, apportant leur soutien au couple par leur proximité, mais sans intervenir.

Très vite la nuit tomba et l'air refroidit. Sous le grand toit commun d'un *shabono*, normalement, il y avait toujours un collier de feux allumés pour cuisiner et donner de la chaleur, mais à Tapirawa-teri le feu était dissimulé, comme tout le reste. Les petits foyers n'étaient allumés que la nuit et à l'intérieur des huttes, sur un autel de pierre, pour ne pas attirer l'attention des ennemis éventuels ou des mauvais esprits. La fumée s'échappait par les fentes des toits et se dispersait dans l'air. Au début, Alex eut l'impression que les maisons étaient réparties au hasard entre les arbres, mais bien vite il comprit qu'elles étaient disposées de manière vaguement circulaire, comme un *shabono,* et reliées entre elles par des tunnels ou des toits de feuilles, donnant une unité au village. Ses habitants pouvaient se déplacer grâce à ce réseau de sentiers cachés, protégés en cas d'attaque et à l'abri de la pluie et du soleil.

Les Indiens se regroupaient par familles, mais les adolescents et les hommes célibataires vivaient séparément, dans une maison commune, où des hamacs étaient suspendus à des piliers et des nattes posées sur le sol. C'est là qu'ils installèrent Alex, tandis que Nadia était conduite dans la maison de Mokarita. Le chef indien s'était marié à l'âge de la puberté avec Iyomi, sa compagne de toujours, mais il avait en plus deux jeunes épouses et un grand nombre d'enfants et de petits-enfants. Il ne tenait pas le compte de sa descendance, car il importait peu en réalité de savoir qui étaient les parents : les enfants étaient élevés ensemble, protégés et surveillés par les membres du village.

Nadia constata que chez les *Gens de la brume* il était courant d'avoir plusieurs épouses et plusieurs maris ; personne ne restait seul. Lorsqu'un homme mourait, ses enfants et ses épouses étaient immédiatement adoptés par un autre homme, qui pouvait les protéger et pourvoir à leurs besoins. Tel était le cas de Tahama, qui devait être un bon chasseur, car il avait plusieurs femmes et une douzaine d'enfants à sa charge. De son côté, une femme dont le mari était mauvais chasseur pouvait obtenir d'autres époux pour l'aider à nourrir ses enfants. Les parents promettaient en général les fillettes en mariage à leur naissance, mais aucune jeune fille n'était obligée de se marier ou de rester avec un homme contre son gré. Abuser des femmes et des enfants était un tabou ; celui qui le violait perdait sa famille et restait condamné à dormir seul, car il n'était pas non plus accepté dans la maison des célibataires. Chez les *Gens de la brume*, le seul châtiment était l'isolement : ils ne craignaient rien tant que d'être exclus de la communauté. Pour le reste, l'idée de récompense et de punition n'existait pas. Les enfants apprenaient en imitant les adultes, car s'ils ne le faisaient pas ils étaient destinés à périr. Ils devaient apprendre à chasser, pêcher, planter et récolter, à respecter la nature et autrui, à aider, à tenir leur rôle au sein du village.

Chacun apprenait à son propre rythme et selon son aptitude.

Il arrivait que ne naissent pas suffisamment de filles dans une génération, alors les hommes partaient pour de longues expéditions à la recherche d'épouses. De leur côté, les jeunes filles du village pouvaient trouver un mari lors des rares occasions où elles partaient en visite dans d'autres régions. Ils se mélangeaient aussi en adoptant des familles d'autres communautés, abandonnées après un conflit, parce qu'un trop petit groupe ne pouvait survivre dans la forêt. De temps à autre il fallait déclarer la guerre à un autre *shabono*, ainsi les guerriers devenaient forts et avaient lieu des échanges matrimoniaux. C'était très triste lorsque les jeunes gens faisaient leurs adieux pour aller vivre dans une autre communauté, car il était rare qu'ils revoient leur famille. Les *Gens de la brume* gardaient jalousement le secret de leur village, pour se défendre des offensives, mais aussi des coutumes des étrangers. Ils vivaient de la même manière depuis des milliers d'années et ne souhaitaient pas changer.

*

A l'intérieur des huttes il y avait fort peu de choses : des hamacs, des calebasses, des haches de pierre, des couteaux de dents ou de griffes, divers animaux domestiques, qui appartenaient à la communauté et allaient et venaient à leur guise. Les arcs, les flèches, les sarbacanes et les dards étaient conservés dans la hutte où dormaient les célibataires. Il n'y avait rien de superflu, et pas d'objets d'art, uniquement l'essentiel pour la stricte survie ; le reste, la nature le fournissait. Alexander Cold ne vit pas un seul objet de métal qui pût indiquer un contact avec le monde extérieur, et il se souvint que les *Gens de la brume* n'avait pas touché aux cadeaux accrochés par César Santos pour les attirer. En cela aussi ils se différenciaient des autres groupes indigènes de la région, qui un à un succombaient à leur convoitise pour le métal et les autres biens des étrangers.

Quand la température baissa, Alex se rhabilla, mais il continua à grelotter. Pendant la nuit, il vit que ses compagnons de toit dormaient par deux dans les hamacs ou serrés par terre les uns contre les autres pour se tenir chaud, mais lui venait d'une culture où le contact physique entre garçons n'est pas toléré ; les hommes ne se touchent que dans les accès de violence ou dans les sports les plus rudes. Il se coucha seul dans un coin, se sentant plus insignifiant qu'une puce. Ce petit groupe humain dans un minuscule village de la forêt était invisible dans l'immensité de l'espace sidéral. Sa durée de vie était inférieure à une fraction de seconde dans l'infini. Ou peut-être n'existait-il même pas, peut-être les humains, les planètes et le reste de la Création étaient-ils des rêves, des illusions. Il sourit avec humilité en se souvenant que quelques jours plus tôt il se croyait encore le centre de l'univers. Il avait froid et faim, il imagina que cette nuit serait fort longue, mais moins de cinq minutes plus tard il dormait comme si on l'avait anesthésié.

Il se réveilla pelotonné par terre sur une natte végétale, serré contre les robustes guerriers qui ronflaient et soufflaient dans son oreille comme avait l'habitude de le faire son chien Poncho. Il se dégagea avec difficulté des bras des Indiens et se leva discrètement, mais il n'alla pas très loin, car en travers de l'entrée se trouvait un gros serpent de plus de deux mètres de long. Il resta pétrifié, sans oser faire un pas, bien que le reptile ne donnât aucun signe de vie : il était mort, ou alors il dormait. Bientôt les Indiens sortirent de leur sommeil et se mirent à vaquer à leurs occupations dans le plus grand calme, passant par-dessus le serpent sans lui prêter la moindre attention. C'était un boa constricteur domestiqué dont le rôle consistait à éliminer les rats, les chauves-souris, les scorpions, et à chasser les serpents venimeux. Les *Gens de la brume* avaient de nombreuses mascottes : des singes qui étaient élevés avec les enfants, des petits chiens que les femmes allaitaient comme leurs nourrissons, des toucans, des perroquets, des iguanes, et même un jaguar jaune décrépit, inoffensif, boitant d'une patte. Les boas, bien nourris et en général léthargiques, se prêtaient aux jeux des enfants. Alex imagina le bonheur de sa sœur Nicole si elle vivait au milieu de cette faune exotique domestiquée.

*

Une bonne partie de la journée se passa à préparer la fête pour célébrer le retour des guerriers et la visite des deux « âmes blanches », comme ils nommèrent Nadia et Alex. Tous y participèrent, sauf un homme qui resta assis à un bout du village, séparé des autres. L'Indien accomplissait le rite de purification – *unokaimú* – obligatoire lorsqu'on a tué un autre être humain. Alex apprit que l'*unokaimú* consistait à jeûner dans le silence et l'immobilité totale pendant plusieurs jours : ainsi l'âme du mort, qui s'était échappée par les narines du cadavre pour se loger dans le sternum du meurtrier, s'en détacherait peu à peu. Si le meurtrier consommait un aliment quel qu'il fût, le fantôme de sa victime grossissait et son poids finissait par l'écraser. Devant le guerrier immobile dans la posture *unokaimú* se trouvait une longue sarbacane de bambou décorée d'étranges symboles, semblables à ceux du dard empoisonné qui avait traversé le cœur de l'un des soldats de l'expédition pendant le voyage sur le fleuve.

Quelques hommes partirent chasser et pêcher, guidés par Tahama, tandis que plusieurs femmes allaient chercher du maïs et des bananes plantain dans les petits jardins cachés au milieu de la forêt et que d'autres travaillaient à râper du manioc. Les plus jeunes enfants amassaient des fourmis et d'autres insectes pour les faire cuire ; les plus grands s'en furent cueillir des noix et des fruits, d'autres encore grimpèrent avec une incroyable agilité à un arbre pour extraire le miel d'un nid d'abeilles, unique source de sucre dans la forêt. Dès qu'ils pouvaient se tenir debout, les jeunes garçons apprenaient à monter aux arbres, ils étaient capables de courir sur les branches les plus hautes sans perdre l'équilibre. Rien qu'à les voir suspendus là-haut comme des singes, Nadia avait le vertige.

Ils remirent à Alex une hotte en vannerie, lui montrèrent comment la porter, la courroie appuyée sur le front, et lui firent signe de suivre d'autres jeunes de son âge. Ils marchèrent un bon moment dans la forêt, traversèrent la rivière en se tenant à des perches et des lianes, et arrivèrent près de sveltes palmiers dont les troncs étaient hérissés d'épines effilées. Sous les cimes, à plus de quinze mètres de hauteur, brillaient des régimes d'un fruit jaune qui ressemblait beaucoup à l'abricot. Les jeunes attachèrent des branches pour faire deux croix solides, arrimèrent la première au tronc à l'aide d'une ceinture de lianes et la seconde un peu plus haut. L'un d'eux grimpa sur la première croix, poussa l'autre vers le haut, se hissa sur celle-ci, tendit la main en se penchant pour élever la croix inférieure et ainsi, avec l'agilité d'un trapéziste, monta jusqu'au sommet. Alex avait entendu parler de cette prouesse, mais jusqu'à ce jour il n'avait pas compris comment on pouvait grimper sans se blesser aux épines. D'en haut l'Indien lança les fruits, que les autres recueillirent dans les paniers. Plus tard les femmes du village les broyèrent, mélangés à de la banane plantain pour préparer une soupe, très appréciée par les *Gens de la brume*.

Bien que tous fussent occupés aux préparatifs, l'ambiance était détendue et festive. Personne ne se hâtait et il leur resta du temps pour se baigner joyeusement dans la rivière pendant des heures. Tandis qu'il barbotait avec d'autres adolescents, Alexander Cold pensa que jamais le monde ne lui avait paru aussi beau et que plus jamais il ne serait aussi libre. Après le long bain, les jeunes filles de Tapirawa-teri préparèrent des peintures végétales de différentes couleurs et décorèrent tous les membres de la tribu, y compris les tout-petits, de dessins enchevêtrés. Pendant ce temps, les hommes plus âgés écrasaient et mélangeaient des feuilles et des écorces de divers arbres pour obtenir du *yopo*, la poudre magique des cérémonies.

CHAPITRE 12

Rite d'initiation

LA fête commença dans l'après-midi et dura toute la nuit. Les Indiens, peints des pieds à la tête, chantèrent, dansèrent et mangèrent jusqu'à satiété. Comme il était impoli de la part d'un invité de refuser l'offre de nourriture ou de boisson, Alex et Nadia, imitant les autres, se remplirent la panse au point d'en avoir des nausées, ce qui était considéré comme une preuve de bonne éducation. Les enfants couraient avec de grands papillons et des scarabées phosphorescents attachés à de longs cheveux. Les femmes, parées de lucioles, d'orchidées et de plumes dans les oreilles, ainsi que de fins bâtonnets qui leur traversaient les lèvres, commencèrent la fête en se divisant en deux bandes, qui se faisaient face en chantant dans une compétition amicale. Puis elles invitèrent les hommes à danser, en s'inspirant des mouvements des animaux lorsqu'ils s'accouplent à la saison des pluies. Enfin les hommes se distinguèrent seuls, d'abord dans une ronde en imitant les singes, les jaguars et les caïmans, puis dans une démonstration de force et d'adresse en brandissant leurs armes et en faisant des bonds harmonieux. Alex et Nadia avaient la tête qui tournait, étourdis qu'ils étaient par le spectacle, le tam-tam des tambours, les chants, les cris, les bruits de la forêt autour d'eux.

Mokarita avait été placé au centre du village, où il recevait les saluts cérémonieux de tous. Il but de petites gorgées de *masato*, mais ne put goûter à la nourriture. Un autre homme âgé, ayant la réputation de guérisseur, se présenta devant lui couvert d'une croûte d'argile séchée et de résine sur laquelle étaient collées de petites plumes blanches, ce qui lui donnait l'aspect d'un étrange oiseau juste éclos de l'œuf. Le sorcier passa un long moment à sauter et à pousser des hurlements pour épouvanter les démons qui étaient entrés dans le corps du chef. Ensuite il aspira sur plusieurs parties du ventre et de la poitrine, faisant mine d'extirper les humeurs mauvaises et de les recracher au loin. Il frotta en outre le moribond avec une pâte de *paranary,* plante utilisée en Amazonie pour soigner les blessures ; mais les blessures de Mokarita étaient invisibles et le remède n'eut aucun effet. Alex supposa que la chute avait fait éclater un organe interne, peut-être le foie, car l'ancien s'affaiblissait au fil des heures tandis qu'un filet de sang coulait à la commissure de ses lèvres.

Au lever du jour, Mokarita appela Nadia et Alex auprès de lui, et avec le peu de forces qui lui restaient il leur expliqua qu'ils étaient les seuls étrangers à avoir posé le pied à Tapirawa-teri depuis la fondation du village.

« Les âmes des *Gens de la brume* et de nos ancêtres habitent ici. Les *nahab* disent des mensonges et ils ignorent la justice, ils peuvent salir nos âmes », dit-il.

Il ajouta qu'ils avaient été invités sur l'ordre du grand chaman, lequel les avait avertis que le destin de Nadia était de les aider. Il ne savait pas quel rôle jouait Alex dans les événements à venir, mais en tant que compagnon de la jeune fille il était lui aussi le bienvenu à Tapirawa-teri. Alexander et Nadia comprirent qu'il parlait de Walimaï et de sa prophétie sur le *Rahakanariwa*.

« Sous quelle forme le *Rahakanariwa* apparaît-il ? demanda Alex.

— De nombreuses formes. C'est un oiseau qui suce le sang. Il n'est pas humain, il agit comme un dément, on ne sait jamais ce qu'il va faire, il a toujours soif de sang, il se fâche et il châtie, expliqua Mokarita.

— Avez-vous vu de grands oiseaux ? demanda Alex.

— Nous avons vu les oiseaux qui font du bruit et du vent, mais eux ne nous ont pas vus, répliqua Mokarita. Nous savons qu'ils ne sont pas le *Rahakanariwa*, bien qu'ils lui ressemblent beaucoup ; ce sont les oiseaux des *nahab*. Ils ne volent que le jour, jamais la nuit, c'est pourquoi nous prenons des précautions quand nous allumons un feu, afin que l'oiseau ne voie pas la fumée. C'est pourquoi nous vivons cachés. C'est pourquoi nous sommes le peuple invisible.

— Les *nahab* viendront tôt ou tard, c'est inévitable. Que feront alors les *Gens de la brume* ?

— Mon temps dans l'Œil du Monde s'achève. Le chef qui viendra après moi devra en décider », dit faiblement Mokarita.

*

Mokarita mourut au petit matin. Un chœur de lamentations secoua Tapirawa-teri pendant des heures : personne ne pouvait se rappeler le temps d'avant ce chef, qui avait guidé la tribu pendant tant de décennies. La couronne de plumes jaunes, symbole de son autorité, fut placée au sommet d'un poteau en attendant que le successeur fût désigné ; entre-temps, en signe de deuil, les *Gens de la brume* se dépouillèrent de leurs parures et se couvrirent d'un mélange de boue, de charbon et de cendres. Une grande inquiétude régnait, car ils croyaient que la mort arrive rarement pour des raisons naturelles, la cause étant en général un ennemi qui a utilisé la magie noire. La seule manière d'apaiser l'esprit du mort est de trouver l'ennemi et de l'éliminer ; sinon, le fantôme reste en ce monde et importune les vivants. Si l'ennemi était d'une autre tribu, cela pouvait conduire à un conflit, mais s'il était du même village on pouvait le tuer symboliquement lors d'une cérémonie appropriée. Les guerriers, qui avaient passé la nuit à boire du *masato*, étaient très excités à l'idée de vaincre l'ennemi qui avait causé la mort de Mokarita. Le découvrir et le battre était une question d'honneur. Aucun n'aspirait à le remplacer, car chez eux les hiérarchies n'existaient pas, aucune personne n'était plus importante que les autres, le chef avait seulement plus d'obligations. Mokarita n'était pas respecté en raison de son poste de commandement, mais en vertu de son grand âge, qui signifiait plus d'expérience et de connaissance. Les hommes, ivres et excités, pouvaient à tout moment devenir violents.

« Je crois que le moment est venu d'appeler Walimaï », chuchota Nadia à Alex.

Elle se retira à un bout du village, ôta l'amulette de son cou et se mit à souffler dedans. Le hululement aigu de la chouette qu'émettait l'os taillé résonna de façon étrange en ce lieu. Nadia s'imaginait qu'il suffisait d'utiliser le talisman pour voir apparaître Walimaï comme par magie, mais elle eut beau souffler, le chaman ne parut pas.

Au cours des heures qui suivirent, la tension augmenta dans le village. L'un des guerriers attaqua Tahama et celui-ci riposta en lui donnant un coup sur la tête qui le laissa étendu par terre, en sang; plusieurs hommes durent intervenir pour séparer et calmer les exaltés. Ils décidèrent finalement de résoudre le conflit grâce au *yopo*, une poudre verte que seuls, comme le *masato*, prenaient les hommes. Ils se mirent par deux, chaque couple étant muni d'un long roseau creux taillé à une extrémité, à travers lequel chaque homme soufflait la poudre directement dans le nez de l'autre. Le *yopo* pénétrait jusqu'au cerveau avec la même puissance qu'un coup de massue et l'homme tombait en arrière en criant de douleur, puis il vomissait, se mettait à faire des bonds, à grogner et à avoir des visions, tandis qu'un mucus vert coulait de ses fosses nasales et de sa bouche. Ce n'était pas un spectacle très agréable, mais ils utilisaient le *yopo* pour se transporter dans le monde des esprits. Quelques hommes devinrent des démons, d'autres reçurent l'âme de divers animaux, d'autres prophétisèrent l'avenir, mais à personne n'apparut le fantôme de Mokarita pour désigner son successeur.

Soupçonnant que ce pandémonium allait se terminer dans la violence, Alex et Nadia préférèrent rester à l'écart et muets, dans l'espoir que personne ne se souviendrait d'eux. Ils n'eurent pas cette chance, car l'un des guerriers eut brusquement la vision que l'ennemi de Mokarita, le coupable de sa mort, était le jeune étranger. En un instant les autres se rassemblèrent pour punir l'assassin présumé du chef et, brandissant des gourdins, ils se mirent à la recherche d'Alex. Ce n'était pas le moment de penser à la flûte comme moyen de calmer les esprits ; le garçon se mit à courir comme une gazelle, ses seuls avantages étant le désespoir, qui lui donnait des ailes, et le fait que ses poursuivants n'étaient pas au mieux de leur forme. Intoxiqués, les Indiens trébuchaient, se poussaient, et dans la confusion se donnaient des coups de bâton les uns aux autres, tandis que les femmes et les enfants couraient autour d'eux en les encourageant. Alex crut que l'heure de sa mort était arrivée et l'image de sa mère lui traversa l'esprit, tel un éclair, tandis qu'il courait à perdre haleine dans la forêt.

Le jeune Américain ne pouvait rivaliser de vitesse ni de dextérité avec ces guerriers indigènes, mais comme ceux-ci étaient drogués, ils tombèrent un à un sur le chemin. Enfin il put se réfugier sous un arbre, essoufflé, exténué. Alors qu'il se croyait sauvé, il se sentit entouré, et avant qu'il puisse se remettre à courir les femmes de la tribu lui tombèrent dessus. Elles riaient, comme si le poursuivre avait juste été une bonne plaisanterie, mais elles le saisirent fermement et il eut beau se débattre et donner des coups de pied, à elles toutes elles le tirèrent pour le ramener à Tapirawa-teri, où elles l'attachèrent à un arbre. Plus d'une jeune fille vint le chatouiller, d'autres lui mirent des morceaux de fruits dans la bouche, mais malgré ces attentions elles ne desserrèrent pas les liens. A ce moment l'effet du *yopo* commençait à s'estomper, et peu à peu, épuisés, les hommes abandonnaient leurs visions pour revenir à la réalité. Plusieurs heures s'écouleraient avant qu'ils ne retrouvent leur lucidité et leurs forces.

Alex, tout endolori d'avoir été traîné sur le sol et humilié par les moqueries des femmes, se souvint des histoires à donner le frisson que racontait le professeur Ludovic Leblanc. Si sa théorie était attestée, ils allaient le manger. Et que deviendrait Nadia ? Il se sentait responsable d'elle. Il pensa que, dans un film ou un roman, ce moment serait celui où arriveraient les hélicoptères pour les sauver et il regarda le ciel, sans espoir, car dans la réalité les hélicoptères n'arrivent jamais à temps. Nadia, elle, s'était approchée de l'arbre sans que personne vînt l'en empêcher, car aucun des guerriers ne pouvait imaginer qu'une gamine osât les défier. Alex et Nadia s'étaient rhabillés quand le froid était tombé, le premier soir, et comme les *Gens de la brume* s'étaient déjà habitués à les voir vêtus, ils n'avaient pas éprouvé le besoin de rester nus. Alex portait la ceinture où il accrochait sa flûte, sa boussole et son couteau, que Nadia utilisa pour le libérer. Dans les films aussi, un seul coup suffit pour trancher une corde, mais elle dut scier un bon moment les lanières de cuir qui l'attachaient au poteau, tandis qu'il transpirait d'impatience. Les enfants et quelques femmes s'approchèrent pour voir ce qu'elle faisait, surpris par son audace, mais elle agit avec une telle assurance, brandissant la lame au nez des curieux, que personne n'intervint, et au bout de dix minutes Alex était libre. Les deux amis commencèrent à reculer discrètement, mais ils n'osèrent pas se mettre à courir de peur d'attirer l'attention des guerriers. C'était vraiment le moment où l'art de l'invisibilité leur aurait été très utile.

*

Les jeunes étrangers n'allèrent pas très loin, car Walimaï fit son entrée dans le village. Le vieux sorcier apparut avec sa collection de petites bourses suspendues à son bâton, sa courte lance et le cylindre de quartz qui sonnait comme un grelot. Contenant des petites pierres ramassées à un endroit frappé par un éclair, c'était le symbole des guérisseurs et des chamans, et il représentait le pouvoir du Soleil-Père. Walimaï était accompagné d'une jeune fille portant une chevelure qui lui descendait jusqu'à la taille, telle une cape noire, qui avait les sourcils épilés, des colliers de perles et de fins bâtonnets polis lui traversant les joues et le nez. Elle était très belle et semblait joyeuse, bien qu'elle ne prononçât pas un mot, souriant sans cesse. Alex comprit qu'elle était l'épouse-ange du chaman et se réjouit de pouvoir la voir à présent, car cela signifiait que quelque chose s'était ouvert dans sa compréhension ou dans son intuition. Comme le lui avait appris Nadia, il fallait « voir avec le cœur ». Elle lui avait raconté qu'il y avait bien des années, lorsque Walimaï était encore jeune, il s'était vu obligé de tuer la jeune fille, en la blessant avec son couteau empoisonné, pour la libérer de l'esclavage. Ce ne fut pas un crime, mais une faveur qu'il lui fit, ce qui n'empêcha pas l'âme de la fille de se coller dans sa poitrine. Walimaï s'enfuit au plus profond de la forêt, emportant l'âme dans un endroit où nul ne pourrait jamais la trouver. Là, il accomplit les rites de purification obligatoires, le jeûne et l'immobilité. Cependant, pendant le voyage, lui et la jeune femme étaient tombés amoureux et, une fois achevé le rite de l'*uno-kaimú*, l'esprit de la jeune fille ne voulut pas s'en aller, préférant rester en ce monde, auprès de l'homme qu'elle aimait. Cela s'était passé il y avait près d'un siècle, et depuis elle accompagnait toujours Walimaï, attendant le moment où il pourrait s'envoler avec elle, changé en esprit lui aussi.

La présence de Walimaï allégea la tension à Tapirawa-teri et les mêmes guerriers qui peu auparavant étaient prêts à massacrer Alex le traitaient à présent avec amabilité. La tribu respectait et craignait le grand chaman parce qu'il possédait le don surnaturel d'interpréter les signes. Tous rêvaient et avaient des visions, mais seuls les élus, tel Walimaï, voyageaient dans le monde des esprits supérieurs, où ils apprenaient la signification des visions, pouvaient guider les autres et changer le cours des catastrophes naturelles.

L'ancien annonça que le garçon avait l'âme du jaguar noir, animal sacré, et qu'il était venu de très loin pour aider les *Gens de la brume*. Il expliqua qu'ils vivaient des temps très étranges, des temps où la frontière entre le monde d'ici et le monde de là-bas était floue, des temps où le *Rahakanariwa* pouvait tous les dévorer. Il leur rappela l'existence des *nahab*, que la plupart d'entre eux ne connaissaient qu'à travers les histoires que racontaient leurs frères d'autres groupes des terres basses. Les guerriers de Tapirawa-teri avaient épié pendant des jours l'expédition de l'*International Geographic*, mais aucun ne comprenait les actes ou les habitudes de ces singuliers étrangers. Walimaï, qui au cours de son siècle de vie avait vu bien des choses, leur conta ce qu'il savait.

« Les *nahab* sont semblables aux morts, leur âme s'est échappée de leur poitrine, dit-il. Les *nahab* ne savent rien de rien, ils ne peuvent attraper un poisson avec une lance, ni atteindre un singe avec une flèche, ni grimper à un arbre. Ils ne sont pas vêtus d'air et de lumière, comme nous, mais s'habillent de vêtements infects. Ils ne se baignent pas dans les rivières, ignorent les règles de la décence ou de la politesse, ne partagent pas leur maison, leur nourriture, leurs enfants ou leurs femmes. Leurs os sont mous et un petit coup suffit pour briser leur crâne. Ils tuent des animaux et ne les mangent pas, les abandonnant à la pourriture. Où qu'ils passent, ils laissent leurs déchets et leur poison, même dans l'eau. Les *nahab* sont si fous qu'ils prétendent emporter les pierres du sol, le sable des fleuves et les arbres de la forêt. Quelques-uns aiment la terre. Nous leur disons qu'on ne peut emporter la forêt sur le dos comme un tapir mort, mais ils n'écoutent pas. Ils nous parlent de leurs dieux, mais ne veulent pas entendre parler des nôtres. Ils sont insatiables, comme les caïmans. Ces choses terribles, je les ai vues de mes propres yeux, je les ai entendues de mes propres oreilles, je les ai touchées de mes propres mains.

— Jamais nous ne permettrons à ces démons d'arriver jusqu'à l'Œil du Monde ! Nous les tuerons de nos dards et de nos flèches lorsqu'ils monteront par la cataracte, comme nous l'avons fait avec tous les étrangers qui ont essayé auparavant, depuis les temps des aïeux de nos aïeux, annonça Tahama.

— Mais ils viendront tout de même. Les *nahab* ont des oiseaux de bruit et de vent, ils peuvent voler au-dessus des montagnes. Ils viendront parce qu'ils veulent les pierres, les arbres et la terre, interrompit Alex.

— C'est certain, admit Walimaï.

— Les *nahab* peuvent aussi tuer avec des maladies. De nombreuses tribus sont mortes ainsi, mais les *Gens de la brume* peuvent se sauver, dit Nadia.

— Cette jeune fille couleur de miel sait ce qu'elle dit, nous devons l'écouter. Le *Rahakanariwa* adopte souvent la forme de maladies mortelles, assura Walimaï.

— Est-elle plus puissante que le *Rahakanariwa* ? demanda Tahama, incrédule.

— Moi non, mais il y a une autre femme qui est très puissante. Elle a les vaccins qui peuvent éviter les épidémies », dit l'adolescente.

Nadia et Alex passèrent l'heure qui suivit à essayer de convaincre les Indiens que tous les *nahab* n'étaient pas des démons nuisibles, que certains étaient des amis, comme le docteur Omayra Torres. Aux limites du langage s'ajoutaient les différences culturelles. Comment leur expliquer ce qu'était un vaccin ? Eux-mêmes ne le comprenaient pas tout à fait, aussi choisirent-ils de dire que c'était une magie très puissante.

« Le seul salut, c'est que cette femme vienne vacciner tous les *Gens de la brume*, argua Nadia. De cette façon, même si les *nahab* viennent, ou le *Rahakanariwa* assoiffé de sang, ils ne pourront pas leur nuire avec des maladies.

— Ils peuvent nous menacer d'autres façons. Alors, nous ferons la guerre, affirma Tahama.

— La guerre contre les *nahab* est une mauvaise idée..., avança Nadia.

— Le prochain chef devra en décider, conclut Tahama.

*

Walimaï se chargea de diriger les rites funéraires de Mokarita selon les plus antiques traditions. Malgré le danger d'être vus depuis les airs, les Indiens firent un grand feu pour brûler le corps et pendant des heures les restes du chef se consumèrent, tandis que les habitants du village pleuraient son départ. Walimaï prépara une potion magique, la puissante *ayahuasca*, pour aider les hommes de la tribu à voir le fond de leur cœur. Les jeunes étrangers furent invités parce qu'ils devaient accomplir une mission héroïque plus importante que leurs vies, pour laquelle non seulement ils auraient besoin de l'aide des dieux, mais aussi de connaître leurs propres forces. Ils n'osèrent pas refuser, bien que le goût de cette potion fût écœurant, et ils durent faire un gros effort pour l'avaler et la garder dans leur estomac. Ils n'en ressentirent les effets qu'un long moment après, quand brusquement le sol se déroba sous leurs pieds et que le ciel s'emplit de figures géométriques et de couleurs brillantes, que leur corps commença à tourner et à se dissoudre, que la panique envahit jusqu'à la moindre de leurs fibres. Juste au moment où ils croyaient avoir atteint la mort, ils se sentirent poussés à une vitesse vertigineuse à travers d'innombrables chambres de lumière, et soudain les portes du royaume des dieux totémiques s'ouvrirent, leur enjoignant d'entrer.

Alex sentit ses membres s'allonger et une chaleur ardente envahir tout son être. Il regarda ses mains et vit que c'étaient deux pattes terminées par des griffes acérées. Il ouvrit la bouche pour appeler et un terrible rugissement jaillit de son ventre. Il se vit transformé en un grand félin, noir et brillant : le magnifique jaguar mâle qu'il avait vu dans le camp de Mauro Carías. L'animal n'était pas en lui, ni lui dans l'animal, mais tous deux se fondaient en un être unique ; l'un et l'autre étaient simultanément le garçon et le fauve. Alex fit quelques pas en s'étirant, essayant ses muscles, et il comprit qu'il possédait la légèreté, la vitesse et la force du jaguar. Il courut en faisant de grands bonds de chat à travers la forêt, emporté par une énergie surnaturelle. D'un saut il grimpa sur la branche d'un arbre et de là observa le paysage avec ses yeux d'or, tandis qu'il remuait lentement sa queue noire dans l'air. Il se sut puissant, redoutable, solitaire, invincible, le roi de la forêt sud-américaine. Aucun autre animal n'était aussi féroce que lui.

Nadia s'éleva dans le ciel et pendant quelques instants la peur de l'altitude qui l'avait toujours accablée disparut. Ses puissantes ailes d'aigle femelle bougeaient à peine ; l'air froid la portait et le plus léger mouvement suffisait à changer le cap ou la vitesse du voyage. Elle volait à une grande altitude, tranquille, indifférente, détachée, observant sans curiosité la terre tout en bas. D'en haut elle voyait la forêt et les sommets plats des *tepuyes*, dont beaucoup étaient couverts de nuages, comme couronnés d'écume ; elle voyait aussi la faible colonne de fumée du bûcher où brûlaient les restes du chef Mokarita. Suspendu dans le vent, l'aigle était aussi invincible que le jaguar l'était sur terre : rien ne pouvait l'atteindre. La jeune fille-oiseau effectua plusieurs tours olympiques en survolant l'Œil du Monde, observant la vie des Indiens depuis les airs. Les plumes de sa tête se hérissèrent comme des centaines d'antennes, captant la chaleur du soleil, l'immensité du vent, l'extraordinaire émoi de l'altitude. Elle sut qu'elle était la protectrice de ces Indiens, la mère-aigle des *Gens de la brume*. Elle vola au-dessus du village de Tapirawa-teri et l'ombre de ses magnifiques ailes couvrit comme un manteau les toits presque invisibles des petites maisons cachées dans la forêt. Enfin le grand oiseau se dirigea vers la cime d'un *tepuy*, la plus haute des montagnes : là, dans son nid, exposés à tous les vents, brillaient trois œufs de cristal.

Au matin du jour suivant, quand les adolescents revinrent du monde des animaux totémiques, chacun raconta son expérience.

« Que signifient ces trois œufs ? demanda Alex.

— Je ne sais pas, mais ils sont très importants. Ces œufs ne m'appartiennent pas, Jaguar, mais je dois les atteindre pour sauver les *Gens de la brume*.

— Je ne comprends pas. Qu'est-ce que ces œufs ont à voir avec les Indiens ?

— Je crois qu'ils ont tout à voir... », répliqua Nadia, aussi perplexe que lui.

Quand les cendres des braises du bûcher funéraire furent tièdes, Iyomi, l'épouse de Mokarita, sépara les os calcinés, elle les broya à l'aide d'une pierre jusqu'à obtenir une fine poudre qu'elle mélangea avec de l'eau et de la banane pour en faire une soupe. La calebasse contenant ce liquide grisâtre passa de main en main et tous, même les enfants, en burent une gorgée. Puis ils enterrèrent la calebasse et le nom du chef fut oublié, afin que plus personne ne le prononce jamais. La mémoire de l'homme de même que les particules de son courage et de sa sagesse qui étaient restées dans les cendres se transmirent à ses descendants et amis. De cette manière, une partie de lui demeurerait toujours parmi les vivants. Ils donnèrent aussi la soupe d'os à boire à Alex et Nadia, en guise de baptême en quelque sorte : maintenant, ils faisaient partie de la communauté. En la portant à ses lèvres, le garçon se souvint d'avoir lu quelque chose à propos d'une maladie causée par « l'ingestion du cerveau des ancêtres ». Il ferma les yeux et but avec respect.

Une fois la cérémonie funéraire terminée, Walimaï enjoignit à la communauté d'élire le nouveau chef. Comme le voulait la tradition, seuls les hommes pouvaient aspirer à ce poste, mais Walimaï expliqua qu'il fallait cette fois choisir avec la plus extrême prudence, parce qu'ils vivaient des temps très étranges et qu'ils avaient besoin d'un chef capable de comprendre les mystères d'autres mondes, de communiquer avec les dieux et de tenir le *Rahakanariwa* à distance. Il dit que c'étaient des temps où apparaissaient les six lunes dans le firmament, des temps où les dieux s'étaient vus obligés d'abandonner leur demeure. Lorsqu'il mentionna les dieux, les Indiens portèrent leurs mains à leur tête et ils commencèrent à se balancer d'avant en arrière en psalmodiant quelque chose qui, aux oreilles de Nadia et d'Alex, résonna comme une prière.

« Tous à Tapirawa-teri, y compris les enfants, doivent participer au choix du nouveau chef », déclara Walimaï.

La communauté passa toute la journée à proposer des candidats et à négocier. A la tombée de la nuit, Nadia et Alex s'endormirent, épuisés, affamés et accablés d'ennui. Le jeune Américain avait en vain tenté d'expliquer la manière de choisir au moyen des votes, comme on le faisait dans une démocratie, mais les Indiens ne savaient pas compter et le concept d'une élection leur était aussi incompréhensible que celui de la vaccination. Ils choisissaient à travers des « visions ».

En pleine nuit, les deux adolescents furent réveillés par Walimaï, qui leur apprit la nouvelle : la vision la plus forte avait été Iyomi, si bien que la veuve de Mokarita était maintenant le chef de Tapirawa-teri. Aussi loin qu'il se souvienne, c'était la première fois qu'une femme occupait cette charge.

*

Le premier ordre que donna la vieille Iyomi, lorsqu'elle eut coiffé la couronne de plumes jaunes que son mari avait portée pendant tant d'années, fut que l'on prépare à manger. L'ordre fut observé sur-le-champ, car tout ce que les *Gens de la brume* avaient absorbé depuis deux jours, c'était une gorgée de soupe d'os. Tahama et d'autres chasseurs partirent avec leurs armes dans la forêt, et quelques heures plus tard ils revinrent avec un fourmilier et un cervidé, qu'ils dépecèrent et mirent à boucaner au-dessus des braises. Pendant ce temps, les femmes avaient préparé du pain de manioc et fait cuire des bananes plantain. Quand tous les estomacs furent rassasiés, Iyomi invita son peuple à s'asseoir en cercle et promulgua son deuxième édit.

« Je vais nommer d'autres chefs. Un chef pour la guerre et la chasse : Tahama. Un chef pour apaiser le *Rahakanariwa* : la fille couleur de miel qu'on appelle Aigle. Un chef pour négocier avec les *nahab* et leurs oiseaux de bruit et de vent : l'étranger qu'on appelle Jaguar. Un chef pour rendre visite aux dieux : Walimaï. Un chef pour les chefs : Iyomi. »

C'est ainsi que cette femme pleine de sagesse distribua le pouvoir et organisa les *Gens de la brume* pour affronter les temps terribles qui s'annonçaient. Et c'est ainsi que Nadia et Alex se virent investis d'une responsabilité pour laquelle aucun des deux ne se sentait préparé.

Iyomi donna son troisième ordre aussitôt après. Elle dit que la jeune fille Aigle devait conserver son « âme blanche » pour affronter le *Rahakanariwa,* seule manière d'éviter qu'elle fût dévorée par l'oiseau cannibale, mais que le jeune étranger, Jaguar, devait devenir un homme et recevoir ses armes de guerrier. Tout mâle, avant d'empoigner ses armes ou de penser à se marier, devait mourir en tant qu'enfant et naître en tant qu'homme. On n'avait pas assez de temps pour la cérémonie traditionnelle, qui durait trois jours, au cours de laquelle étaient normalement initiés tous les garçons de la communauté ayant atteint l'âge de la puberté. Dans le cas de Jaguar, ils devraient improviser une cérémonie plus courte, dit Iyomi, car le jeune homme accompagnerait Aigle dans son voyage à la montagne des dieux. Les *Gens de la brume* étaient en danger, seuls ces deux étrangers pourraient leur apporter le salut et ils devaient partir sans tarder.

Walimaï et Tahama furent chargés d'organiser le rite d'initiation d'Alex, auquel seuls participaient les hommes adultes. Le garçon raconta ensuite à Nadia que l'expérience aurait peut-être été moins terrifiante s'il avait su en quoi consistait la cérémonie. Sous la direction d'Iyomi, les femmes lui rasèrent le sommet du crâne à l'aide d'une pierre affûtée, méthode qui se révéla assez douloureuse, car il avait une blessure qui n'avait pas encore cicatrisé, là où il avait reçu un coup au moment du rapt. Lorsque la pierre à raser passa sur la blessure, celle-ci s'ouvrit, mais elles lui appliquèrent un peu de boue et très vite elle cessa de saigner. Puis les femmes le peignirent en noir des pieds à la tête avec une pâte de cire et de charbon. Aussitôt après, il dut faire ses adieux à son amie et à Iyomi, car les femmes ne pouvaient être présentes pendant la cérémonie et elles partirent passer la journée en forêt avec les enfants. Elles ne reviendraient au village qu'à la nuit, quand les guerriers l'auraient emmené pour l'épreuve qui constituait son initiation.

De la vase de la rivière, Tahama et ses hommes exhumèrent les instruments de musique sacrés, qu'ils n'utilisaient que lors des cérémonies viriles. C'étaient de gros tubes d'un mètre cinquante de long, qui lorsqu'on soufflait dedans produisaient un son rauque et lourd, semblable aux mugissements du taureau. Les femmes et les enfants qui n'avaient pas encore été initiés ne pouvaient les voir, sous peine de tomber malades et de mourir par des procédés magiques. Dans la tribu, ces instruments représentaient le pouvoir masculin, le lien qui unissait les pères et leurs enfants mâles. Sans ces trompes, tout le pouvoir serait entre les mains des femmes, qui possédaient la faculté divine d'avoir des enfants ou, comme ils disaient, de « faire des gens ».

Commencé le matin, le rite allait durer toute la journée et toute la nuit. Ils lui donnèrent à manger quelques mûres amères, puis le laissèrent pelotonné sur le sol, en position fœtale ; ensuite, dirigés par Walimaï, peints et parés des attributs des démons, ils formèrent autour de lui un cercle serré, frappant la terre de leurs pieds et fumant des cigares de feuilles. Entre les mûres amères, la peur et la fumée, Alex se sentit bientôt malade.

Un long moment les guerriers dansèrent et psalmodièrent des chants autour de lui, tout en soufflant dans les lourdes trompes sacrées dont les extrémités touchaient le sol. Le son résonnait dans l'esprit confus du garçon. Pendant des heures il entendit les chants répéter l'histoire du Soleil-Père – lequel se trouvait bien plus loin que le soleil qui chaque jour éclairait le ciel –, feu invisible d'où était issue la Création ; il entendit l'histoire de la goutte de sang qui s'était détachée de la Lune pour donner naissance au premier homme ; leurs chants évoquèrent la Rivière de Lait qui contenait toutes les semences de la vie, mais aussi la putréfaction et la mort, car elle conduisait au royaume où les chamans, tel Walimaï, rencontraient les esprits et d'autres êtres surnaturels pour recevoir la connaissance et le pouvoir de soigner. Ils dirent que tout ce qui existe est rêvé par la Terre-Mère, que chaque étoile rêve ses habitants, et que tout ce qui se passe dans l'univers est une illusion, de purs rêves dans d'autres rêves. Au milieu de son étourdissement, Alexander Cold eut la sensation que ces mots évoquaient des concepts que lui-même avait pressentis, alors il cessa de raisonner et s'abandonna à l'expérience étrange de « penser avec le cœur ».

*

Les heures passèrent et le garçon perdit peu à peu la notion du temps, de l'espace, de sa propre réalité, s'enfonçant dans un état de terreur et de profonde fatigue. A un moment, il sentit qu'on le soulevait et l'obligeait à marcher, alors seulement il s'aperçut que la nuit était tombée. Ils se dirigèrent en procession vers la rivière, jouant de leurs instruments et brandissant leurs armes, et là le plongèrent plusieurs fois dans l'eau, au point qu'il crut mourir noyé. Ils le frottèrent avec des feuilles abrasives pour enlever la peinture noire, puis passèrent du piment sur sa peau brûlante. Au milieu de cris assourdissants ils le frappèrent avec des baguettes sur les jambes, les bras, la poitrine et le ventre, mais sans intention de lui faire mal ; ils le menacèrent de leurs lances, le touchant parfois avec les pointes, mais sans le blesser. Ils essayaient de l'effrayer par tous les moyens et ils y parvinrent, car le jeune Américain ne comprenait pas ce qui se passait et il craignait qu'à n'importe quel moment ses attaquants n'aillent trop loin et ne le tuent vraiment. Il essayait de se défendre des tapes et des bourrades des guerriers de Tapirawa-teri, mais son instinct lui dit de ne pas tenter de fuir, car ce serait inutile, il n'avait nulle part où aller dans ce territoire inconnu et hostile. Ce fut une bonne décision, car s'il l'avait fait il serait passé pour un lâche, le plus impardonnable des défauts pour un guerrier.

Au moment où Alex était sur le point de perdre son sang-froid et de piquer une crise de nerfs, il se souvint brusquement de son animal totémique. Il n'eut pas à faire un gros effort pour entrer dans le corps du jaguar noir, la transformation fut rapide et aisée : le rugissement qui sortit de sa gorge fut le même que celui dont il avait fait l'expérience auparavant; quant aux coups de ses griffes, il les connaissait déjà, et le bond sur les têtes de ses ennemis fut un acte naturel. Les Indiens célébrèrent l'arrivée du jaguar par un vacarme assourdissant et immédiatement, en une procession solennelle, le conduisirent jusqu'à l'arbre sacré où Tahama l'attendait pour l'épreuve finale.

Le jour se levait dans la forêt. Les fourmis de feu étaient emprisonnées dans un tube ou un manchon de fibres végétales tressées, semblable à ceux qu'ils utilisaient pour extraire l'acide prussique du manioc, que Tahama tenait au moyen de deux baguettes pour éviter le contact avec les insectes. Alex, épuisé après cette longue et effroyable nuit, mit un moment à comprendre ce qu'on attendait de lui. Alors il inspira profondément, emplissant d'air froid ses poumons; pour lui venir en aide il invoqua le courage de son père, alpiniste, la résistance de sa mère, qui ne s'avouait jamais vaincue, la force de son animal totémique, et aussitôt introduisit son bras gauche, jusqu'au coude, dans le tube.

Les fourmis de feu se promenèrent quelques secondes sur sa peau avant de le piquer. Quand elles le firent, il eut la sensation qu'elles le brûlaient avec de l'acide jusqu'à l'os. L'épouvantable douleur l'étourdit pendant quelques instants, mais par un énorme effort de volonté il ne retira pas son bras du manchon. Il se souvint des paroles de Nadia quand elle essayait de lui apprendre à cohabiter avec les moustiques : ne te défends pas, ignore-les. Il était impossible d'ignorer les fourmis de feu, mais au bout de quelques minutes d'un désespoir absolu, pendant lesquelles il fut sur le point de partir en courant se jeter dans la rivière, il se rendit compte qu'il était possible de contrôler le mouvement de fuite, d'arrêter le hurlement dans la poitrine, de s'ouvrir à la souffrance sans lui opposer de résistance, en lui permettant de le pénétrer entièrement jusqu'à l'ultime fibre de son être et de sa conscience. Alors la douleur brûlante le transperça comme une épée, sortit par le dos et, miraculeusement, il put la supporter. Jamais Alex ne pourrait expliquer l'impression de pouvoir qui l'envahit pendant ce supplice. Il se sentit aussi fort et invincible qu'il l'avait été sous la forme du jaguar noir, lorsqu'il avait bu la potion magique de Walimaï. Ce fut sa récompense pour avoir survécu à l'épreuve. Il sut que son enfance était vraiment derrière lui, et que désormais il pourrait se débrouiller seul.

« Bienvenu parmi les hommes », dit Tahama en retirant le manchon du bras d'Alex.

Les guerriers ramenèrent le garçon à demi conscient au village.

CHAPITRE 13

La montagne sacrée

TREMPÉ de sueur, tout courbatu et brûlant de fièvre, Alexander Cold, Jaguar, parcourut un long corridor vert, franchit un seuil d'aluminium et vit sa mère. Lisa Cold était dans un fauteuil, appuyée contre des coussins et couverte d'un drap, dans une pièce où la lumière avait la clarté pâle de la lune. Sa tête chauve coiffée d'un bonnet de laine bleue et des écouteurs sur les oreilles, elle était très pâle et amaigrie, les yeux entourés de cernes sombres. Par une fine sonde, reliée à une veine sous sa clavicule, un liquide jaune s'écoulait goutte à goutte d'une poche en plastique. Chaque goutte pénétrait, comme le feu des fourmis, directement dans le cœur de sa mère.

A des milliers de kilomètres de là, dans un hôpital du Texas, Lisa Cold recevait sa chimiothérapie. Elle essayait de ne pas penser à la drogue qui, tel un poison, entrait dans ses veines pour combattre le poison plus mauvais de sa maladie. Pour se distraire elle se concentrait sur chaque note du concerto pour flûte qu'elle écoutait, le même qu'elle avait entendu son fils répéter tant de fois. Au moment même où Alex, délirant, rêvait d'elle en pleine forêt, Lisa Cold vit son fils avec une grande netteté. Elle le vit debout sur le seuil de sa chambre, plus grand et plus robuste, plus mûr et plus beau que dans son souvenir. Lisa l'avait si souvent appelé par la pensée qu'elle ne fut pas étonnée de le voir là. Elle ne se demanda pas pourquoi ni comment il venait, mais s'abandonna simplement au bonheur de l'avoir auprès d'elle. *Alexander... Alexander...* murmura-t-elle. Elle tendit les mains et il avança jusqu'à la toucher, s'agenouilla près du fauteuil et posa la tête sur ses genoux. Tandis que Lisa Cold répétait le nom de son fils et lui caressait la nuque, elle entendit dans les écouteurs, entre les notes diaphanes de la flûte, sa voix qui lui demandait de lutter, de ne pas se rendre devant la mort, lui redisant maintes et maintes fois : *Je t'aime, maman.*

La rencontre d'Alexander Cold avec sa mère avait pu durer un instant ou plusieurs heures, aucun des deux ne le sut avec certitude. Lorsque enfin ils se dirent au revoir, tous deux revinrent fortifiés dans le monde de la matière. Peu après, John Cold entra dans la chambre de sa femme et fut surpris de la voir sourire, des couleurs sur les joues.

« Comment te sens-tu, Lisa? demanda-t-il plein de sollicitude.

— Heureuse, John, parce que Alex est venu me voir, répondit-elle.

— Lisa, que dis-tu... Alexander est en Amazonie avec ma mère, ne t'en souviens-tu pas? murmura son mari, effrayé par l'effet que pouvaient avoir les médicaments sur sa femme.

— Oui, je m'en souviens, mais cela n'empêche pas qu'il était ici il y a un instant.

— C'est impossible..., lui assura John.

— Il a grandi, il est plus grand et plus fort, mais son bras gauche est très enflé... », lui dit-elle en fermant les yeux pour se reposer.

Au centre du continent sud-américain, dans l'Œil du Monde, Alexander Cold s'éveilla de sa fièvre. Il lui fallut quelques minutes pour reconnaître la jeune fille dorée qui se penchait près de lui pour lui donner de l'eau.

« Jaguar, maintenant tu es un homme », dit Nadia en souriant, soulagée de le voir revenu parmi les vivants.

*

Walimaï prépara un emplâtre de plantes médicinales qu'il appliqua sur le bras d'Alex et qui en quelques heures fit céder la fièvre et l'enflure. Le chaman lui expliqua que dans la forêt, de même qu'il existe des poisons qui tuent sans laisser de trace, il y a des milliers de remèdes naturels. Le gamin lui décrivit la maladie de sa mère et lui demanda s'il connaissait une plante capable de la soulager.

« Il y a une plante sacrée, que l'on doit mélanger avec l'eau de guérison, répliqua le chaman.

— Est-ce que je peux trouver cette eau et cette plante ?

— Peut-être, peut-être pas. Il faut passer par bien des épreuves.

— Je ferai tout ce qu'il faudra ! » s'exclama Alex.

Le lendemain, le garçon était tout ankylosé et sur chaque piqûre de fourmi brillait une petite boule rouge, mais il était sur pied et il avait faim. Quand il raconta son aventure à Nadia, elle lui dit que les filles de la tribu ne passaient pas par une cérémonie d'initiation, parce qu'elles n'en avaient pas besoin ; les femmes savent lorsqu'elles ont quitté l'enfance, parce que leur corps saigne et ainsi les en avertit.

Ce jour-là était l'un de ceux où Tahama et ses compagnons n'avaient pas eu de chance à la chasse, et la communauté ne disposa que de maïs et de quelques poissons. Alex décida que s'il avait été capable de manger de l'anaconda grillé il pouvait bien goûter de ce poisson, bien qu'il fût plein d'écailles et d'arêtes. Surpris, il découvrit qu'il aimait beaucoup ça. « Quand je pense que je me suis privé de ce mets délicieux pendant plus de quinze ans ! » s'exclama-t-il à la deuxième bouchée. Nadia lui conseilla de bien manger parce que le lendemain ils partaient avec Walimaï pour un voyage au monde des esprits, où il n'y aurait peut-être pas d'aliments pour le corps.

« Walimaï dit que nous irons à la montagne sacrée, là où vivent les dieux, dit Nadia.

— Que ferons-nous là-bas ?

— Nous irons chercher les trois œufs de cristal qui sont apparus dans ma vision. Walimaï croit que ces œufs sauveront les *Gens de la brume.* »

Le voyage commença au petit matin, dès que les premiers rais de lumière apparurent dans le firmament. Walimaï marchait devant, accompagné de son bel ange d'épouse, qui de temps en temps donnait la main au chaman et d'autres fois volait tel un papillon au-dessus de sa tête, toujours silencieuse et souriante. Alexander Cold avait fière allure avec son arc et ses flèches, les nouvelles armes qui lui avaient été remises par Tahama à la fin du rite d'initiation. Nadia portait une calebasse de soupe de bananes et quelques galettes de manioc qu'Iyomi leur avait données pour le voyage. Le sorcier n'avait pas besoin de provisions, car à son âge, à ce qu'il dit, on mangeait peu. Il ne paraissait pas humain : il s'alimentait de gorgées d'eau et de quelques noix qu'il suçait longuement entre ses gencives édentées, il dormait à peine, mais il lui restait encore des forces pour continuer à marcher quand les jeunes gens tombaient de fatigue.

Ils se mirent en route dans les plaines boisées du haut plateau en direction du plus haut *tepuy*, une tour noire et brillante semblable à une sculpture d'obsidienne. Alex consulta sa boussole et constata qu'ils se dirigeaient toujours vers l'est. Il n'existait pas de sentier visible, mais Walimaï s'enfonçait dans la végétation avec une étonnante assurance, se repérant entre les arbres, les vallées, les collines, les rivières et les cascades comme s'il avait une carte à la main.

A mesure qu'ils avançaient, la nature changeait. Walimaï montra le paysage en disant que c'était le royaume de la *Mère des Eaux*, et c'était vrai qu'il y avait une incroyable abondance de cataractes et de chutes d'eau. Les *garimpeiros* n'étaient pas encore arrivés jusque-là à la recherche d'or et de pierres précieuses, mais ce n'était qu'une question de temps. Les mineurs agissaient par groupes de quatre ou cinq, et ils étaient trop pauvres pour disposer d'un transport aérien; ils se déplaçaient à pied sur un terrain plein d'obstacles ou en pirogue sur les rivières. Cependant, il y avait des hommes comme Mauro Carías qui connaissaient les immenses richesses de la région et disposaient de moyens modernes. La seule chose qui les empêchât d'exploiter les mines avec des jets d'eau à pression capables de pulvériser la forêt et de transformer le paysage en un bourbier, c'étaient les nouvelles lois de protection de l'environnement et des indigènes. On violait constamment les premières, mais il n'était plus aussi aisé de faire de même avec les secondes, car les yeux du monde étaient posés sur ces Indiens d'Amazonie, derniers survivants de l'âge de pierre. On ne pouvait plus les exterminer en leur tirant dessus, comme on l'avait fait jusqu'à une époque récente, sans provoquer une réaction internationale.

Alex mesura une fois de plus l'importance des vaccins du docteur Omayra Torres et du reportage de sa grand-mère pour l'*International Geographic*, qui alerterait d'autres pays sur la situation des Indiens. Que signifiaient les trois œufs de cristal que Nadia avait vus dans son rêve ? Pourquoi devaient-ils entreprendre ce voyage avec le chaman ? Il lui paraissait plus utile d'essayer de retrouver l'expédition, de récupérer les vaccins et que sa grand-mère publie son article. Il avait été désigné « chef pour négocier avec les *nahab* et leurs oiseaux de bruit et de vent » par Iyomi, mais au lieu d'accomplir sa mission il s'éloignait de plus en plus de la civilisation. Il n'y avait aucune logique dans ce qu'ils faisaient, pensa-t-il en soupirant. Devant lui se dressaient les *tepuyes* mystérieux et solitaires, semblables à des constructions d'une autre planète.

*

Les trois voyageurs marchèrent d'un bon pas du lever au coucher du soleil, s'arrêtant pour rafraîchir leurs pieds et boire l'eau des rivières. Alex essaya de chasser un toucan perché sur une branche à quelques mètres, mais sa flèche rata sa cible. Il visa ensuite un singe, si proche qu'il pouvait voir sa dentition jaunâtre, mais ne l'atteignit pas non plus. Le singe lui rendit son geste par des grimaces qui lui parurent franchement sarcastiques. Il pensa que ses armes toutes neuves de guerrier ne lui servaient pas beaucoup ; si ses compagnons dépendaient de lui pour se nourrir, ils mourraient de faim. Walimaï montra quelques noix, qui se révélèrent délicieuses, et les fruits d'un arbre que le garçon n'arriva pas à atteindre.

Les Indiens avaient des orteils très écartés, forts et flexibles, qui leur permettaient de monter avec une agilité incroyable sur des troncs lisses. Ces pieds, aussi calleux que de la peau de crocodile, étaient cependant très sensibles : ils s'en servaient même pour tresser des vanneries ou des cordes. Dans le village, les enfants commençaient à s'exercer à grimper dès qu'ils savaient se mettre debout, alors qu'Alexander, avec toute son expérience de grimpeur, fut incapable de monter à l'arbre pour en cueillir les fruits. Ses vains efforts firent pleurer de rire Walimaï, Nadia et Boroba, et aucun ne montra le moindre soupçon de sympathie lorsqu'il tomba d'une bonne hauteur et atterrit assis, ses fesses et sa fierté meurtries. Il se sentait aussi lourd et maladroit qu'un pachyderme.

A la nuit tombante, après de longues heures de marche, Walimaï fit signe qu'ils pouvaient se reposer. Il s'avança dans la rivière avec de l'eau jusqu'aux genoux, immobile et silencieux, jusqu'à ce que les poissons oublient sa présence et commencent à l'entourer. Lorsqu'il eut une proie à portée de son arme, il l'embrocha de sa courte lance et donna à Nadia un beau poisson argenté qui bougeait encore la queue.

« Comment s'y prend-il pour que ce soit aussi facile ? voulut savoir Alex, humilié par ses précédents échecs.

— Il demande la permission au poisson, il lui explique qu'il doit le tuer par nécessité ; ensuite il le remercie d'offrir sa vie pour que nous vivions », précisa l'adolescente.

Alexander pensa qu'au début du voyage il aurait ri à cette idée, mais à présent il écoutait avec attention ce que disait son amie.

« Comme avant le poisson en a mangé d'autres, il comprend que son tour est venu d'être mangé. C'est comme ça », ajouta-t-elle.

Le chaman prépara un petit feu pour faire cuire le repas, qui leur rendit leurs forces, mais lui se contenta de boire de l'eau. Les enfants dormirent pelotonnés entre les grosses racines d'un arbre pour se protéger du froid, car ils n'eurent pas le temps de préparer des hamacs d'écorce, comme ils l'avaient vu faire au village ; ils étaient fatigués et devaient très tôt se remettre en route. Chaque fois que l'un bougeait, l'autre s'arrangeait pour qu'ils restent le plus collés possible, et ainsi ils se tinrent chaud pendant la nuit. Accroupi et immobile, le vieux Walimaï passa ces heures à observer le firmament, tandis que son épouse veillait à côté de lui, telle une fée transparente, seulement vêtue de ses cheveux sombres. Quand les adolescents se réveillèrent, l'Indien était exactement dans la position où ils l'avaient vu avant de s'endormir : insensible au froid et à la fatigue. Alex lui demanda combien de temps il avait vécu, d'où il tirait son énergie et sa formidable santé. L'ancien expliqua qu'il avait vu naître de nombreux enfants qui ensuite étaient devenus grands-parents, qu'il avait aussi vu mourir ces grands-parents et naître leurs petits-enfants. Combien d'années ? Il haussa les épaules : c'était sans importance, ou alors il ne le savait pas. Il dit qu'il était le messager des dieux, qu'il allait souvent dans le monde des immortels où les maladies qui tuent les hommes n'existaient pas. Alex se souvint de la légende de l'El Dorado, qui renfermait non seulement de fabuleuses richesses, mais aussi la source de l'éternelle jeunesse.

« Ma mère est très malade... » murmura Alex, ému par ce souvenir. L'expérience de s'être transporté mentalement à l'hôpital au Texas pour la retrouver avait été si réelle qu'il ne pouvait en oublier les détails, depuis l'odeur de médicament de la chambre jusqu'aux jambes maigres de Lisa Cold, sous le drap où il avait posé son front.

« Nous mourrons tous, dit le chaman.

— Oui, mais elle, elle est jeune.

— Certains s'en vont jeunes, d'autres vieux. J'ai trop vécu, j'aimerais que mes os reposent dans la mémoire des autres », dit Walimaï.

*

Au milieu de la journée ils arrivèrent à la base du plus haut *tepuy* de l'Œil du Monde, un géant dont la cime se perdait dans une épaisse couronne de nuages blancs. Walimaï expliqua que le sommet n'était jamais dégagé et que personne, même le puissant *Rahakanariwa*, n'avait visité ce lieu sans y être invité par les dieux. Il ajouta que depuis des milliers d'années, depuis le commencement de la vie, quand les êtres humains avaient été fabriqués avec la chaleur du Soleil-Père, le sang de la Lune et l'argile de la Terre-Mère, les *Gens de la brume* connaissaient l'existence de la demeure des dieux dans la montagne. A chaque génération, quelqu'un – toujours un chaman qui avait traversé de dures épreuves d'expiation – était désigné pour se rendre au *tepuy* et servir de messager. Ce rôle lui ayant été dévolu, il était venu là bien des fois, avait vécu avec les dieux et connaissait leurs habitudes. Il était inquiet, leur dit-il, parce qu'il n'avait pas encore formé son successeur. S'il mourait, qui serait le messager ? Dans chacun de ses voyages spirituels il l'avait cherché, mais aucune vision ne lui était venue en aide. N'importe qui ne pouvait être formé, il fallait que ce fût quelqu'un né avec une âme de chaman, quelqu'un qui aurait le pouvoir de soigner, de donner des conseils et d'interpréter les rêves. Cette personne démontrait son talent dès son jeune âge ; elle devait être très disciplinée pour vaincre les tentations et contrôler son corps : un bon chaman n'avait ni désirs ni besoins. En bref, c'est ce que comprirent les adolescents du long discours du sorcier, qui s'exprimait par périphrases, se répétant, comme s'il récitait un poème interminable. Il leur fut clair, cependant, que personne d'autre que lui n'était autorisé à franchir le seuil du monde des dieux, même si en une ou deux occasions extraordinaires d'autres Indiens étaient aussi entrés. Ce serait la première fois, depuis le commencement des temps, qu'on admettrait des visiteurs étrangers.

« Comment est la demeure des dieux ? demanda Alex.

— Plus grande que le plus grand des *shabonos*, brillante et jaune comme le soleil.

— El Dorado ! Serait-ce la légendaire cité d'or qu'ont cherchée les conquérants ? demanda le garçon avec anxiété.

— Peut-être, ou peut-être pas, répondit Walimaï, qui manquait de références pour savoir ce qu'était cette cité, reconnaître l'or ou imaginer les conquérants.

— Comment sont les dieux ? Sont-ils semblables à la créature que nous appelons La Bête ?

— Peut-être, ou peut-être pas.

— Pourquoi nous avez-vous emmenés jusqu'ici ?

— A cause des visions. Les *Gens de la brume* peuvent être sauvés par un aigle et un jaguar, c'est pourquoi vous avez été invités dans la demeure secrète des dieux.

— Nous serons dignes de cette confiance. Jamais nous n'en révélerons l'entrée..., promit Alex.

— Vous ne le pourrez pas. Si vous sortez vivants, vous l'oublierez », répliqua simplement l'Indien.

Si je sors vivant... Alexander n'avait jamais imaginé qu'il pourrait mourir jeune. Dans le fond, il considérait la mort comme quelque chose de plutôt désagréable qui n'arrivait qu'aux autres. Malgré les dangers affrontés lors des dernières semaines, il n'avait jamais douté qu'il retrouverait sa famille. Il préparait même les mots pour raconter ses aventures, bien qu'il eût peu d'espoir qu'on le crût. Lequel de ses amis pourrait imaginer qu'il était parmi des êtres de l'âge de pierre et qu'il pourrait même trouver l'El Dorado ?

Au pied du *tepuy*, il se rendit compte que la vie était pleine de surprises. Avant, il ne croyait pas au destin, cela lui paraissait une idée fataliste, il croyait que chacun était libre de faire sa vie comme bon lui semblait et il était résolu à faire de la sienne quelque chose de bien, à triompher et à être heureux. Maintenant, tout cela lui paraissait absurde. Il ne pouvait plus faire seulement confiance à la raison, il était entré dans le territoire incertain des rêves, de l'intuition et de la magie. Le destin existait et il fallait parfois se lancer dans l'aventure et s'en sortir en improvisant, d'une manière ou d'une autre, comme il l'avait fait quand sa grand-mère l'avait poussé à l'eau, à quatre ans, et qu'il avait dû apprendre à nager. Il n'y avait pas d'autre solution que de plonger dans les mystères qui l'entouraient. Une fois de plus il prit conscience des risques. Il se trouvait seul au milieu de la région la plus reculée de la planète, où les lois connues ne fonctionnaient pas. Il devait l'admettre : sa grand-mère lui avait fait une immense faveur en l'arrachant à la sécurité de la Californie et en le jetant dans ce monde étrange. Tahama et ses fourmis de feu ne l'avaient pas seuls initié au monde adulte, l'inénarrable Kate Cold avait elle aussi contribué à son initiation.

Walimaï laissa ses deux compagnons de voyage se reposer près d'un ruisseau, avec l'ordre de l'attendre, et il partit seul. Dans cette zone du haut plateau, la végétation était moins dense et le soleil de midi tombait comme du plomb sur leurs têtes. Nadia et Alex se jetèrent à l'eau, effrayant les anguilles électriques et les tortues qui reposaient au fond, tandis que sur la berge Boroba chassait les mouches et se grattait les puces. Le garçon se sentait parfaitement à l'aise avec cette fille, il s'amusait avec elle et il lui faisait confiance, parce que dans ce milieu elle était plus savante que lui. Il lui semblait étrange de ressentir autant d'admiration pour quelqu'un de l'âge de sa sœur. Il avait parfois la tentation de la comparer à Cecilia Burns, mais il ne savait par quel bout commencer : elles étaient totalement différentes.

Cecilia Burns serait aussi perdue en forêt que Nadia Santos le serait dans une ville. Cecilia s'était développée très tôt, et à quinze ans elle était déjà une jeune femme ; il n'était pas son seul amoureux, tous les garçons de l'école avaient les mêmes désirs. Nadia, au contraire, était encore aussi longue et étroite qu'un jonc, sans formes féminines, n'ayant que les os sous sa peau bronzée, un être androgyne qui avait une odeur de forêt. Malgré son aspect enfantin, elle inspirait le respect : elle avait de l'aplomb et de la dignité. Peut-être parce qu'elle n'avait pas de sœurs ou d'amies de son âge, elle agissait comme une adulte ; elle était sérieuse, silencieuse, concentrée, n'avait pas cette attitude assommante qui dérangeait tellement Alex chez les autres filles. Il détestait quand elles chuchotaient et riaient entre elles, il se sentait désemparé et pensait qu'elles se moquaient de lui. « Nous ne passons pas notre temps à parler de toi, Alexander Cold, il y a des sujets plus intéressants », lui avait dit Cecilia Burns une fois devant toute la classe. Il pensa que jamais Nadia ne l'humilierait de la sorte.

*

Le vieux chaman revint quelques heures plus tard, frais et calme comme toujours, avec deux bâtons enduits d'une résine semblable à celle qu'avaient employée les

Indiens pour monter par les flancs de la cascade. Il annonça qu'il avait trouvé l'entrée de la montagne des dieux et, après avoir caché l'arc et les flèches, qu'ils ne pourraient utiliser, il les invita à le suivre.

Au pied du *tepuy*, la végétation était constituée d'immenses fougères, qui poussaient emmêlées comme de l'étoupe. Ils devaient avancer lentement et avec beaucoup de prudence, en séparant les feuilles et se frayant un chemin avec difficulté. Quand ils furent sous ces plantes gigantesques, le ciel disparut, ils plongèrent dans un univers végétal, le temps s'arrêta et la réalité perdit ses formes connues. Ils entrèrent dans un dédale de feuilles palpitantes, de rosée parfumée de musc, d'insectes phosphorescents et de fleurs succulentes d'où coulaient des gouttes d'un miel bleu et épais. L'air devint aussi lourd que l'haleine d'un fauve, il y avait un bourdonnement constant, les pierres brûlaient comme des braises et la terre avait la couleur du sang. D'une main Alexander s'agrippa à l'épaule de Walimaï et de l'autre saisit Nadia, conscient que s'ils se séparaient de quelques centimètres les fougères les avaleraient et qu'ils ne se retrouveraient jamais. Boroba était accroché au corps de sa maîtresse, silencieux et attentif. Ils devaient écarter de leurs yeux les délicates toiles d'araignée brodées de moustiques et de gouttes de rosée, tendues comme de la dentelle entre les feuilles. C'est à peine s'ils parvenaient à voir leurs pieds, aussi cessèrent-ils de se demander ce qu'était cette matière colorée, visqueuse et tiède où ils s'enfonçaient jusqu'à la cheville.

Le garçon n'arrivait pas à imaginer comment le chaman reconnaissait le chemin, peut-être son épouse-esprit le guidait-elle; il avait par moments la certitude qu'ils tournaient en rond au même endroit, sans avancer d'un pas. Il n'y avait aucun point de repère, seulement la végétation vorace qui les enveloppait de son étreinte luisante. Il voulut consulter sa boussole, mais l'aiguille oscillait, comme folle, accentuant l'impression qu'ils avançaient en faisant des cercles. Soudain Walimaï s'arrêta, il écarta une fougère qui ne se différenciait en rien des autres et ils se trouvèrent devant une ouverture dans le versant de la montagne, semblable à un terrier de renards.

Le sorcier y pénétra à quatre pattes et ils le suivirent. C'était un passage étroit de trois ou quatre mètres de long, qui débouchait sur une caverne spacieuse, à peine éclairée par un rayon de lumière provenant de l'extérieur, où ils purent se mettre debout. Walimaï entreprit patiemment de frotter ses pierres pour faire un feu, tandis qu'Alex pensait que plus jamais il ne sortirait de chez lui sans allumettes. Enfin l'étincelle des pierres mit le feu à la paille, que Walimaï utilisa pour enflammer la résine de l'une des torches.

Dans la lumière vacillante ils virent s'élever un nuage sombre et compact de milliers et de milliers de chauves-souris. Ils étaient dans une caverne de roche, entourés d'eau qui coulait sur les murs et couvrait le sol, tel un lac sombre. Plusieurs tunnels naturels partaient dans des directions différentes, certains plus larges que d'autres, formant un inextricable labyrinthe souterrain. Sans hésiter, l'Indien se dirigea vers l'un des passages, les adolescents sur ses talons.

Alex se souvint de l'histoire du fil d'Ariane, dans la mythologie grecque, qui permit à Thésée de revenir des profondeurs du labyrinthe après avoir tué le féroce Minotaure. Lui n'avait pas de pelote de fil pour indiquer le chemin, et il se demanda comment ils sortiraient de là si Walimaï se trompait. Comme l'aiguille de sa boussole oscillait en tous sens, il en déduisit qu'ils se trouvaient dans un champ magnétique. Il voulut faire des marques sur les parois avec son couteau, mais la roche était dure comme du granite et il lui aurait fallu des heures pour tailler une encoche. Ils avançaient d'un tunnel à l'autre, toujours en montant, dans l'intérieur du *tepuy*, avec la torche improvisée comme seule défense contre les épaisses ténèbres qui les entouraient. Dans les entrailles de la terre ne régnait pas un silence de tombe, comme il l'aurait imaginé : ils entendaient des battements d'ailes de chauves-souris, des glapissements de rats, des courses de petits animaux, les gouttes d'eau et un coup sourd et rythmé, le battement d'un cœur, comme s'ils s'étaient trouvés dans un organisme vivant, un énorme animal au repos. Aucun ne dit mot, mais parfois Boroba lançait un cri de frayeur et le labyrinthe leur en renvoyait alors l'écho répété. Le garçon se demanda quelles sortes de créatures pouvaient abriter ces profondeurs, peut-être des serpents ou des scorpions venimeux, mais il décida de ne penser à aucune de ces éventualités et de garder la tête froide, comme semblait l'avoir Nadia qui marchait derrière Walimaï, muette et confiante.

*

Peu à peu ils aperçurent la fin du long passage. Ils virent une faible clarté verte, et en arrivant se trouvèrent dans une grande caverne d'une beauté quasiment impossible à décrire. Par une quelconque entrée pénétrait suffisamment de lumière pour éclairer un vaste espace, aussi grand qu'une église, où se dressaient de merveilleuses formations de roche et de minéraux, semblables à des sculptures. Le labyrinthe qu'ils avaient laissé derrière eux était de pierre sombre, mais ils se trouvaient maintenant dans une salle circulaire éclairée, sous une voûte de cathédrale, entourés de cristaux et de pierres précieuses. Alex ne connaissait pas grand-chose aux minéraux, mais il put reconnaître des opales, des topazes, des agates, des morceaux de quartz et d'albâtre, de jade et de tourmaline. Il vit des cristaux semblables à des diamants, d'autres laiteux, quelques-uns qui semblaient éclairés de l'intérieur, d'autres veinés de vert, de violet et de rouge, comme s'ils étaient incrustés d'émeraudes, d'améthystes et de rubis. Des stalactites transparentes pendaient du plafond comme des poignards de glace, d'où gouttait une eau calcaire. Ça sentait l'humidité et, de manière surprenante, les fleurs. Le mélange produisait un arôme rance, intense et pénétrant, un peu nauséabond, à la fois de parfum et de tombe. L'air était frais et craquant, comme il l'est souvent en hiver après qu'il a neigé.

Soudain, ils virent quelque chose bouger à l'autre bout de la grotte et un instant plus tard une créature qui ressemblait à un étrange oiseau, un peu comme un reptile ailé, se détacha d'un rocher de cristal bleu. L'animal étira ses ailes, prêt à s'envoler, et Alex le vit alors clairement : il ressemblait aux dessins qu'il avait vus des dragons légendaires, mais de la taille d'un grand pélican et très beau. Les terribles dragons des contes européens, qui gardaient souvent un trésor ou une demoiselle prisonnière, étaient toujours repoussants. Mais celui qu'il avait devant les yeux ressemblait à ceux qu'il avait vus dans les festivités du quartier chinois, à San Francisco : pure joie et vitalité. Il ouvrit tout de même son couteau suisse et se prépara à se défendre, mais Walimaï le tranquillisa d'un geste.

La femme-esprit du chaman, légère comme une libellule, traversa la grotte en volant et alla se poser entre les ailes de l'animal, le chevauchant. Effrayé, Boroba cria et montra les dents, mais Nadia le fit taire, abasourdie devant le dragon. Lorsqu'elle parvint à se ressaisir suffisamment elle se mit à appeler dans le langage des oiseaux et des reptiles dans l'espoir de l'attirer, mais l'animal fabuleux examina de loin les visiteurs de ses pupilles rouges et ignora l'appel de Nadia. Puis il s'envola, élégant et léger, pour faire un tour olympien sous la voûte de la grotte, l'épouse de Walimaï sur le dos, comme s'il voulait simplement montrer la beauté de ses lignes et de ses écailles phosphorescentes. Enfin il revint se poser sur la roche de cristal bleu, replia ses ailes et attendit dans l'attitude impassible d'un chat.

L'esprit de la femme revint à l'endroit où se trouvait son mari et resta flottant là, suspendue dans l'air. Alex chercha comment il pourrait décrire ce qu'il venait de voir ; il aurait donné n'importe quoi pour avoir l'appareil photo de sa grand-mère, afin de rapporter une preuve que ce lieu et ces êtres existaient vraiment, qu'il n'était pas perdu dans la tempête de ses propres hallucinations.

*

Ils quittèrent la caverne enchantée et le dragon ailé avec une certaine tristesse, sans savoir s'ils les reverraient un jour. Alex essayait encore de trouver des explications rationnelles à ce qui survenait, alors que Nadia acceptait le merveilleux sans se poser de questions. Le garçon supposa que ces *tepuyes* tellement isolés du reste de la planète étaient les dernières enclaves de l'ère paléolithique, où s'étaient préservées intactes la flore et la faune de milliers et de milliers d'années en arrière. Sans doute se trouvaient-ils dans une sorte d'île des Galápagos, où les espèces les plus anciennes avaient échappé aux mutations ou à l'extinction. Ce dragon n'était probablement qu'un oiseau inconnu. De tels êtres apparaissaient dans les contes folkloriques et la mythologie de contrées fort distinctes. Il y en avait en Chine, où ils symbolisaient la bonne fortune, de même qu'en Angleterre, où ils servaient à éprouver le courage de chevaliers comme saint Georges. Peut-être, conclut-il, ces animaux avaient-ils cohabité avec les premiers êtres humains de la planète, et la superstition populaire s'en souvenait aujourd'hui comme de gigantesques reptiles qui crachaient du feu par les narines. Le dragon de la grotte ne jetait pas de flammes, mais il exhalait un pénétrant parfum de courtisane. Cependant, Alex ne trouvait pas d'explication pour l'épouse de Walimaï, cette fée d'aspect humain qui les accompagnait dans leur étrange voyage. Bon, peut-être en trouverait-il une plus tard...

Ils suivirent Walimaï par de nouveaux tunnels, tandis que la lumière de la torche devenait de plus en plus faible. Ils traversèrent d'autres grottes, mais aucune aussi spectaculaire que la première, et ils virent d'autres créatures étranges : des oiseaux au plumage rouge avec quatre ailes, qui grognaient comme des chiens, et quelques chats blancs aux regards aveugles qui furent sur le point de les attaquer, mais qui reculèrent quand Nadia les calma dans la langue des félins. En passant par une caverne inondée ils durent avancer dans l'eau jusqu'au cou, en portant Boroba juché sur la tête de sa maîtresse, et ils virent des poissons dorés avec des ailes, qui nageaient entre leurs jambes et brusquement s'envolaient pour aller se perdre dans l'obscurité des tunnels.

Dans une autre caverne, qui exhalait un épais brouillard pourpre semblable à celui de certains crépuscules, d'inexplicables fleurs poussaient à même la roche. Walimaï effleura l'une d'elles de sa lance et aussitôt, d'entre les pétales, apparurent des tentacules charnus qui s'étirèrent à la recherche de leur proie. Dans un angle de l'un des couloirs ils virent, à la lumière orangée et vacillante de la torche, un nid dans la paroi, où se trouvait quelque chose qui ressemblait à un enfant pétrifié dans la résine, comme ces insectes pris dans un bloc d'ambre. Alex imagina que cette créature était demeurée dans sa tombe hermétique depuis l'aube de l'humanité, et qu'elle serait encore intacte au même endroit dans des milliers et des milliers d'années. Comment était-elle arrivée là ? Comment était-elle morte ?

*

Enfin le groupe atteignit le dernier passage de cet immense labyrinthe. Ils débouchèrent sur un espace ouvert, où pendant quelques instants ils furent aveuglés par un flot de lumière blanche. Ils virent alors qu'ils étaient sur une sorte de balcon, un éperon rocheux s'avançant à l'intérieur d'une montagne creuse, comme le cratère d'un volcan. Le labyrinthe qu'ils avaient parcouru pénétrait dans les profondeurs du *tepuy*, unissant l'extérieur au monde fabuleux enfermé en son cœur. Ils comprirent qu'ils s'étaient élevés de plusieurs dizaines de mètres à travers les tunnels. Au-dessus d'eux se dressaient les parois verticales de la montagne, couvertes de végétation et se perdant dans les nuages. On ne voyait pas le ciel, seulement un plafond épais, blanc comme du coton, par où filtrait la lumière du soleil en créant un étrange phénomène optique : six lunes transparentes flottant dans un firmament de lait. C'étaient les lunes qu'Alex avait vues dans ses visions. Dans l'air volaient des oiseaux inconnus, certains aussi transparents et légers que des méduses, d'autres lourds comme de noirs condors, quelques-uns semblables au dragon qu'ils avaient vu dans la grotte.

Plusieurs mètres plus bas s'étendait une grande vallée circulaire, qui de la hauteur où ils se trouvaient apparaissait comme un jardin bleu-vert enveloppé de vapeur. Des cascades, des filets d'eau et des ruisseaux glissaient sur les pentes, alimentant les lacs de la vallée, tellement symétriques et parfaits qu'ils ne semblaient pas naturels. Et au centre, scintillant comme une couronne, orgueilleux, se dressait El Dorado. Nadia et Alex étouffèrent une exclamation, aveuglés par l'éclat extraordinaire de la cité d'or, la demeure des dieux.

Walimaï laissa aux enfants le temps de se remettre de leur surprise, puis il leur montra les escaliers taillés dans la montagne qui descendaient en serpentant depuis l'éperon où ils se trouvaient pour rejoindre la vallée. Au fur et à mesure qu'ils descendaient ils se rendaient compte que la flore était aussi extraordinaire que la faune qu'ils avaient aperçue ; les plantes, les fleurs et les arbustes des versants étaient uniques. En descendant, la chaleur et l'humidité augmentaient, la végétation devenait plus dense et plus exubérante, les arbres plus hauts et plus feuillus, les fleurs plus parfumées, les fruits plus exquis. Bien que de grande beauté, l'impression qui se dégageait n'était pas paisible mais vaguement menaçante, tel un mystérieux paysage de Vénus. La nature palpitait, haletait, croissait devant leurs yeux, à l'affût. Ils virent des mouches jaunes et transparentes comme des topazes, des scarabées bleus pourvus de cornes, de gros escargots si colorés que de loin on aurait dit des fleurs, d'exotiques lézards rayés, des rongeurs aux dents courbes et pointues, des écureuils sans poils semblables à des gnomes nus, sautant de branche en branche.

En arrivant dans la vallée et en s'approchant de l'El Dorado, les voyageurs comprirent que ce n'était pas une cité et que ce n'était pas non plus de l'or. Il s'agissait d'une série de formations géométriques naturelles, comme les cristaux qu'ils avaient vus dans les grottes. La couleur dorée provenait du mica, un minerai sans valeur, de la pyrite, bien nommée « l'or des idiots ». Alex ébaucha un sourire à la pensée que si les conquistadores et tant d'autres aventuriers étaient arrivés à vaincre les incroyables obstacles du chemin conduisant à l'El Dorado, ils en seraient sortis plus pauvres qu'à leur arrivée.

CHAPITRE 14

Les Bêtes

QUELQUES minutes plus tard, Alex et Nadia virent La Bête. A quelques mètres d'eux, elle se dirigeait vers la cité. On aurait dit un homme-singe gigantesque, de plus de trois mètres de haut, dressé sur deux pattes, avec de puissants bras qui pendaient jusqu'au sol et une petite tête au visage mélancolique, trop petite comparée à la taille du corps. Il était couvert de poils hirsutes qui ressemblaient à du fil de fer, et à chaque main avait trois longues griffes affilées comme des couteaux courbes. Il se déplaçait avec une lenteur tellement incroyable qu'on n'avait pas l'impression qu'il bougeait. Nadia reconnut immédiatement La Bête, car elle l'avait déjà vue auparavant. Paralysés de terreur et de surprise, ils restèrent immobiles, examinant la créature. Elle leur rappelait un animal connu, mais ils n'arrivaient pas à se rappeler lequel.

« On dirait un paresseux », dit enfin Nadia dans un murmure.

Et alors Alex se souvint d'avoir vu dans un jardin

zoologique, à San Francisco, un animal semblable à un singe ou un ours, qui vivait dans les arbres et se déplaçait avec la même lenteur que La Bête, d'où lui venait son nom de paresseux. C'était un être sans défense, parce qu'il lui manquait la rapidité pour attaquer, s'échapper ou se protéger, mais il avait peu de prédateurs : sa peau épaisse et sa chair aigre n'en faisaient pas un mets appétissant, même pour le plus affamé des carnivores.

« Et l'odeur ? La Bête que j'ai vue avait une odeur épouvantable, dit Nadia sans élever la voix.

— Celle-ci n'empeste pas, du moins à cette distance..., commenta Alex. Elle doit avoir une glande, comme les moufettes, et expulser l'odeur à volonté, pour se défendre ou immobiliser sa victime. »

Les chuchotements des adolescents parvinrent aux oreilles de La Bête, qui se retourna très lentement pour voir de quoi il s'agissait. Alex et Nadia reculèrent, mais Walimaï s'avança posément, comme s'il imitait la stupéfiante apathie de la créature, suivi à un pas par son épouse-esprit. Le chaman était un petit homme, il arrivait à la hauteur de la hanche de La Bête qui se dressait telle une tour devant le vieil homme. Son épouse et lui tombèrent à genoux, prosternés devant cet être extraordinaire, et alors les enfants entendirent clairement une voix profonde et caverneuse prononcer quelques mots dans la langue des *Gens de la brume*.

« Elle parle comme un être humain ! murmura Alex, persuadé qu'il rêvait.

— Le père Valdomero avait raison, Jaguar.

— Cela signifie qu'elle possède une intelligence humaine. Crois-tu pouvoir communiquer avec elle ?

— Si Walimaï le peut, moi aussi, mais je n'ose pas m'approcher », murmura Nadia.

Ils attendirent un bon moment, car les paroles sortaient une à une de la bouche de la créature, avec le même flegme qu'elle se déplaçait.

« Elle demande qui nous sommes, traduisit Nadia.

— Ça, j'ai compris. Je comprends presque tout... », murmura Alex en s'avançant d'un pas. Walimaï l'arrêta d'un geste.

Le dialogue entre le chaman et La Bête se poursuivit avec la même angoissante parcimonie, sans que personne ne bouge, tandis que la lumière changeait dans le ciel blanc, prenant une teinte orangée. Les enfants supposèrent qu'à l'extérieur de ce cratère le soleil commençait à descendre sur l'horizon. Enfin Walimaï se mit debout et revint vers eux.

« Il y aura un conseil des dieux, annonça-t-il.

— Comment ? Il y a d'autres créatures ? Combien y en a-t-il ? » demanda Alex ; mais Walimaï ne put éclaircir ses doutes, car il ne savait pas compter.

Le sorcier les guida, en longeant la vallée par l'intérieur du *tepuy*, jusqu'à une petite caverne naturelle dans le rocher où ils s'installèrent du mieux qu'ils purent, puis il partit à la recherche de nourriture. Il revint avec des fruits très parfumés, qu'aucun des adolescents n'avait vus auparavant, mais ils avaient si faim qu'ils les dévorèrent sans poser de questions. La nuit tomba brusquement, et ils se virent entourés de la plus totale obscurité ; la cité de faux or, qui auparavant resplendissait en les éblouissant, disparut dans l'ombre. Walimaï n'essaya pas d'allumer sa deuxième torche, qu'il gardait sans doute pour le retour dans le labyrinthe, et il n'y avait de lumière nulle part. Alex en déduisit que ces créatures, bien qu'humaines dans leur langage et peut-être dans certains de leurs comportements, étaient plus primitives que les hommes des cavernes, puisqu'elles n'avaient pas encore découvert le feu. Comparés aux Bêtes, les Indiens se révélaient très sophistiqués. Pourquoi les *Gens de la brume* les considéraient-ils comme des dieux alors qu'eux-mêmes étaient tellement plus évolués ?

La chaleur et l'humidité n'avaient pas diminué, car elles émanaient de la montagne même, comme s'ils étaient en réalité dans le cratère éteint d'un volcan. L'idée de se trouver sur une fine croûte de terre et de rocher, alors que plus bas brûlaient les flammes de l'enfer, n'avait rien de rassurant, mais Alex en déduisit que si le volcan avait été inactif pendant des milliers d'années, comme le prouvait la végétation luxuriante qui poussait à l'intérieur, ce serait vraiment de la malchance qu'il explose justement la nuit où il était en visite. Les heures suivantes s'écoulèrent très lentement. Les adolescents dormirent à peine dans ce lieu inconnu. Ils se rappelaient très bien l'aspect du soldat mort. La Bête avait dû se servir de ses énormes griffes pour l'étriper de cette horrible manière. Pourquoi l'homme ne s'était-il pas échappé ou n'avait-il pas tiré avec son arme ? L'extraordinaire lenteur de la créature lui en aurait laissé tout le temps. La seule explication pouvait se trouver dans la puanteur paralysante qui en émanait. Il n'y avait aucune manière de se protéger si les créatures décidaient d'employer leurs glandes odoriférantes contre eux. Il ne suffisait pas de se boucher le nez, la puanteur pénétrait par chaque pore du corps, s'emparant du cerveau et de la volonté ; c'était un venin aussi mortel que le curare.

« Sont-ils des humains ou des animaux ? » demanda Alex ; mais Walimaï ne put pas davantage lui répondre, parce que pour lui il n'y avait aucune différence.

« D'où viennent-ils ?

— Ils ont toujours été ici, ce sont des dieux. »

Alex imagina que l'intérieur du *tepuy* constituait des archives écologiques où survivaient des espèces disparues sur le reste de la terre. Il dit à Nadia qu'il s'agissait certainement d'ancêtres des paresseux qu'ils connaissaient.

« Elles n'ont pas l'air humain, Aigle. Nous n'avons vu ni maisons, ni outils, ni armes, rien qui suggère une société, ajouta-t-il.

— Mais, Jaguar, elles parlent comme des personnes !

— Ce sont probablement des animaux au métabolisme très lent, qui doivent vivre des centaines d'années. S'ils ont de la mémoire, ils peuvent apprendre beaucoup de choses au cours de cette longue vie, même à parler, ne crois-tu pas ? aventura Alex.

— Ils parlent la langue des *Gens de la brume*. Qui l'a inventée ? Est-ce que ce sont les Indiens qui l'ont enseignée aux Bêtes ? Ou les Bêtes qui l'ont enseignée aux Indiens ?

— De toute façon, je suppose que les Indiens et les paresseux entretiennent depuis des siècles une relation symbiotique, dit Alex.

— Quoi ? demanda-t-elle, car elle n'avait jamais entendu ce mot.

— C'est-à-dire qu'ils ont besoin les uns des autres pour survivre.

— Pourquoi ?

— Je ne sais pas, mais je vais le vérifier. Une fois, j'ai lu que les dieux ont autant besoin de l'humanité que l'humanité a besoin de ses dieux, dit Alex.

— Le conseil des Bêtes sera certainement très long et très fatigant. Nous ferions mieux d'essayer de nous reposer un peu maintenant, ainsi demain nous serons en forme », suggéra Nadia, se préparant à dormir. Elle dut pousser Boroba et l'obliger à se coucher plus loin, car elle ne supportait pas sa chaleur. Le singe était comme une extension de son être ; chacun était tellement habitué au contact du corps de l'autre qu'une séparation, aussi brève fût-elle, était ressentie comme une prémonition de mort.

*

Avec le jour naissant la vie s'éveilla dans la cité d'or et la vallée des dieux s'illumina de tous les tons de rouge, d'orange et de rose. Les Bêtes, quant à elles, passèrent plusieurs heures à émerger de leur sommeil et à sortir une à une de leurs repaires entre les formations de roche et de cristal. Alex et Nadia comptèrent onze créatures, trois mâles et huit femelles, les unes plus grandes que les autres, mais toutes adultes. Ils ne virent aucun spécimen jeune de cette singulière espèce et se demandèrent comment ils se reproduisaient. Walimaï dit que les naissances étaient rares chez eux, et que cela ne s'était jamais produit pendant sa vie ; il ajouta qu'il n'en avait pas vu mourir non plus, mais il savait que dans le labyrinthe existait une grotte où gisaient leurs squelettes. Alex en conclut que cela cadrait avec sa théorie qu'elles vivaient des siècles, et il imagina que ces mammifères préhistoriques devaient avoir un ou deux petits au cours de leur vie, raison pour laquelle assister à une naissance était certainement un événement extrêmement rare. En observant les créatures de près, il comprit qu'étant donné leur lenteur à se mouvoir elles ne pouvaient chasser et devaient être végétariennes. Les terribles griffes n'étaient pas faites pour tuer, mais pour grimper. Il s'expliqua ainsi qu'elles puissent descendre et monter par le chemin vertical qu'ils avaient escaladé dans la cataracte. Les paresseux utilisaient les mêmes entailles, éperons et fissures qui dans la roche servaient aux Indiens pour leur ascension. Combien y en avait-il à l'extérieur ? Une seule ou plusieurs ? Comme il aurait aimé emporter au retour des preuves de ce qu'il voyait !

Le conseil commença des heures plus tard. Les Bêtes se réunirent en demi-cercle au centre de la cité d'or, et Walimaï et les enfants se placèrent devant elles. Ils étaient minuscules au milieu de ces géants. Ils eurent d'abord l'impression que les corps des créatures vibraient et que leurs contours étaient flous, mais ils comprirent ensuite que dans leur pelage centenaire nichaient des populations entières d'insectes de diverses espèces, dont certains volaient autour d'eux comme les mouches des fruits. La vapeur de l'air donnait l'illusion qu'un nuage enveloppait les Bêtes. Ils se trouvaient à quelques mètres d'elles, à une distance suffisante pour les voir en détail, mais aussi pour s'échapper s'il était besoin, bien que tous deux eussent conscience que si l'un de ces onze géants décidait de projeter son odeur, il n'y aurait pas de pouvoir au monde capable de les sauver. Walimaï agissait avec une grande solennité et un grand respect, mais il ne semblait pas avoir peur.

« Voici Aigle et Jaguar, des étrangers amis des *Gens de la brume*. Ils viennent pour recevoir des instructions », dit l'ancien.

Un très long silence accueillit cette introduction, comme si les paroles mettaient du temps à se répercuter dans le cerveau de ces êtres. Walimaï récita ensuite un long poème qui énumérait les nouvelles de la tribu, depuis les dernières naissances jusqu'à la mort du chef Mokarita, sans omettre les visions où apparaissait le *Rahakanariwa*, la visite dans les terres basses, l'arrivée des étrangers et le choix d'Iyomi comme chef des chefs. Un dialogue très lent s'établit entre le sorcier et les créatures, que Nadia et Alex comprirent sans difficulté, car ils avaient le temps de réfléchir et de se consulter après chaque mot. Ainsi apprirent-ils que les *Gens de la brume* connaissaient l'emplacement de la cité d'or depuis des siècles et qu'ils avaient jalousement gardé le secret, protégeant les dieux du monde extérieur, tandis que de leur côté ces êtres extraordinaires engrangeaient chaque épisode de l'histoire de la tribu dans leur mémoire. Il y eut des moments de grands cataclysmes, pendant lesquels la niche écologique du *tepuy* subit de graves bouleversements, et où la végétation ne fut pas suffisante pour satisfaire les besoins des espèces qui habitaient à l'intérieur. A ces époques, les Indiens apportaient des « offrandes » : du maïs, des tubercules, du manioc, des fruits, des noix. Ils plaçaient leurs présents à proximité du *tepuy*, sans pénétrer dans le labyrinthe secret, et envoyaient le messager avertir les dieux. Les offrandes comprenaient aussi des œufs, des poissons, du gibier chassé par les Indiens ; au fil du temps, le régime végétarien des Bêtes avait changé.

Alexander Cold pensa que si ces créatures antiques à la lente intelligence avaient eu besoin du divin, leurs dieux seraient sûrement les Indiens invisibles de Tapirawa-teri, les seuls êtres humains qu'elles connussent. Pour elles, les Indiens étaient magiques : ils se déplaçaient avec vivacité, pouvaient se reproduire facilement, possédaient des armes et des outils ; maîtres du feu et du vaste univers extérieur, ils étaient tout-puissants. Mais les gigantesques paresseux n'avaient pas encore atteint l'étape d'évolution dans laquelle on contemple sa propre mort, et ils n'avaient nul besoin de dieux. Leur très longue vie se déroulait sur le plan purement matériel.

La mémoire des Bêtes contenait toutes les informations que les messagers des hommes leur avaient apportées : elles étaient des archives vivantes. Les Indiens ne connaissaient pas l'écriture, mais leur histoire ne se perdait pas, parce que les paresseux n'oubliaient rien. En les interrogeant patiemment, avec du temps, on pourrait obtenir d'eux le récit du passé de la tribu depuis les premiers temps, vingt mille ans en arrière. Les chamans comme Walimaï leur rendaient visite pour les tenir au courant au moyen des poèmes épiques qu'ils récitaient, contenant l'histoire passée et récente de la tribu. Les messagers mouraient et ils étaient remplacés par d'autres, mais chaque mot de ces poèmes restait entreposé dans le cerveau des Bêtes.

Depuis les commencements de l'histoire, la tribu n'avait pénétré que deux fois à l'intérieur du *tepuy*, et en ces deux occasions elle l'avait fait pour fuir un puissant ennemi. La première fois, c'était il y avait quatre cents ans, quand les *Gens de la brume* avaient dû se cacher pendant plusieurs semaines d'une troupe de soldats espagnols qui avaient réussi à atteindre l'Œil du Monde. Quand les guerriers virent que les étrangers tuaient de loin avec des bâtons de fumée et de bruit, sans aucun effort, ils comprirent que leurs armes étaient inutiles contre les leurs. Alors ils démontèrent leurs maisons, enterrèrent leurs rares biens, couvrirent les restes du village de terre et de branchages, effacèrent leurs empreintes et se retirèrent avec les femmes et les enfants au sein du *tepuy* sacré. Ils y furent protégés par les dieux jusqu'à ce que les étrangers meurent, l'un après l'autre. Les soldats cherchaient l'El Dorado : aveuglés par la cupidité, ils finirent par s'entre-tuer. Ceux qui restèrent furent exterminés par les Bêtes et les guerriers indigènes. Un seul sortit vivant de là et, d'une manière ou d'une autre, parvint à rejoindre ses compatriotes. Il passa le reste de sa vie fou, attaché à un pilier dans un asile de Navarre, pérorant sur des géants mythiques et une cité d'or pur. La légende perdura dans les pages des chroniqueurs de l'empire espagnol, alimentant l'imagination des aventuriers jusqu'à nos jours. La deuxième fois, c'était trois ans auparavant, quand les grands oiseaux de bruit et de vent des *nahab* avaient atterri sur l'Œil du Monde. De nouveau les *Gens de la brume* s'étaient cachés jusqu'au départ des étrangers, très déçus de n'avoir pas trouvé les mines qu'ils cherchaient. Cependant les Indiens, avertis par les visions de Walimaï, se préparaient à leur retour. Cette fois, il ne s'écoulerait pas quatre cents ans avant que les *nahab* s'aventurent à nouveau sur le haut plateau, car maintenant ils pouvaient voler. Alors les Bêtes décidèrent de sortir pour aller les tuer, sans se douter qu'il y en avait des millions et des millions. Habituées au nombre réduit de leur espèce, elles croyaient pouvoir exterminer leurs ennemis un à un.

Alex et Nadia écoutèrent les Bêtes raconter leur histoire et ils en tirèrent de nombreuses conclusions.

« C'est pour ça qu'il n'y a pas eu d'Indiens tués, seulement des étrangers, fit remarquer Alex, émerveillé.

— Et le père Valdomero ? lui rappela Nadia.

— Le père Valdomero a vécu avec les Indiens. La Bête a sûrement reconnu l'odeur, et c'est pour ça qu'elle ne l'a pas attaqué.

— Et moi ? Elle ne m'a pas attaquée non plus cette nuit-là..., ajouta-t-elle.

— Nous étions avec les Indiens. Si La Bête nous avait vus quand nous étions avec l'expédition, nous serions morts comme le soldat.

— Si je comprends bien, les Bêtes sont sorties pour punir les étrangers, conclut Nadia.

— Exactement, mais elles ont obtenu le résultat inverse. Tu vois ce qui s'est passé : elles ont attiré l'attention sur les Indiens et sur l'Œil du Monde. Je ne serais pas ici si ma grand-mère n'avait pas été engagée par une revue pour découvrir La Bête », dit Alex.

*

Le soir tomba, puis la nuit, sans que les participants au conseil aboutissent à un accord. Alex demanda combien de dieux étaient sortis de la montagne et Walimaï répondit qu'il y en avait eu deux, ce qui n'était pas un renseignement fiable, il pouvait aussi bien y en avoir une demi-douzaine. Le garçon parvint à expliquer aux Bêtes que leur seul espoir de salut était de rester dans le *tepuy* et, pour les Indiens, d'établir un contact avec la civilisation de manière contrôlée. Le contact était inévitable, dit-il, tôt ou tard les hélicoptères atterriraient de nouveau sur l'Œil du Monde, et cette fois les *nahab* viendraient dans l'intention de rester. Quelques-uns avaient fait le projet de détruire les *Gens de la brume* et de s'emparer de l'Œil du Monde. Il fut très difficile de préciser ce point, car ni les Bêtes ni Walimaï ne comprenaient comment quelqu'un pouvait s'approprier la terre. Alex dit que d'autres *nahab* voulaient sauver les Indiens, et qu'ils feraient certainement tout ce qui était en leur pouvoir pour préserver aussi les dieux, parce que ceux-ci étaient les derniers représentants de leur espèce sur la planète. Il rappela au chaman qu'Iyomi l'avait nommé chef pour négocier avec les *nahab*, et il demanda qu'on l'autorise et l'aide à accomplir sa mission.

« Nous ne croyons pas que les *nahab* soient plus puissants que les dieux, dit Walimaï.

— Parfois ils le sont. Les dieux ne pourront pas se défendre contre eux et les *Gens de la brume* non plus. Mais d'autres *nahab* peuvent arrêter ces *nahab*, répliqua Alex.

— Dans mes visions, le *Rahakanariwa* est assoiffé de sang, dit Walimaï.

— Si l'on m'a nommé chef, c'est pour que je calme le *Rahakanariwa*, dit Nadia.

— Il ne faut plus qu'il y ait de guerre. Les dieux doivent revenir dans la montagne. Nadia et moi, nous obtiendrons que les *Gens de la brume* et la demeure des dieux soient respectés par les *nahab* », promit Alex en essayant de parler d'un ton convaincant.

En réalité, il n'imaginait pas comment il pourrait vaincre Mauro Carías, le capitaine Ariosto et tous ces autres aventuriers qui convoitaient les richesses de la région. Il ne connaissait même pas le plan de Mauro Carías, ni le rôle que devaient jouer les membres de l'expédition de l'*International Geographic* dans l'extermination des Indiens. L'homme d'affaires avait clairement dit qu'ils seraient témoins, mais il n'arrivait pas à imaginer de quoi.

En son for intérieur, le garçon pensa qu'il y aurait une commotion mondiale quand sa grand-mère publierait ses informations sur les Bêtes et le paradis écologique que renfermait le *tepuy*. Avec de la chance, et en manipulant la presse avec habileté, Kate Cold pourrait faire en sorte que l'Œil du Monde fût déclaré réserve naturelle et protégé par les gouvernements. Cependant, cette solution pouvait survenir trop tard. Et si Mauro Carías arrivait à ses fins, « en trois mois les Indiens seraient exterminés », comme il l'avait dit dans sa conversation avec le capitaine Ariosto. Le seul espoir était que la protection internationale arrive avant. On ne pourrait certes pas éviter la curiosité des scientifiques ni les caméras de télévision, mais du moins pourrait-on empêcher l'invasion des aventuriers et des colons prêts à dompter la forêt et à exterminer ses habitants. Son esprit fut également traversé par la terrible prémonition d'un homme d'affaires de Hollywood transformant le *tepuy* en une sorte de Disneyworld ou de Jurassic Park. Il espérait que la pression créée par les reportages de sa grand-mère pourrait retarder ou éviter ce cauchemar.

*

Les Bêtes occupaient différentes salles dans la fabuleuse cité; solitaires, elles ne partageaient pas leur espace. Malgré leur immense taille, elles mangeaient peu, mastiquant pendant des heures des végétaux, des fruits, des racines et, de temps en temps, un petit animal tombé mort ou blessé à leurs pieds. Nadia put mieux communiquer avec elles que ne le faisait Walimaï. Deux créatures femelles montrèrent un certain intérêt pour elle et lui permirent de les approcher, car ce que la fillette désirait le plus au monde, c'était les toucher. Lorsqu'elle posa la main sur le rude pelage, une centaine d'insectes de diverses espèces montèrent le long de son bras et la couvrirent entièrement. Désespérée, elle se secoua, mais ne parvint pas à s'en débarrasser entièrement, beaucoup restant accrochés à ses vêtements et ses cheveux. Walimaï lui montra l'un des lacs de la cité et elle alla se plonger dans l'eau, qui se révéla tiède et gazeuse : en plongeant, elle sentit les chatouilles des bulles d'air sur sa peau. Elle invita Alex et tous deux se trempèrent un long moment, enfin propres après tant de jours passés à se traîner sur le sol, en sueur.

Pendant ce temps, Walimaï avait écrasé dans une calebasse la pulpe d'un fruit qui contenait de gros pépins noirs, qu'il mélangea aussitôt avec le jus de raisins bleus et brillants. Cela donna une pâte violette ayant la consistance de la soupe d'os qu'ils avaient bue pendant les funérailles de Mokarita, mais au goût délicieux et à l'odeur persistante de miel et de nectar de fleurs. Le chaman en offrit aux Bêtes, puis il en but et en donna aux enfants ainsi qu'à Boroba. Cet aliment concentré apaisa leur faim et immédiatement ils se sentirent un peu nauséeux, comme s'ils avaient bu de l'alcool.

Cette nuit-là on les installa dans l'une des chambres de la cité d'or, où la chaleur était moins oppressante que dans la caverne de la nuit précédente. Entre les formations minérales poussaient des orchidées inconnues à l'extérieur, quelques-unes tellement odorantes qu'on pouvait à peine respirer quand on se trouvait à proximité. Il plut pendant un bon moment, une pluie aussi chaude et dense qu'une douche, trempant tout, qui coulait comme une rivière entre les crevasses de cristal, produisant un son incessant de tambour. Lorsque enfin elle cessa, l'air fraîchit brusquement et les enfants épuisés s'abandonnèrent enfin au sommeil sur le sol dur d'El Dorado, avec la sensation d'avoir l'estomac plein de fleurs parfumées.

Le breuvage préparé par Walimaï eut la vertu magique de les conduire au royaume des mythes et du rêve collectif, où tous, dieux et humains, pouvaient partager les mêmes visions. Ils s'épargnèrent ainsi bien des mots, bien des explications. Ils rêvèrent que le *Rahakanariwa* était emprisonné dans une caisse en bois scellée, désespéré, essayant de se libérer à l'aide de son formidable bec et de ses terribles griffes, tandis que les dieux et les humains, attachés aux arbres, attendaient leur sort. Ils rêvèrent que les *nahab* s'entre-tuaient, et que tous avaient le visage couvert de masques. Ils virent l'oiseau cannibale détruire sa cage et sortir, prêt à tout dévorer sur son passage, mais alors un aigle blanc et un jaguar noir apparaissaient devant lui, le provoquant dans un combat à mort. Il n'y avait pas de résolution dans ce duel, comme il y en a rarement dans les rêves. Alexander Cold reconnut le *Rahakanariwa*, parce qu'il l'avait déjà vu dans un cauchemar où il apparaissait sous la forme d'un vautour, brisait l'une des fenêtres de sa maison et emportait sa mère dans ses serres monstrueuses.

En se réveillant le matin ils n'eurent pas à raconter ce qu'ils avaient vu, parce que tous avaient été présents dans le même rêve, y compris le petit Boroba. Quand le conseil des dieux se réunit afin de poursuivre ses délibérations il ne fut pas nécessaire, comme la veille, de passer des heures à répéter les mêmes idées. Ils savaient ce qu'ils devaient faire, chacun connaissait son rôle dans les événements qui allaient advenir.

« Jaguar et Aigle combattront le *Rahakanariwa*. S'ils sont vainqueurs, quelle sera leur récompense ? parvint à formuler l'un des paresseux après de longues hésitations.

— Les trois œufs du nid, dit Nadia sans hésiter.

— Et l'eau de guérison », ajouta Alex en pensant à sa mère.

Epouvanté, Walimaï indiqua aux enfants qu'ils avaient violé la règle élémentaire de réciprocité : on ne peut recevoir sans donner. Telle était la loi de la nature. Ils avaient osé demander quelque chose aux dieux sans rien offrir en échange. La question de La Bête avait été purement formelle, et il eût été correct de répondre qu'ils ne voulaient aucune récompense, qu'ils faisaient cela par respect pour les dieux et par compassion pour les humains. En effet, les Bêtes parurent déconcertées et irritées par les demandes des étrangers. Quelques-unes se mirent lentement debout, menaçantes, grognant et levant leurs bras aussi épais que des branches de chêne. Walimaï se jeta à plat ventre devant le conseil en bredouillant des explications et des excuses, mais il ne parvint pas à calmer les esprits. Craignant qu'une Bête ne décide de les foudroyer de son odeur corporelle, Alex se servit de l'unique source de salut qui lui vint à l'esprit : la flûte de son grand-père.

« J'ai une offrande pour les dieux », dit-il en tremblant.

Les douces notes de l'instrument jaillirent, hésitantes dans l'air chaud du *tepuy*. Les Bêtes, saisies de surprise, mirent quelques minutes à réagir ; quand elles le firent, Alex avait déjà pris son envol et s'abandonnait au plaisir de faire de la musique. Sa flûte semblait avoir acquis les pouvoirs surnaturels de Walimaï. Les notes se multipliaient dans l'étrange théâtre de la cité d'or et rebondissaient, transformées en d'interminables arpèges, faisant vibrer les orchidées entre les hautes formations de cristal. Jamais le garçon n'avait joué de cette façon, jamais il ne s'était senti aussi puissant : il pouvait apprivoiser les bêtes féroces grâce à la magie de sa flûte. Il avait l'impression d'être relié à un puissant synthétiseur, qui accompagnait la mélodie avec tout un orchestre de cordes, d'instruments à vent et de percussions. Les Bêtes, immobiles au début, commencèrent à se balancer à la manière de grands arbres secoués par le vent ; leurs pattes millénaires frappèrent le sol, et le fertile espace du *tepuy* résonna comme une grosse cloche. Alors, dans un élan, Nadia bondit au centre du demi-cercle du conseil, tandis que Boroba, comme s'il comprenait que cet instant était crucial, restait sagement aux pieds d'Alex.

Nadia commença à danser avec l'énergie de la terre, qui traversait ses os frêles comme une lumière. Elle n'avait jamais assisté à un ballet, mais avait gardé en mémoire les rythmes qu'elle avait si souvent entendus : la samba du Brésil, la salsa et le joropo du Venezuela, la musique américaine qui arrivait par la radio. Elle avait vu des Noirs, des mulâtres, des *caboclos* et des Blancs danser jusqu'à tomber exténués pendant le carnaval de Manaus, et les Indiens danser solennellement pendant leurs cérémonies. Sans savoir ce qu'elle faisait, par pur instinct, elle improvisa le cadeau qu'elle destinait aux dieux. Elle volait. Son corps se déplaçait, seul, en transe, sans aucune conscience ou préméditation de sa part. Elle oscillait comme les palmiers les plus sveltes, s'élevait comme l'écume des cataractes, tournait comme le vent. Nadia imitait le vol des aras, la course des jaguars, la nage des dauphins, le bourdonnement des insectes, l'ondulation des serpents.

La vie existait depuis des milliers et des milliers d'années dans le creux cylindrique du *tepuy*, mais jamais jusqu'alors on n'y avait entendu de musique, pas même le tam-tam d'un tambour. Les deux fois où les *Gens de la brume* avaient été accueillis dans la cité légendaire pour s'y mettre à l'abri, ils l'avaient fait de manière à ne pas irriter les dieux, dans un silence total, usant de leur don pour se rendre invisibles. Les Bêtes ne soupçonnaient pas l'habileté humaine pour créer la musique, elles n'avaient jamais vu non plus un corps se mouvoir avec la légèreté, la passion, la vivacité et la grâce avec lesquelles dansait Nadia. La vérité, c'est que ces êtres lourds n'avaient jamais reçu d'offrande aussi grandiose. Leurs lents cerveaux recueillirent chaque note, chaque mouvement, et ils les conservèrent pour les siècles futurs. Le présent de ces deux visiteurs demeurerait en eux, comme partie de leur légende.

CHAPITRE 15

Les œufs de cristal

EN échange de la musique et de la danse qu'elles avaient reçues, les Bêtes accordèrent aux adolescents ce qu'ils demandaient. Elles leur indiquèrent que la fille devrait monter en haut du *tepuy*, sur les plus hauts sommets, où se trouvait le nid contenant les trois œufs fabuleux de sa vision. Quant au garçon, il devrait descendre dans les profondeurs de la terre, où coulait l'eau de guérison.

« Pouvons-nous y aller ensemble, d'abord au sommet du *tepuy* et ensuite au fond du cratère ? » demanda Alex en pensant que les tâches seraient plus faciles s'ils les réalisaient ensemble.

Les paresseux nièrent lentement de la tête et Walimaï expliqua que tout voyage au royaume des esprits se fait en solitaire. Il ajouta qu'ils ne disposaient tous deux que de la journée du lendemain pour accomplir leur mission, car à la nuit tombante il devait sans faute retourner dans le monde extérieur ; tel était son accord avec les dieux.

S'ils n'étaient pas de retour, ils resteraient prisonniers dans le *tepuy* sacré, car jamais ils ne retrouveraient seuls la sortie du labyrinthe.

Les jeunes gens passèrent le reste de la journée à parcourir l'El Dorado et à se raconter leurs courtes vies ; chacun désirait en connaître le plus possible sur l'autre avant qu'ils ne se séparent. Il était difficile à Nadia d'imaginer son ami en Californie avec sa famille ; elle n'avait jamais vu un ordinateur, n'était jamais allée à l'école et ne savait pas ce qu'était un hiver. De son côté, le jeune Américain enviait l'existence libre et silencieuse de l'adolescente, en étroit contact avec la nature. Nadia Santos possédait un bon sens et une sagesse qui lui paraissaient impossibles à atteindre.

Nadia et Alexander s'émerveillèrent devant les magnifiques formations de mica et d'autres minéraux de la cité, devant les fleurs fantastiques qui poussaient partout, et les singuliers animaux et insectes qu'abritait ce lieu. Ils s'aperçurent que les dragons comme celui de la caverne, qui parfois traversaient l'air, étaient aussi dociles que des perroquets dressés. Ils en appelèrent un, qui atterrit avec grâce à leurs pieds, et ils purent le toucher. Sa peau était douce et froide, comme celle d'un poisson ; il avait le regard d'un faucon et son haleine exhalait un parfum de fleurs. Ils se baignèrent dans l'eau chaude des lacs et se gavèrent de fruits, mais seulement ceux autorisés par Walimaï. Il y avait des fruits et des champignons mortels, d'autres qui provoquaient des visions de cauchemar ou anéantissaient toute volonté, d'autres qui effaçaient à jamais la mémoire, d'après ce que leur expliqua le chaman. Au cours de leurs promenades, ici ou là ils tombaient parfois sur les Bêtes, dont la plus grande partie de l'existence se déroulait dans un état léthargique. Après avoir consommé les feuilles et les fruits qui leur étaient nécessaires pour se nourrir, elles passaient le reste de la journée à contempler le torride paysage environnant et le bouchon de nuages qui obstruait l'ouverture du *tepuy.* « Elles croient que le ciel est blanc et de la taille de ce cercle », commenta Nadia, et Alex répondit qu'eux aussi avaient une vision limitée du ciel, que les astronautes savaient qu'il n'était pas bleu, mais infiniment profond et obscur. Cette nuit-là, ils se couchèrent tard et fatigués; ils dormirent l'un près de l'autre, sans se toucher, car il faisait très chaud, mais en partageant le même rêve, comme ils avaient appris à le faire avec les fruits magiques de Walimaï.

Le lendemain à l'aube le vieux chaman remit à Alexander Cold une calebasse vide et à Nadia Santos une calebasse pleine d'eau ainsi qu'une hotte de vannerie, qu'elle attacha sur son dos. Il les avertit qu'une fois le voyage commencé, aussi bien vers les hauteurs que dans les profondeurs, ils ne pourraient revenir en arrière. Ils devraient vaincre les obstacles ou disparaître, car il était impossible de revenir les mains vides.

« Etes-vous certains que c'est ce que vous voulez faire? demanda le chaman.

— Moi oui », dit Nadia.

Elle ne savait pas à quoi servaient les œufs, ni pourquoi elle devait aller les chercher, mais ne douta pas de sa vision. Ils devaient être très précieux, ou alors très magiques; c'est pourquoi elle était prête à vaincre sa peur la plus enracinée : le vertige et l'altitude.

« Moi aussi, ajouta Alex, en pensant qu'il était prêt à aller jusqu'en enfer pour sauver sa mère.

— Il se peut que vous reveniez, comme il se peut aussi que vous ne reveniez pas », leur dit le chaman en guise d'adieu, d'un ton indifférent, car pour lui la frontière entre la vie et la mort était à peine une ligne de fumée que la plus légère brise pouvait effacer.

Nadia détacha Boroba de sa taille et lui expliqua qu'elle ne pouvait l'emmener là où elle allait. Le singe s'agrippa à une jambe de Walimaï en gémissant et en menaçant de son poing, mais il n'essaya pas de lui désobéir. Les deux amis s'étreignirent fortement, effrayés et émus. Puis chacun partit dans la direction que Walimaï lui avait indiquée.

*

Nadia Santos monta par le même escalier taillé dans la roche qu'elle avait descendu avec Walimaï et Alex depuis le labyrinthe jusqu'à la base du *tepuy*. La montée jusqu'à ce balcon ne présenta pas de difficulté, bien que les degrés soient très raides, qu'il n'y ait pas de rampe où se tenir et que les marches soient étroites, irrégulières et usées. Luttant contre le vertige, elle jeta un bref regard vers le bas et vit l'extraordinaire paysage bleu-vert de la vallée enveloppée d'une brume légère, avec la magnifique cité d'or au centre. Puis elle regarda vers le haut et ses yeux se perdirent dans les nuages. La bouche du *tepuy* semblait plus étroite que sa base. Comment grimperait-elle sur ces flancs inclinés ? Il lui aurait fallu des pattes de scarabée. Quelle était la véritable hauteur du *tepuy* et combien les nuages en cachaient-ils ? Où le nid se trouvait-il exactement ? Elle décida de ne pas penser aux problèmes mais aux solutions : elle affronterait les obstacles un à un, à mesure qu'ils se présenteraient. Si elle avait pu monter par la cascade, elle pouvait bien faire cela, pensa-t-elle, bien qu'elle ne fût plus attachée à Jaguar par une corde et se retrouvât seule.

En arrivant sur le balcon elle comprit que l'escalier s'arrêtait là ; à partir d'ici, elle devait monter en s'accrochant à ce qu'elle pourrait agripper. Elle arrangea le panier sur son dos, ferma les yeux et chercha le calme au fond d'elle-même. Jaguar lui avait expliqué que c'était là, au centre de son être, qu'étaient concentrés l'énergie vitale et le courage. Elle respira de toute son âme, laissant l'air pur emplir sa poitrine et parcourir les chemins de son corps, jusqu'au bout de ses doigts et de ses orteils. Trois fois elle répéta la même respiration profonde et, les yeux toujours fermés, visualisa l'aigle, son animal totémique. Elle imagina que ses bras se tendaient, s'allongeaient, se transformaient en ailes pourvues de plumes, que ses jambes devenaient des pattes terminées par des serres semblables à des crochets, que sur son visage poussait un bec féroce et que ses yeux se séparaient jusqu'à être situés de chaque côté de la tête. Elle sentit que ses cheveux, souples et bouclés, se changeaient en plumes dures, collées sur son crâne, qu'elle pouvait hérisser à volonté, des plumes qui contenaient les connaissances des aigles : c'étaient des antennes destinées à capter tout ce qui était dans l'air, y compris l'invisible. Son corps perdit de sa souplesse et, à la place, acquit une telle légèreté qu'il pouvait se détacher de la terre et flotter avec les étoiles.

Elle fit l'expérience d'un pouvoir extraordinaire, toute la force de l'aigle étant contenue dans son sang. Elle sentit que cette force parvenait jusqu'à l'ultime fibre de son corps et de sa conscience. Je suis Aigle, prononça-t-elle à haute voix, et aussitôt elle ouvrit les yeux.

Nadia s'accrocha à une petite fente dans la roche, au-dessus de sa tête, et elle plaça le pied dans une autre fente située à la hauteur de sa taille. Elle hissa son corps et s'arrêta, attendant d'avoir retrouvé l'équilibre. Elle leva l'autre main et chercha plus haut, jusqu'à ce qu'elle pût saisir une racine, tandis qu'avec le pied opposé elle tâtait pour trouver une faille. Elle répéta le mouvement avec l'autre main à la recherche d'une saillie, et quand elle la trouva s'éleva un peu plus. La végétation qui poussait sur les flancs l'aidait : il y avait des racines, des arbustes et des lianes. Elle vit aussi de profondes éraflures dans les pierres et sur quelques troncs, et elle pensa que c'étaient des marques de griffes. Les Bêtes avaient dû monter à la recherche de nourriture, ou alors elles ne connaissaient pas le plan du labyrinthe et, chaque fois qu'elles entraient ou sortaient du *tepuy*, devaient grimper jusqu'au sommet et redescendre de l'autre côté. Elle calcula que cela devait prendre des jours, peut-être des semaines, étant donné l'extraordinaire lenteur de ces gigantesques paresseux.

Une partie encore active de son esprit comprit que le creux du *tepuy* n'était pas un cône inversé, comme elle l'avait supposé en raison de l'effet optique quand elle l'avait regardé d'en bas, mais qu'au contraire il s'ouvrait légèrement. L'orifice du cratère était en réalité plus large que la base. Elle n'aurait pas besoin de pattes de scarabée après tout, seulement de concentration et de courage.

Elle escalada ainsi mètre après mètre, pendant des heures, avec une admirable détermination et une adresse qu'elle venait tout juste d'acquérir. Cette agilité provenait du lieu le plus caché et le plus mystérieux, un lieu de calme dans son cœur, où logeaient les nobles qualités de son animal totémique. Elle était Aigle, l'oiseau qui vole le plus haut, la reine du ciel, celle qui fait son nid là où seuls arrivent les anges.

*

L'aigle-adolescente continua son ascension pas à pas. L'air chaud et humide de la vallée inférieure se transforma en une brise fraîche qui la poussa vers le haut. Elle s'arrêtait souvent, très fatiguée, luttant contre la tentation de regarder vers le bas ou de calculer la distance vers le haut, uniquement concentrée sur son prochain mouvement. Une soif terrible l'embrasait ; elle sentait sa bouche pleine de sable, avec un goût amer, mais elle ne pouvait se lâcher pour attraper dans son dos la calebasse que lui avait donnée Walimaï. Je boirai quand j'arriverai en haut, murmura-t-elle en pensant à l'eau froide et claire qui la baignerait de l'intérieur. Si au moins il pleuvait, songea-t-elle, mais aucune goutte d'eau ne tombait des nuages. Lorsqu'elle était convaincue de ne pouvoir faire un pas de plus, le contact du talisman magique de Walimaï pendu à son cou lui donnait du courage. C'était sa protection. Il l'avait aidée à gravir les roches noires et lisses de la cascade, il l'avait faite amie des Indiens, il l'avait protégée des Bêtes ; tant qu'elle l'aurait elle serait saine et sauve.

Longtemps après, sa tête atteignit les premiers nuages, épais comme de la meringue, et elle fut alors enveloppée d'une blancheur laiteuse. Elle continua à grimper à tâtons, s'agrippant aux rochers et à la végétation, de plus en plus rare à mesure qu'elle s'élevait. Elle n'avait pas conscience que ses mains, ses genoux et ses pieds saignaient, elle ne pensait qu'au pouvoir magique qui la soutenait, quand soudain l'une de ses mains palpa une large crevasse. Elle parvint bientôt à hisser tout son corps et se retrouva au sommet du *tepuy*, toujours caché par l'amoncellement des nuages. Une puissante exclamation de triomphe, un hurlement ancestral et sauvage semblable au cri terrible de cent aigles à l'unisson jaillit de la poitrine de Nadia Santos et alla se briser contre les rochers d'autres sommets, rebondissant et s'amplifiant, jusqu'à s'éteindre à l'horizon.

La jeune fille attendit immobile en altitude que son cri se perdît dans les dernières fissures du grand plateau. Alors le tambour de son cœur se calma et elle put respirer à pleins poumons. Dès qu'elle se sentit solide sur les rochers, elle saisit la calebasse d'eau et en but tout le contenu. Jamais elle n'avait à ce point désiré quelque chose. Le liquide frais entra dans sa gorge, lavant le sable et l'amertume de sa bouche, humidifiant sa langue et ses lèvres desséchées, pénétrant tout son corps comme un baume miraculeux, capable de guérir de l'angoisse et d'effacer la douleur. Elle comprit que le bonheur consistait à atteindre ce qu'on a attendu très longtemps.

L'altitude et l'énorme effort qu'elle avait fait pour arriver là et surmonter ses terreurs agirent comme une drogue plus puissante que celle des Indiens à Tapirawa-teri ou que la potion des rêves collectifs de Walimaï. De nouveau elle sentit qu'elle volait, mais elle n'avait plus le corps de l'aigle ; dégagée de la matière, elle était pur esprit, en suspension dans un espace glorieux. Le monde était resté en bas, très loin, sur le plan des illusions. Elle flotta là pendant un moment incommensurable, et soudain vit un trou dans le ciel radieux. Sans hésiter elle s'élança comme une flèche à travers cette ouverture et entra dans un espace vide et sombre, comme le firmament infini dans une nuit sans lune. C'était l'espace absolu du divin et de la mort, l'espace où l'esprit même se dissout. Elle était le vide, sans désirs, sans souvenirs. Il n'y avait rien à craindre. Elle resta là, hors du temps.

Mais au sommet du *tepuy* le corps de Nadia l'appelait peu à peu, la réclamant. L'oxygène rendit à son cerveau le sens de la réalité matérielle, l'eau lui donna l'énergie lui permettant de bouger. Enfin l'esprit de Nadia fit le voyage inverse, retraversa comme une flèche l'ouverture dans le vide, arriva sous la voûte glorieuse où il flotta quelques instants dans l'immense blancheur, et de là prit la forme d'un aigle. Elle dut résister à la tentation de voler, pour toujours portée par le vent, et, dans un dernier effort, revint dans son corps de fille. Elle se retrouva assise au sommet du monde et regarda autour d'elle.

Elle était sur le point le plus haut d'un petit plateau, entourée du vaste silence des nuages. Bien qu'elle ne pût voir la hauteur ou l'étendue du lieu où elle se trouvait, elle calcula que le gouffre au centre du *tepuy* était petit comparé à l'immensité de la montagne qui le contenait. Le terrain était troué de profondes crevasses, en partie rocailleux et en d'autres endroits couvert d'une épaisse végétation. Elle supposa que bien du temps passerait avant que les oiseaux d'acier des *nahab* explorent cet endroit, car il serait absurde d'essayer d'atterrir là, même avec un hélicoptère, et pratiquement impossible à une personne de se déplacer sur cette surface inégale. Elle se sentit défaillir, car elle aurait pu passer le reste de sa vie à chercher le nid dans ces crevasses sans le trouver, mais elle se souvint ensuite que Walimaï lui avait indiqué exactement par où monter. Elle se reposa un moment et se mit en marche, montant et descendant de roche en roche, poussée par une force inconnue, une sorte de certitude instinctive.

Elle n'eut pas à aller bien loin. A peu de distance, dans une faille formée par de grands rochers, se trouvait le nid ; en son centre, elle vit les trois œufs de cristal. Ils étaient plus petits et plus brillants que ceux de sa vision, merveilleux.

*

Avec mille précautions, pour ne pas glisser dans l'une des profondes fissures où elle se serait brisé les os, Nadia Santos se traîna jusqu'au nid. Ses doigts se fermèrent sur la brillante perfection du cristal, mais son bras ne put le bouger. Etonnée, elle prit un autre œuf. Elle ne parvint pas à le soulever, pas plus que le troisième. Il était impossible que ces objets, de la taille d'un œuf de toucan, pèsent aussi lourd. Que se passait-il ? Elle les examina, les poussant par tous les côtés, et finit par constater qu'ils n'étaient ni collés ni vissés ; au contraire, ils semblaient reposer, flottant presque, sur le matelas moelleux de branchettes et de plumes. L'adolescente s'assit sur l'un des rochers sans comprendre ce qui se passait, sans pouvoir croire que toute cette aventure et tous les efforts qu'elle avait faits pour arriver jusqu'ici aient été inutiles. Elle avait eu une force surhumaine pour grimper comme un lézard sur les parois intérieures du *tepuy* et voici qu'à présent, alors qu'elle était enfin au sommet, les forces lui manquaient pour déplacer d'un seul millimètre le trésor qu'elle était venue chercher.

Bouleversée, Nadia Santos hésita, incapable d'imaginer une solution à cette énigme, pendant de longues minutes. Mais il lui vint brusquement à l'esprit que ces œufs appartenaient à quelqu'un. C'étaient peut-être les Bêtes qui les avaient mis là, mais ils pouvaient aussi bien appartenir à une créature fabuleuse, un oiseau ou un reptile, comme les dragons. Dans ce cas, la mère pouvait très bien apparaître à un moment ou un autre et, en trouvant une intruse près de son nid, se jeter sur elle avec une fureur justifiée. Elle ne devait pas rester là, résolut-elle, mais elle ne voulait pas non plus renoncer aux œufs. Walimaï avait dit qu'elle ne pourrait revenir les mains vides... Qu'avait donc dit le chaman encore ? Qu'elle devait revenir avant la nuit. Elle se souvint alors de ce que le sage chaman lui avait appris la veille : la loi de la réciprocité. Pour chaque chose que l'on prend il faut en donner une en échange.

Elle se regarda, inconsolable. Elle n'avait rien à donner. Elle ne portait qu'un tee-shirt, un short et un panier attaché sur son dos. En examinant son corps elle aperçut pour la première fois les égratignures, les bleus et les blessures ouvertes que lui avaient faits les rochers pendant l'escalade de la montagne. Son sang, où se concentrait l'énergie vitale qui lui avait permis d'arriver jusque-là, était peut-être la seule chose qu'elle possédait qui eût de la valeur. Elle s'approcha, présentant son corps endolori pour faire couler des gouttes de sang sur le nid. Quelques petites taches rouges parsemèrent les fins duvets. En se penchant, elle sentit le talisman contre sa poitrine et comprit aussitôt que c'était le prix qu'il lui fallait payer pour les œufs. Elle hésita de longues minutes. Le donner signifiait renoncer aux pouvoirs magiques de protection qu'elle attribuait à l'os taillé, cadeau du chaman. Jamais elle n'aurait rien d'aussi magique que cette amulette, bien plus importante pour elle que les œufs, dont elle ne pouvait même pas imaginer l'utilité. Non, elle ne pouvait s'en défaire, décida-t-elle.

Nadia ferma les yeux, épuisée, tandis que le soleil qui filtrait à travers les nuages changeait peu à peu de couleur. Pendant quelques instants elle revint au rêve hallucinant de l'*ayahuasca*, qu'elle avait fait lors des funérailles de Mokarita, et de nouveau elle fut un aigle planant dans un ciel blanc, suspendue dans le vent, légère et puissante. D'en haut, comme dans cette vision, elle vit les œufs brillants dans le nid et elle eut alors la même certitude : ces œufs contenaient le salut des *Gens de la brume*. Enfin, avec un soupir elle ouvrit les yeux, ôta le talisman de son cou et le posa sur le nid. Puis elle tendit la main et toucha l'un des œufs : il céda sur-le-champ et elle put le soulever sans effort. Les deux autres furent tout aussi faciles à prendre. Avec précaution, elle plaça les trois œufs dans son panier et se prépara à redescendre par le chemin qu'elle avait emprunté pour monter. La lumière du soleil filtrait encore à travers les nuages; elle calcula que la descente serait sans doute plus rapide et qu'elle arriverait en bas avant la tombée de la nuit, comme l'en avait prévenue Walimaï.

CHAPITRE 16

L'eau de guérison

TANDIS que Nadia Santos s'élevait vers la cime du *tepuy*, Alexander Cold descendait par un étroit passage vers le ventre de la terre, un monde clos, chaud, obscur et palpitant, semblable à ses pires cauchemars. Si au moins il avait eu une torche... Il devait avancer à tâtons, parfois à quatre pattes, d'autres fois en se traînant, dans l'obscurité complète. Ses yeux ne s'y habituaient pas, car les ténèbres étaient totales. Il tendait une main, palpait la roche pour évaluer la direction et la largeur du tunnel, puis il déplaçait son corps, rampant vers l'intérieur, centimètre après centimètre. A mesure qu'il avançait, le tunnel paraissait devenir plus étroit, et il pensa qu'il ne pourrait pas faire demi-tour pour en sortir. Le peu d'air qu'il y avait était suffocant et fétide, comme s'il s'était trouvé enseveli dans une tombe. Là, les qualités du jaguar noir ne lui servaient à rien ; il avait besoin d'un autre animal totémique, quelque chose comme une taupe, un rat ou un ver de terre.

Il s'arrêta bien des fois avec l'intention de rebrousser chemin avant qu'il ne soit trop tard, mais chaque fois, poussé par le souvenir de sa mère, il continua sa progression. Chaque minute écoulée faisait augmenter l'oppression dans sa poitrine, et la terreur devenait de plus en plus insondable. De nouveau il entendit le sourd battement d'un cœur, celui qu'il avait entendu dans le labyrinthe avec Walimaï. Son esprit, affolé, inventoriait les innombrables dangers qui le guettaient, le pire de tous étant celui de rester enterré vivant dans les entrailles de cette montagne. Quelle longueur avait ce passage ? Arriverait-il jusqu'au bout ou tomberait-il vaincu sur le chemin ? Aurait-il assez d'oxygène ou mourrait-il asphyxié ?

A un moment Alexander s'étala de tout son long sur le ventre, épuisé, gémissant. Ses muscles étaient tendus, son sang battait dans ses tempes, chaque nerf de son corps était endolori ; il n'arrivait pas à réfléchir, il avait l'impression que sa tête allait exploser par manque d'air. Jamais il n'avait eu aussi peur, même pendant la longue nuit de son initiation chez les Indiens. Il essaya de se souvenir des émotions qui l'avaient secoué quand il était resté suspendu à une corde sur Le Capitaine, mais ce n'était pas comparable. Il se trouvait alors au sommet d'une montagne, tandis que maintenant il était à l'intérieur. Là-bas son père l'accompagnait, ici il était absolument seul. Il s'abandonna au désespoir, tremblant, exténué. Pendant une éternité les ténèbres pénétrèrent dans son esprit et il perdit tout sens de l'orientation, appelant sans voix la mort, vaincu. Et alors, tandis que son esprit s'éloignait dans l'obscurité, la voix de son père se fraya un chemin à travers les brumes de son cerveau et lui parvint, d'abord dans un murmure presque imperceptible, puis plus clairement. Que lui avait répété son père tant de fois quand il lui apprenait à escalader les rochers? *Du calme, Alexander, cherche le centre de toi-même, là où se trouve ta force. Respire. En inhalant tu te charges d'énergie, en exhalant tu te débarrasses de la tension. Ne pense pas, obéis à ton instinct.* C'était ce que lui-même avait conseillé à Nadia quand ils étaient montés à l'Œil du Monde. Comment avait-il pu l'oublier?

Il se concentra sur sa respiration : inhaler de l'énergie, sans penser au manque d'oxygène, exhaler sa terreur, se détendre, rejeter les pensées négatives qui le paralysaient. Je peux le faire, je peux le faire..., répéta-t-il. Peu à peu il revint à son corps. Il visualisa ses orteils et les détendit un à un, puis les jambes, les genoux, les hanches, les épaules, les bras jusqu'à la pointe des doigts, la nuque, la mâchoire, les paupières. Déjà il pouvait mieux respirer, il cessa de sangloter. Il localisa son propre centre, un lieu rouge et vibrant à la hauteur du nombril. Il écouta les battements de son cœur. Il sentit un chatouillement sur sa peau, puis une chaleur dans ses veines, enfin la force revint dans son corps, dans ses sens, dans son cerveau.

Alexander Cold poussa une exclamation de soulagement. Le son mit quelques instants à rebondir contre quelque chose, puis à revenir à ses oreilles. Il se rendit compte que c'était ainsi qu'agissait le sonar des chauves-souris, leur permettant de se déplacer dans l'obscurité. Il répéta l'exclamation, attendit qu'elle revînt, lui indiquant la distance et la direction; il put ainsi « entendre avec le cœur », comme Nadia le lui avait si souvent dit. Il avait découvert la manière d'avancer dans les ténèbres.

*

Le reste du voyage dans le tunnel se déroula dans un état de demi-conscience, état dans lequel son corps se déplaçait seul, comme s'il connaissait le chemin. De temps en temps, Alex se connectait brièvement sur sa pensée logique, et en un éclair déduisait que cet air chargé de gaz inconnus devait lui affecter l'esprit. Plus tard, il aurait l'impression d'avoir vécu un rêve.

Alors qu'il pensait que cet étroit passage ne finirait jamais il entendit un bruit d'eau, comme une rivière, et une bouffée d'air chaud atteignit ses poumons fatigués. Cela renouvela ses forces. Il se projeta en avant et à un coude du souterrain s'aperçut que ses yeux parvenaient à distinguer quelque chose dans le noir. Une clarté, très ténue au début, surgit peu à peu. Il continua à se traîner, plein d'espoir, et vit que la lumière et l'air augmentaient. Bientôt il se retrouva dans une grotte qui d'une manière ou d'une autre devait être reliée à l'extérieur, car elle semblait faiblement éclairée. Une étrange odeur arriva dans ses narines, persistante, un peu nauséabonde, comme de vinaigre et de fleurs pourries. La grotte avait les mêmes formations de minéraux brillants qu'il avait vues dans le labyrinthe. Les facettes travaillées de ces sculptures agissaient tels des miroirs, réfléchissant en la multipliant la rare lumière qui pénétrait jusque-là. Il se retrouva sur la berge d'un petit lac alimenté par un ruisseau d'eau blanche, ayant l'apparence du lait maigre.

Venant de la tombe où il avait été, ce lac et ce cours d'eau blancs lui apparurent comme ce qu'il avait vu de plus beau au cours de sa vie. Etait-ce la source de l'éternelle jeunesse ? L'odeur l'écœurait, il pensa que ce devait être un gaz qui émanait des profondeurs, peut-être un gaz toxique qui engourdissait son cerveau.

Le murmure caressant d'une voix attira son attention. Surpris, il perçut quelque chose sur l'autre rive du petit lac, à quelques mètres de distance, et lorsqu'il parvint à accommoder ses pupilles au peu de luminosité de la grotte, il distingua une silhouette humaine. Il ne pouvait pas bien la voir, mais c'étaient la forme et la voix d'une jeune fille. Impossible, dit-il, les sirènes n'existent pas, je deviens fou, c'est ce gaz, cette odeur ; mais la jeune fille semblait réelle, ses longs cheveux ondoyaient, sa peau rayonnait de lumière, ses gestes étaient humains, sa voix séduisante. Il voulut se jeter dans l'eau blanche pour boire jusqu'à plus soif et se laver de la terre qui le couvrait, ainsi que du sang des écorchures de ses coudes et de ses genoux. La tentation de s'approcher de la belle créature qui l'appelait et de se laisser aller au plaisir était insupportable. Il allait s'y abandonner lorsqu'il remarqua que l'apparition avait les traits de Cecilia Burns : les mêmes cheveux châtains, les mêmes yeux bleus, les mêmes gestes langoureux. Une partie encore consciente de son cerveau l'avertit que cette sirène était une création de son esprit, tout comme l'étaient ces méduses de mer, gélatineuses et transparentes, qui flottaient dans l'air pâle de la caverne. Il se rappela ce qu'il avait entendu de la mythologie des Indiens, les histoires qu'avaient racontées Walimaï sur les origines de l'univers, où figurait la Rivière de Lait qui contenait toutes les semences de la vie, mais aussi la putréfaction et la mort. Non, décida-t-il, ce n'était pas l'eau miraculeuse qui rendrait la santé à sa mère ; c'était un mauvais tour que lui jouait son esprit pour le détourner de sa mission. Il n'avait pas de temps à perdre, chaque minute était précieuse. Il se boucha le nez avec son tee-shirt, luttant contre le parfum pénétrant qui l'étourdissait. Il vit que le long de la berge où il se trouvait s'étirait un étroit passage, qui se perdait en suivant le cours du ruisseau, et il s'enfuit dans cette direction.

*

Alexander Cold suivit le sentier, laissant derrière lui le lac et la merveilleuse apparition de la jeune fille. Il fut surpris que la faible clarté persistât, au moins ne devait-il plus avancer en se traînant, à tâtons. Le parfum devint de plus en plus subtil, jusqu'à disparaître tout à fait. Il avança aussi vite qu'il put, accroupi, essayant de ne pas se cogner la tête contre le plafond et se maintenant en équilibre sur l'étroite corniche, pensant que s'il tombait dans l'eau qui coulait plus bas il risquait d'être emporté par le courant. Il regretta ne pas avoir assez de temps pour vérifier ce qu'était ce liquide blanc semblable à du lait qui exhalait une odeur de vinaigrette. Le long sentier était couvert d'une moisissure glissante où grouillaient des millions de créatures minuscules, de larves, d'insectes, de vers et de gros crapauds bleutés à la peau si transparente qu'on pouvait voir palpiter leurs organes internes. Leurs longues langues, semblables à celle des serpents, essayaient d'atteindre ses jambes. Alex regrettait ses bottes, parce qu'il devait leur donner des coups de ses pieds nus et que leurs corps, mous et froids comme de la gélatine, provoquaient en lui un dégoût irrépressible. Deux cents mètres plus loin, la couche de moisi et les crapauds disparurent, le sentier s'élargit. Soulagé, il put jeter un regard autour de lui, et remarqua alors pour la première fois que les parois étaient mouchetées de couleurs magnifiques. En les examinant de près, il comprit qu'elles étaient constituées de pierres précieuses et de veines de riches métaux. Il ouvrit son couteau suisse et creusa dans la roche, constatant que les pierres se détachaient assez facilement. Qu'est-ce que c'était ? Il reconnut certaines couleurs, comme le vert intense des émeraudes et le rouge pur des rubis. Un fabuleux trésor l'entourait : c'était le véritable El Dorado, que convoitaient les aventuriers depuis des siècles.

Il lui suffisait de tailler les parois avec son couteau pour ramasser une fortune. S'il remplissait la calebasse que lui avait donnée Walimaï de ces pierres précieuses, il reviendrait millionnaire en Californie, il pourrait payer les meilleurs traitements pour vaincre la maladie de sa mère, acheter une maison neuve pour ses parents, éduquer ses sœurs. Et pour lui ? Il s'achèterait une voiture de course qui ferait mourir d'envie ses amis et épaterait Cecilia Burns. Ces joyaux étaient sa chance : il pourrait se consacrer à la musique, à l'alpinisme ou à ce qu'il voudrait sans avoir à s'inquiéter de gagner sa vie... Non ! A quoi pensait-il ? Ces pierres précieuses n'étaient pas seulement à lui, elles devaient servir pour aider les Indiens. Avec cette incroyable richesse, il aurait le pouvoir de remplir la mission que lui avait confiée Iyomi : négocier avec les *nahab*. Il deviendrait le protecteur de la tribu, de ses forêts et de ses cascades ; avec la plume de sa grand-mère et son argent, ils feraient de l'Œil du Monde la réserve naturelle la plus vaste de la planète. En quelques heures il pourrait remplir la calebasse et changer le destin des *Gens de la brume* et de sa propre famille.

Le garçon commença à gratter de la pointe de son couteau autour d'une pierre verte, faisant sauter des petits bouts de roche. Quelques minutes plus tard il parvint à la libérer, et quand il l'eut entre les doigts il put bien la voir. Elle n'avait pas l'éclat d'une émeraude polie, comme celle des bagues, mais pas de doute, elle était de la même couleur. Il allait la mettre dans la calebasse lorsque lui revint le but de cette mission au fond de la terre : remplir la calebasse avec l'eau de guérison. Non. Ce n'étaient pas des pierres précieuses qui achèteraient la santé de sa mère ; il fallait quelque chose de miraculeux. Avec un soupir il mit la pierre verte dans la poche de son pantalon et poursuivit son chemin, inquiet d'avoir perdu des minutes précieuses et de ne pas savoir combien de temps il lui fallait encore marcher pour atteindre la source merveilleuse.

Le sentier prit brusquement fin devant un tas de pierres. Alex se mit à sonder, certain qu'il devait y avoir une manière de continuer ; il était impossible que son voyage s'achève de manière aussi abrupte. Si Walimaï l'avait envoyé faire ce voyage infernal dans les profondeurs de la montagne, c'était que la source existait, il fallait la trouver ; mais peut-être s'était-il trompé de chemin, peut-être s'était-il égaré à une bifurcation ou une autre du tunnel. Peut-être aurait-il dû traverser le lac de lait, et la jeune fille n'était-elle pas une tentation pour le distraire, mais un guide qui devait le mener jusqu'à l'eau de guérison... Les doutes se mirent à l'assaillir, résonnant comme des hurlements dans son cerveau. Il porta ses mains à ses tempes, essayant de se calmer, reprit la respiration profonde qu'il avait pratiquée dans le tunnel et prêta l'oreille à la voix lointaine de son père qui le guidait. Je dois me placer au centre de moi-même, là où se trouvent le calme et la force, murmura-t-il. Il décida de ne pas perdre d'énergie à se demander quelles erreurs il avait pu commettre, mais de se concentrer sur l'obstacle qu'il avait devant lui. Au cours de l'hiver précédent, sa mère lui avait demandé de transporter au fond du garage un grand tas de bois qui se trouvait dans le jardin. Lorsqu'il avait argué qu'Hercule lui-même ne pourrait le faire, sa mère lui avait montré comment s'y prendre, en portant une bûche à la fois.

*

Le garçon enleva les pierres une à une : d'abord les plus petites, puis celles de taille moyenne, qui s'enlevaient facilement, et enfin les plus grosses. Ce fut un travail lent et pénible, mais au bout d'un certain temps il avait ouvert une brèche. Une bouffée de vapeur chaude lui arriva au visage, comme s'il avait ouvert la porte d'un four, l'obligeant à reculer. Il attendit, sans savoir quel était le prochain pas, tandis que l'air jaillissait. Il ne connaissait rien à l'industrie minière, mais il avait lu qu'à l'intérieur des galeries il y a souvent des fuites de gaz, et il supposa que si tel était le cas il était condamné. Il se rendit compte au bout de quelques minutes que le jet d'air diminuait, comme s'il avait été sous pression, et enfin s'arrêtait. Il attendit un peu, puis passa la tête par le trou.

De l'autre côté se trouvait une caverne, avec au centre un puits profond d'où jaillissaient de grandes fumées et une lumière rougeâtre. On entendait de petites explosions, comme si en bas une matière épaisse bouillonnait et explosait en bulles. Il n'eut pas besoin de s'approcher pour deviner que ce devait être de la lave bouillante, sans doute les derniers résidus de l'activité d'un volcan très ancien. Il se trouvait au cœur du cratère. Il envisagea la possibilité que les vapeurs fussent toxiques, mais comme elles ne sentaient pas mauvais il décida qu'il pouvait pénétrer dans la caverne. Il passa le reste de son corps par l'ouverture et se retrouva sur un sol de pierre chaude. Il risqua un pas, puis un autre, décidé à explorer l'endroit. La chaleur était bien plus élevée que dans un sauna et il fut bientôt complètement trempé de sueur, mais il y avait suffisamment d'air pour respirer. Il retira son tee-shirt et le noua devant sa bouche et son nez. Ses yeux pleuraient. Il comprit qu'il devait avancer avec une extrême prudence pour ne pas glisser dans le puits.

La caverne était vaste et de forme irrégulière, éclairée par la lumière rougeâtre et scintillante du feu qui crépitait en bas. Sur sa droite s'ouvrait une autre salle, qu'il explora à tâtons, découvrant qu'elle était plus obscure, car la lumière qui éclairait la première y arrivait à peine. La température y était plus supportable, peut-être de l'air frais y entrait-il par une fissure. Assoiffé et trempé de sueur, le garçon avait atteint les limites de sa résistance, convaincu qu'il n'aurait pas assez de forces pour revenir par le long chemin qu'il venait de parcourir. Où était la source qu'il cherchait ?

A ce moment il sentit une forte brise, et aussitôt après une vibration terrifiante résonna dans ses nerfs, comme s'il s'était trouvé dans un immense tambour de métal. Instinctivement il se boucha les oreilles, mais ce n'était pas un son; c'était une énergie insupportable et il n'y avait aucun moyen de s'en défendre. Il se tourna pour en chercher la cause. Et alors il la vit. C'était une chauve-souris gigantesque, dont les ailes déployées devaient mesurer cinq mètres d'envergure. Son corps de rat était deux fois plus grand que celui de son chien Poncho, et sur son énorme tête s'ouvrait un museau pourvu de longues dents de fauve. Elle n'était pas noire, mais entièrement blanche : une chauve-souris albinos.

Terrifié, Alex comprit que cet animal, comme les Bêtes, était le dernier survivant d'un âge très ancien, quand les premiers êtres humains avaient relevé le front du sol pour regarder, stupéfaits, les étoiles, il y avait des milliers et des milliers d'années. La cécité de l'animal n'était pas un avantage pour Alex, car cette vibration était son système de sonar : le vampire savait exactement comment était et où se trouvait l'intrus. La bourrasque se répéta : c'étaient les ailes qui s'agitaient, prêtes pour l'attaque. Etait-ce là le *Rahakanariwa* des Indiens, le terrible oiseau qui suçait le sang ?

Son esprit s'envola. Il savait que ses chances d'échapper étaient quasiment nulles, car il ne pouvait reculer dans l'autre salle et se mettre à courir sur ce terrain dangereux sans risquer de tomber dans le trou de lave. De manière instinctive, il porta la main à son couteau suisse, qu'il avait au côté, tout en sachant fort bien que c'était une arme ridicule comparée à la taille de son adversaire. Ses doigts heurtèrent la flûte pendue à sa ceinture, et sans y penser il la détacha et la porta à ses lèvres. Il parvint à murmurer le nom de son grand-père Joseph Cold, lui demandant de l'aide en cet instant de danger mortel, puis il se mit à jouer.

Les premières notes résonnèrent, cristallines, fraîches, pures, dans cette enceinte maléfique. L'énorme vampire, extrêmement sensible aux sons, rassembla ses ailes et parut se rétrécir. Peut-être avait-il vécu plusieurs siècles dans la solitude et le silence de ce monde souterrain ; ces sons eurent l'effet d'une explosion dans son cerveau, il se sentit criblé de millions de dards aigus. Il lança un autre cri dans ses longueurs d'onde inaudibles pour des oreilles humaines, quoique extrêmement douloureuses, mais la vibration se confondit avec la musique et le vampire, déconcerté, ne put l'interpréter dans son sonar.

Tandis qu'Alex jouait de sa flûte, la grande chauve-souris blanche esquissa un mouvement en arrière, reculant peu à peu, jusqu'à rester immobile dans un coin, tel un ours blanc ailé, les crocs et les griffes visibles, mais paralysés. Une fois de plus le garçon s'émerveilla du pouvoir de cette flûte, qui l'avait accompagné à chaque moment crucial de son aventure. Lorsque l'animal se déplaça, il vit un mince filet d'eau qui coulait sur la paroi de la caverne, et il sut alors qu'il avait atteint le bout de son chemin : il se trouvait devant la source de l'éternelle jeunesse. Ce n'était pas la source abondante au milieu d'un jardin que décrivait la légende. C'étaient à peine quelques humbles gouttes qui coulaient sur la roche nue.

*

Alexander Cold avança prudemment, faisant un pas à la fois, sans cesser de jouer de la flûte, se rapprochant du vampire monstrueux, s'appliquant à penser avec le cœur et non avec la tête. C'était une expérience tellement extraordinaire qu'il ne pouvait faire confiance à la seule raison ou la seule logique ; le moment était venu d'utiliser la même ressource que celle qui lui servait pour escalader les montagnes ou faire naître la musique : l'intuition. Il essaya d'imaginer comment l'animal percevait, et en conclut qu'il devait être aussi terrifié qu'il l'était lui-même. Il se trouvait pour la première fois devant un être humain, il n'avait jamais entendu de sons comme celui de la flûte et le bruit devait être assourdissant dans son sonar ; voilà pourquoi il était comme hypnotisé. Alex se souvint qu'il devait recueillir l'eau dans la calebasse et revenir avant la nuit. Il lui était impossible d'évaluer le nombre d'heures qu'il avait passées dans le monde souterrain, mais tout ce qu'il voulait, c'était sortir de là au plus vite.

Tandis que d'une main il produisait une seule note sur la flûte, il tendit l'autre vers la source, frôlant presque le vampire, mais à peine les premières gouttes étaient-elles tombées dans la calebasse que le filet d'eau diminua jusqu'à disparaître totalement. La frustration d'Alex fut si grande qu'il faillit se jeter sur la roche à coups de poing. La seule chose qui l'arrêta fut l'horrible animal qui se dressait tout près de lui, telle une sentinelle.

Alors qu'il allait faire demi-tour, il se souvint brusquement des paroles de Walimaï sur l'inévitable loi de la nature : donner autant que l'on reçoit. Il passa en revue ses rares biens – la boussole, le couteau suisse et la flûte. Il pouvait laisser les deux premiers, qui de toute façon ne lui serviraient pas à grand-chose, mais il ne pouvait se défaire de sa flûte magique, l'héritage de son célèbre grand-père, son instrument de pouvoir. Sans elle il était perdu. Il déposa la boussole et le couteau sur le sol et attendit. Rien. Pas une seule goutte ne coula de la roche.

Il comprit alors que cette eau était pour lui le trésor qui avait le plus de valeur au monde, la seule chose qui pouvait sauver la vie de sa mère. En échange, il devait donner ce qu'il avait de plus précieux. Il posa la flûte sur le sol tandis que les dernières notes se répercutaient entre les parois de la caverne. Aussitôt le fragile filet d'eau se remit à couler. Il attendit de longues minutes que la calebasse se remplît, sans perdre de vue le vampire qui se tenait aux aguets près de lui. Il en était si près qu'il pouvait sentir sa fétide odeur de tombe, compter ses dents et éprouver une compassion infinie pour la profonde solitude qui l'entourait, mais il ne se laissa pas distraire de sa tâche. Quand la calebasse déborda il recula avec lenteur pour ne pas provoquer le monstre. Il sortit de la caverne, entra dans l'autre, où l'on entendait le gargouillement de la lave qui bouillait dans les entrailles de la terre, puis il se glissa par l'ouverture. Il pensa remettre les pierres en place pour la fermer, mais il n'avait plus assez de temps ; il supposa que le vampire était trop grand pour s'échapper par ce trou, et qu'il ne le suivrait pas.

Il fit le chemin du retour plus rapidement, car il le connaissait déjà. Il n'eut pas la tentation de prendre des pierres précieuses, et quand il passa par le lac de lait où attendait le mirage de Cecilia Burns il se boucha le nez, pour se protéger du gaz parfumé qui troublait la conscience, et ne s'arrêta pas. Le plus difficile fut de s'introduire à nouveau dans l'étroit tunnel par où il était entré en tenant la calebasse à la verticale pour que l'eau ne s'en échappe pas. Elle était couverte d'un morceau de peau maintenu par une cordelette, mais ce bouchon n'était pas hermétique et il ne voulait pas perdre une seule goutte du merveilleux liquide. Cette fois le passage, bien qu'oppressant et ténébreux, ne lui parut pas aussi épouvantable, car il savait qu'à la fin il atteindrait la lumière et l'air.

*

Le matelas de nuages qui couvrait l'orifice du *tepuy*, et recevait les derniers rayons du soleil, s'était teinté de tons rougeâtres allant de la couleur rouille au mordoré. Les six lunes commençaient à disparaître dans l'étrange firmament du *tepuy* quand Nadia Santos et Alexander Cold revinrent. Walimaï, accompagné de Boroba, attendait dans l'amphithéâtre de la cité d'or devant le conseil des Bêtes. Dès que le singe vit sa maîtresse il courut, soulagé, se pendre à son cou. Les jeunes gens étaient exténués, le corps couvert d'écorchures et de contusions, mais tous deux rapportaient le trésor qu'ils étaient allés chercher. Le vieux sorcier ne montra aucune surprise, il les reçut avec la même sérénité qui accompagnait chacun des actes de son existence et leur indiqua que le moment de partir était venu. Ils n'avaient pas le temps de se reposer, ils devaient pendant la nuit traverser l'intérieur de la montagne et sortir pour retrouver l'Œil du Monde.

« J'ai dû laisser mon talisman, raconta Nadia, désolée, à son ami.

— Et moi ma flûte, répliqua-t-il.

— Tu pourras en trouver une autre. La musique, c'est toi qui la fais, pas la flûte, dit Nadia.

— Les pouvoirs du talisman aussi sont en toi », la consola-t-il.

Walimaï examina attentivement les trois œufs et renifla l'eau de la calebasse. Il approuva avec un grand sérieux. Puis il détacha l'une des petites bourses en peau qui pendaient à son bâton de guérisseur et il la donna à Alex en lui disant que pour guérir sa mère il devrait broyer les feuilles qu'elle contenait et les mélanger à cette eau. Les larmes aux yeux, le garçon la suspendit à son cou. Walimaï agita le cylindre de quartz au-dessus de la tête d'Alex pendant un bon moment, il souffla sur sa poitrine, ses tempes et son dos, lui toucha les bras et les jambes avec son bâton.

« Si tu n'étais pas *nahab*, tu serais mon successeur, tu es né avec une âme de chaman. Tu as le pouvoir de guérir, fais-en bon usage, lui dit-il.

— Est-ce que cela veut dire que je peux soigner ma mère avec cette eau et ces feuilles ?

— Peut-être, ou peut-être pas... »

Alex prenait conscience que ses illusions n'avaient pas de base rationnelle : il devait faire confiance aux traitements modernes de l'hôpital du Texas, pas à une calebasse contenant de l'eau et à des feuilles séchées reçues d'un vieil homme nu au milieu de l'Amazonie, mais au cours de ce voyage il avait appris à ouvrir son esprit aux mystères. Il existait des pouvoirs surnaturels et d'autres dimensions de la réalité, comme ce *tepuy* peuplé de créatures des temps préhistoriques. Certes, presque tout pouvait s'expliquer rationnellement, y compris les Bêtes, mais Alex préféra ne pas le faire et il s'abandonna simplement à l'espoir d'un miracle.

Le conseil des dieux avait accepté les avertissements des jeunes étrangers et du sage Walimaï. Ils n'iraient pas tuer les *nahab*, c'était une tâche inutile, vu qu'il y en avait autant que des fourmis et qu'il en viendrait toujours d'autres. Les Bêtes resteraient dans leur montagne sacrée, où elles étaient en sécurité, au moins pour le moment.

*

Nadia et Alex firent leurs adieux aux grands paresseux avec regret. Dans le meilleur des cas, si tout allait bien, l'entrée labyrinthique du *tepuy* ne serait pas découverte et les hélicoptères ne descendraient pas non plus depuis les airs. Avec un peu de chance, un autre siècle s'écoulerait avant que la curiosité humaine n'atteigne le dernier refuge des temps préhistoriques. Dans le cas contraire, ils espéraient au moins que la communauté scientifique défendrait ces créatures extraordinaires avant que la cupidité des aventuriers ne les détruise. En tout cas, jamais ils ne reverraient les Bêtes.

Ils montèrent les marches qui conduisaient au labyrinthe alors que la nuit tombait, éclairés par la torche de résine de Walimaï. Ils parcoururent sans hésiter l'inextricable système de tunnels que le chaman connaissait à la perfection. A aucun moment ils ne tombèrent sur une voie sans issue, jamais ils ne durent faire demi-tour ou revenir sur leurs pas, car le sorcier avait la carte gravée dans la tête. Alex renonça à l'idée d'en mémoriser le plan, car même s'il avait pu s'en souvenir ou le reproduire sur du papier il n'avait de toute façon pas de marques auxquelles se référer, et il serait donc impossible de se repérer.

Ils parvinrent à la merveilleuse caverne où ils avaient vu le premier dragon et s'extasièrent une fois encore devant les couleurs des pierres précieuses, des cristaux et des métaux qui brillaient à l'intérieur. C'était une véritable caverne d'Ali Baba, avec tous les fabuleux trésors que l'esprit le plus ambitieux pût imaginer. Alex se souvint de la pierre qu'il avait glissée dans sa poche et il la sortit pour la comparer. Dans la pâle lueur de la grotte la pierre n'était plus verte, mais jaunâtre : il comprit alors que la couleur de ces gemmes était produite par la lumière, et qu'il était possible qu'elles aient aussi peu de valeur que le mica de l'El Dorado. Il avait bien fait de rejeter la tentation d'en remplir sa calebasse au lieu de le faire avec l'eau de guérison. Il garda la fausse émeraude en souvenir : il la rapporterait en cadeau à sa mère.

Le dragon ailé était dans son coin, exactement comme ils l'avaient vu la première fois, mais un autre plus petit et de couleurs rougeâtres, peut-être sa compagne, se tenait à côté de lui. Ils ne bougèrent pas en présence des trois êtres humains, même lorsque l'épouse-esprit de Walimaï s'en fut les saluer, voltigeant autour d'eux comme une fée sans ailes.

Cette fois, et comme cela lui était arrivé dans son pèlerinage au fond de la terre, le retour parut plus court et plus facile à Alex, parce qu'il connaissait le chemin et n'attendait pas de surprises. Il n'y en eut pas, et après avoir parcouru le dernier passage ils se retrouvèrent dans la grotte située à quelques mètres de la sortie. Là, Walimaï leur demanda de s'asseoir, il ouvrit l'une de ses mystérieuses petites bourses et en sortit quelques feuilles qui ressemblaient à du tabac. Il leur expliqua brièvement qu'ils devaient être « nettoyés » pour effacer le souvenir de ce qu'ils avaient vu. Alex ne voulait pas oublier les Bêtes ni son voyage au fond de la terre, Nadia non plus ne souhaitait pas renoncer à ce qu'elle avait appris, mais Walimaï leur assura qu'ils se souviendraient de tout cela, qu'il n'effacerait de leurs esprits que le chemin, afin qu'ils ne puissent pas revenir à la montagne sacrée.

Le sorcier roula les feuilles, les colla avec sa salive et les alluma comme un cigare, qu'il se mit à fumer. Il inhalait, puis soufflait la fumée avec force dans la bouche des enfants, d'abord celle d'Alex, puis celle de Nadia. Le traitement n'avait rien d'agréable : la fumée fétide, chaude et piquante, leur allait droit au front, comme s'ils avaient aspiré du poivre. Ils sentirent une piqûre aiguë dans la tête, une envie irrésistible d'éternuer, et bientôt ils furent pris de nausées. A l'esprit d'Alex revint sa première expérience de tabagie, quand sa grand-mère Kate s'était enfermée avec lui dans la voiture pour fumer jusqu'à ce qu'il soit malade. Cette fois, les symptômes étaient semblables, et en plus tout tournait autour de lui.

Alors Walimaï éteignit la torche. La caverne ne recevait pas le faible rayon de lumière qui l'éclairait quelques jours plus tôt, à leur arrivée, et l'obscurité était totale. Les adolescents se prirent par la main, tandis que Boroba gémissait, effrayé, sans lâcher la taille de sa maîtresse. Plongés dans les ténèbres, ils perçurent des monstres qui guettaient et entendirent des hurlements à faire dresser les cheveux sur la tête, mais ils n'eurent pas peur. Grâce au peu de lucidité qui leur restait, ils comprirent que ces visions terrifiantes étaient produites par la fumée inhalée, et qu'en tout cas tant que leur ami sorcier était avec eux ils étaient protégés. Ils s'allongèrent sur le sol, enlacés, et au bout de quelques minutes perdirent conscience.

Ils ne purent calculer combien de temps ils avaient dormi. Ils se réveillèrent et bientôt entendirent la voix de Walimaï qui les appelait, sentirent ses mains qui tâtaient pour les trouver. La caverne n'était plus dans l'obscurité complète, une douce pénombre permettait de percevoir ses contours. Le chaman leur indiqua l'étroit passage par où ils devaient gagner l'extérieur et, encore un peu nauséeux, ils le suivirent. Ils sortirent dans la forêt de fougères. Dans l'Œil du Monde, le jour était levé.

CHAPITRE 17

L'oiseau cannibale

LE lendemain, les voyageurs entreprirent le chemin du retour vers Tapirawa-teri. En s'approchant, ils virent le reflet des hélicoptères entre les arbres et ils surent que la civilisation des *nahab* avait fini par atteindre le village. Walimaï décida de rester dans la forêt ; toute sa vie il s'était tenu éloigné des étrangers, et ce n'était pas le moment de changer ses habitudes. Le chaman, comme tous les *Gens de la brume,* avait le don de se rendre à peu près invisible ; pendant des années il avait tourné autour des *nahab*, s'approchant de leurs campements et de leurs villages pour les observer sans que personne soupçonnât son existence. Seuls le connaissaient Nadia et le père Valdomero, son ami depuis le temps où le prêtre avait séjourné chez les Indiens. Le sorcier avait rencontré « la fillette couleur de miel » dans plusieurs de ses visions et il était convaincu qu'elle était une envoyée des esprits. Il la considérait comme un membre de sa famille, et c'est pourquoi il l'avait autorisée à l'appeler par son nom lorsqu'ils étaient seuls, pourquoi il lui avait raconté les mythes et les légendes des Indiens, lui avait offert son talisman et l'avait emmenée dans la cité sacrée des dieux.

Alex eut un sursaut de joie quand, de loin, il vit les hélicoptères : il n'était pas perdu pour toujours sur la planète des Bêtes, il pourrait retourner au monde connu. Il supposa que les hélicoptères avaient survolé l'Œil du Monde pendant plusieurs jours à leur recherche. Sa grand-mère avait dû faire un scandale monumental quand il avait disparu, obligeant le capitaine Ariosto à passer cette immense région au peigne fin depuis les airs. Peut-être avaient-ils vu la fumée du bûcher funéraire de Mokarita et, ainsi, découvert le village.

Walimaï expliqua aux enfants qu'il attendrait caché entre les arbres pour voir ce qui se passait dans le village. Alex voulut lui donner un souvenir, en échange du remède miraculeux qui devait rendre la santé à sa mère, et il lui offrit son couteau suisse. L'Indien prit cet objet métallique peint en rouge, le soupesa et examina sa forme étrange, incapable d'imaginer à quoi il pouvait servir. Alex ouvrit une à une les lames, les pinces, les ciseaux, le tire-bouchon, le tournevis, jusqu'à ce que l'objet fût transformé en un hérisson brillant. Il montra au chaman à quoi servait chaque partie, et comment les ouvrir et les fermer.

Walimaï remercia pour ce présent, mais il avait vécu plus d'un siècle sans connaître les métaux et, franchement, il se sentait un peu vieux pour apprendre les trucs des *nahab* ; mais il ne voulut pas être impoli et suspendit le couteau suisse à son cou, avec ses colliers de dents et ses autres amulettes. Puis il rappela à Nadia le cri de la chouette, qui leur servait pour s'appeler et grâce auquel ils resteraient en contact. L'adolescente lui donna le panier avec les trois œufs de cristal, car elle supposa qu'ils seraient plus en sécurité entre les mains du vieillard. Elle ne voulait pas paraître avec eux devant les étrangers, ils appartenaient aux *Gens de la brume*. Ils se firent leurs adieux et en moins d'une seconde Walimaï s'évapora dans la nature, telle une illusion.

Alex et Nadia s'approchèrent avec précaution de l'endroit où avaient atterri les « oiseaux de bruit et de vent », comme les appelaient les Indiens. Ils se dissimulèrent entre les arbres, d'où ils pouvaient observer sans être vus, mais ils étaient trop loin pour bien entendre. Au centre de Tapirawa-teri se trouvaient les oiseaux de bruit et de vent, il y avait en outre trois tentes, un grand vélum et même une cuisinière à pétrole. On avait tendu un fil de fer où pendaient des cadeaux pour attirer les Indiens : des couteaux, des marmites, des haches et d'autres articles de métal et d'aluminium, qui brillaient au soleil. Ils virent plusieurs soldats armés en état d'alerte, mais aucune trace des Indiens. Les *Gens de la brume* avaient disparu, comme ils le faisaient toujours devant le danger. Cette stratégie avait beaucoup servi la tribu, alors que d'autres Indiens qui avaient affronté les *nahab* avaient été exterminés ou assimilés. Ceux qui avaient été intégrés à la civilisation étaient devenus des mendiants, ils avaient perdu leur dignité de guerriers et leurs terres, ils vivaient comme des rats. C'est pourquoi le chef Mokarita n'avait jamais permis à son peuple de s'approcher des *nahab* ou de prendre leurs cadeaux ; il affirmait qu'en échange d'une machette ou d'un chapeau la tribu oubliait pour toujours ses origines, sa langue et ses dieux.

Les deux adolescents se demandèrent ce que voulaient ces soldats. S'ils faisaient partie du plan pour éliminer les Indiens de l'Œil du Monde, il valait mieux ne pas s'approcher. Ils se rappelaient chaque mot de la conversation qu'ils avaient entendue à Santa María de la Lluvia entre le capitaine Ariosto et Mauro Carías, et ils comprirent que leurs vies seraient en danger s'ils osaient intervenir.

*

Il se mit à pleuvoir, comme cela arrivait deux ou trois fois par jour, des averses soudaines, brèves et violentes, qui trempaient tout pendant un moment et cessaient brusquement, laissant le fond de l'air frais et propre. Cela faisait près d'une heure que les deux amis observaient le camp depuis leur refuge entre les arbres lorsqu'ils virent arriver au village un groupe de trois personnes, qui à l'évidence étaient sorties explorer les environs et revenaient maintenant en courant, trempées jusqu'aux os. Malgré la distance, ils les reconnurent aussitôt : c'étaient Kate Cold, César Santos et Timothy Bruce, le photographe. Nadia et Alex ne purent retenir une exclamation de soulagement : cela voulait dire que le professeur Leblanc et le docteur Omayra Torres n'étaient pas loin non plus. Avec leur présence dans le village, le capitaine Ariosto et Mauro Carías ne pourraient avoir recours aux armes pour ôter les Indiens – ou même eux – du milieu.

Les adolescents quittèrent leur cachette et s'approchèrent

prudemment de Tapirawa-teri, mais très vite les sentinelles les aperçurent et ils se virent immédiatement entourés. Le cri de joie que poussa Kate Cold quand elle aperçut son petit-fils fut seulement comparable à celui de César Santos lorsqu'il vit sa fille. Tous deux coururent à la rencontre des enfants qui arrivaient, couverts d'égratignures et d'ecchymoses, immondes, les vêtements déchirés, exténués. Alexander avait en outre changé d'aspect avec sa coupe de cheveux à l'indienne, qui laissait voir le sommet de son crâne tondu traversé d'une longue entaille couverte d'une croûte séchée. Santos souleva Nadia dans ses bras robustes et la serra si fort qu'il faillit briser les côtes de Boroba, pris dans l'embrassade. Kate Cold parvint quant à elle à contrôler la vague d'affection et de soulagement qui la submergeait ; à peine son petit-fils fut-il à portée de sa main qu'elle le gifla en plein visage.

« Ça, c'est pour la peur que tu nous as causée, Alexander. La prochaine fois que tu disparais de ma vue, je te tue », dit sa grand-mère. Pour toute réponse, Alex la prit dans ses bras.

Tout de suite, les autres arrivèrent : Mauro Carías, le capitaine Ariosto, le docteur Omayra Torres et l'ineffable professeur Leblanc, couvert de piqûres d'abeilles. L'Indien Karakawe, bourru comme toujours, n'exprima aucune surprise en les voyant.

« Comment êtes-vous arrivés jusqu'ici ? demanda le capitaine Ariosto. Il est impossible d'avoir accès à ce site sans un hélicoptère. »

Alex raconta brièvement leur aventure avec les *Gens de la brume*, sans donner de détails ni expliquer par où ils étaient montés. Il ne mentionna pas non plus son voyage avec Nadia au *tepuy* sacré. Il supposa qu'il ne trahissait aucun secret, vu que les *nahab* connaissaient déjà l'existence de la tribu. Des signes évidents montraient que le village avait été déserté par les Indiens à peine quelques heures plus tôt : il y avait du manioc dans les paniers, des braises encore chaudes dans les petits foyers, la viande de la dernière chasse se couvrait de mouches dans la maison des célibataires, quelques mascottes domestiques rôdaient encore. Les soldats avaient tué les paisibles boas à coups de machette, et leurs corps mutilés pourrissaient au soleil.

« Où sont les Indiens ? demanda Mauro Carías.

— Ils sont partis loin, répliqua Nadia.

— Ça m'étonnerait qu'ils soient très loin avec les femmes, les enfants et les vieillards. Ils ne peuvent disparaître sans laisser de trace.

— Ils sont invisibles.

— Parlons sérieusement, petite ! s'exclama-t-il.

— Je parle toujours sérieusement.

— Tu vas me dire que ces gens volent aussi comme les sorcières ?

— Ils ne volent pas, mais ils courent vite, précisa-t-elle.

— Tu peux parler la langue de ces Indiens, ma belle ?

— Mon nom est Nadia Santos.

— Bon, Nadia Santos, peux-tu parler avec eux, oui ou non ? insista Carías, impatient.

— Oui. »

Le docteur Omayra Torres intervint pour expliquer la nécessité impérieuse de vacciner la tribu. Le village avait été découvert, il était inévitable que dans peu de temps il y ait un contact avec les étrangers.

« Comme tu le sais, Nadia, sans le vouloir nous pouvons les contaminer avec des maladies qui pour eux sont mortelles. Des tribus entières ont disparu en deux ou trois mois à cause d'un rhume. Le plus grave, c'est la rougeole. J'ai des vaccins, je peux immuniser ces pauvres Indiens. Ainsi ils seront protégés. Peux-tu m'aider ? supplia la superbe femme.

— J'essaierai, promit Nadia.

— Comment peux-tu entrer en communication avec la tribu ?

— Je ne sais pas encore, je dois y réfléchir. »

*

Alexander Cold transvasa l'eau de guérison dans une bouteille au bouchon hermétique qu'il déposa avec précaution dans son sac. Sa grand-mère le vit et voulut savoir ce que c'était.

« C'est l'eau pour soigner maman, dit-il. J'ai trouvé la source de l'éternelle jeunesse, celle que d'autres ont cherchée pendant des siècles, Kate. Maman va retrouver la santé. »

Pour la première fois, aussi loin que pouvaient remonter les souvenirs du garçon, sa grand-mère eut un geste spontané de tendresse. Il sentit ses bras maigres et musclés l'entourer, son odeur de tabac de pipe, ses cheveux épais coupés à coups de ciseaux, sa peau sèche et rugueuse comme du cuir de chaussure ; il entendit sa voix rauque prononcer son nom et il eut le soupçon que peut-être, après tout, sa grand-mère l'aimait un peu. A peine Kate Cold se rendit-elle compte de ce qu'elle faisait qu'elle s'écarta brusquement, le poussant vers la table où l'attendait Nadia. Les deux enfants, affamés et fatigués, se jetèrent sur les haricots, le riz, le pain de manioc et quelques poissons à moitié carbonisés pleins d'arêtes. Alex dévora avec un féroce appétit, devant le regard surpris de Kate Cold qui savait combien son petit-fils était délicat en matière de nourriture.

Après avoir mangé, les deux amis se baignèrent longuement dans la rivière. Ils se savaient entourés d'Indiens invisibles, qui depuis l'épaisseur de la végétation suivaient chaque mouvement des *nahab*. Tandis qu'ils barbotaient dans l'eau, ils sentaient leurs yeux sur eux comme s'ils les avaient touchés de leurs mains. Ils en conclurent qu'ils ne s'approchaient pas à cause de la présence des inconnus et des hélicoptères, qu'ils avaient aperçus dans le ciel mais jamais vus de près. Ils tentèrent de s'éloigner un peu, en pensant que, s'ils étaient seuls, les *Gens de la brume* se montreraient, mais il y avait beaucoup de mouvement dans le village et il leur fut impossible de s'enfoncer dans la forêt sans attirer l'attention. Par chance les soldats n'osaient pas s'écarter d'un pas du campement, car ils étaient terrorisés par les histoires sur La Bête et la manière dont elle avait étripé l'un de leurs compagnons. Personne avant eux n'avait exploré l'Œil du Monde et ils avaient entendu parler des esprits et des démons qui rôdaient dans cette région. Ils avaient moins peur des Indiens, parce qu'ils faisaient confiance à leurs armes à feu et qu'eux-mêmes avaient du sang indigène dans les veines.

A la nuit tombante tous, sauf les sentinelles qui étaient de garde, s'assirent par groupes autour d'un feu pour boire et fumer. L'ambiance était sinistre et quelqu'un demanda un peu de musique pour ranimer les esprits. Alex dut admettre qu'il avait perdu la célèbre flûte de Joseph Cold, mais il ne pouvait dire où sans évoquer son aventure à l'intérieur du *tepuy*. Sa grand-mère lui jeta un regard assassin, mais elle ne dit rien, devinant que son petit-fils lui cachait bien des choses. Un soldat sortit un harmonica et joua quelques airs populaires, mais ses bonnes intentions tombèrent dans le vide. La peur s'était emparée de tous.

Kate Cold emmena les enfants à l'écart pour leur raconter ce qui s'était passé en leur absence, depuis que les Indiens les avaient enlevés. Lorsqu'ils s'étaient aperçus qu'ils avaient disparu, ils avaient immédiatement entrepris des recherches et, armés de lanternes, étaient partis dans la forêt, les appelant pendant presque toute la nuit. Leblanc avait contribué à l'angoisse générale avec un autre de ses judicieux pronostics : ils avaient été emmenés par les Indiens et ceux-ci étaient sûrement en train de les manger rôtis à la broche. Le professeur en avait profité pour les éclairer sur la manière dont les Indiens caraïbes coupaient des morceaux de leurs prisonniers vivants pour les dévorer. Bien sûr, avait-il admis, ils n'étaient pas chez les Caraïbes, qui avaient été civilisés ou exterminés voilà plus de cent ans, mais on ne sait jamais jusqu'où s'enracinent les influences culturelles. César Santos avait été à deux doigts de se jeter sur l'anthropologue à coups de poing.

Dans l'après-midi du jour suivant, un hélicoptère était enfin apparu pour leur porter secours. Le bateau avec le malheureux Joel González était arrivé sans problème à

Santa María de la Lluvia, où les religieuses de l'hôpital s'étaient occupées de le soigner. Matuwe, le guide indien, avait obtenu de l'aide et accompagné lui-même l'hélicoptère dans lequel voyageait le capitaine Ariosto. Son sens de l'orientation était tellement extraordinaire que sans avoir jamais volé il avait pu se repérer dans l'interminable étendue verte de la forêt et indiquer très précisément l'endroit où attendaient les membres de l'expédition de l'*International Geographic*. Dès qu'ils en étaient descendus, Kate Cold avait obligé le militaire à demander des renforts par radio pour organiser la recherche systématique des enfants disparus.

César Santos interrompit l'écrivain pour ajouter qu'elle avait menacé le capitaine Ariosto d'avertir la presse, l'ambassade américaine et même la CIA s'ils ne coopéraient pas ; elle avait ainsi obtenu le deuxième hélicoptère, avec lequel étaient arrivés d'autres soldats ainsi que Mauro Carías. Elle n'avait pas l'intention de partir d'ici sans son petit-fils, avait-elle assuré, même si elle devait parcourir toute l'Amazonie à pied.

« C'est vrai que tu as dit ça, Kate ? demanda Alex, amusé.

— Pas pour toi, Alexander. Par principe », grogna-t-elle.

*

Cette nuit-là Nadia Santos, Kate Cold et Omayra Torres occupèrent une tente, Ludovic Leblanc et Timothy Bruce une autre, Mauro Carías la sienne, tandis que les autres hommes s'installaient dans des hamacs entre les arbres. Ils mirent des gardes aux quatre coins du campement et laissèrent des lampes à pétrole allumées. Bien que personne n'y eût fait allusion à voix haute, ils supposèrent qu'ils tiendraient ainsi La Bête à distance. Les lumières faisaient d'eux des cibles idéales pour les Indiens, mais jusqu'alors jamais ceux-ci n'avaient attaqué la nuit, car ils craignaient les démons nocturnes qui s'échappent des cauchemars humains.

Nadia, qui avait le sommeil léger, dormit quelques heures et fut réveillée au milieu de la nuit par les ronflements de Kate Cold. Après s'être assurée que le docteur ne bougeait pas non plus, elle ordonna à Boroba de rester là et, silencieuse, se glissa hors de la tente. Elle avait observé les *Gens de la brume* avec la plus grande attention, décidée à imiter leur faculté de passer inaperçus, et avait ainsi découvert que cela ne consistait pas seulement à camoufler son corps, mais également à mettre toute sa volonté à devenir immatériel et à disparaître. Il fallait de la concentration pour atteindre l'état mental de l'invisibilité, grâce auquel il était possible de se tenir à un mètre d'une autre personne sans être vu. Elle savait à quel moment elle avait atteint cet état, car elle sentait alors son corps devenir très léger, puis il paraissait se dissoudre et s'effacer tout à fait. Elle devait se concentrer sur son but sans se laisser distraire, sans permettre que ses nerfs la trahissent, seule manière de rester invisible aux yeux des autres. En sortant de sa tente elle dut se glisser tout près des gardiens qui entouraient le campement, mais elle fit cela sans aucune crainte, protégée par cet extraordinaire champ mental qu'elle avait créé autour d'elle.

Dès qu'elle se sentit en sécurité dans la forêt, faiblement éclairée par la lune, elle imita à deux reprises le cri de la chouette et attendit. Un moment après, elle perçut près d'elle la présence silencieuse de Walimaï. Elle demanda au sorcier de parler avec les *Gens de la brume* pour les convaincre de s'approcher du campement et de se faire vacciner. Ils ne pourraient se cacher indéfiniment dans l'ombre des arbres, dit-elle, et s'ils essayaient de construire un nouveau village ils seraient découverts par les « oiseaux de bruit et de vent ». Elle lui promit qu'elle tiendrait le *Rahakanariwa* à distance, et que Jaguar négocierait avec les *nahab*. Elle lui raconta que son ami avait une grand-mère puissante, mais ne tenta pas de lui expliquer l'importance d'écrire et de publier des articles dans un journal, supposant que le chaman ne comprendrait pas à quoi elle faisait allusion, car il ignorait l'écriture et n'avait jamais vu une page imprimée. Elle se contenta de dire que cette grand-mère avait un grand pouvoir magique dans le monde des *nahab*, bien que sa magie ne servît pas à grand-chose dans l'Œil du Monde.

De son côté, Alexander Cold se coucha dans un hamac en plein air, un peu à l'écart des autres. Il espérait que pendant la nuit les Indiens entreraient en communication avec lui, mais il s'endormit comme une pierre. Il rêva du jaguar noir. La rencontre avec son animal totémique fut tellement nette et précise que le lendemain il se demanda s'il l'avait rêvée ou si elle s'était vraiment produite. Dans le rêve, il se levait de son hamac et s'éloignait prudemment du campement, sans être vu par les sentinelles. En pénétrant dans la forêt, hors d'atteinte de la lumière du feu et des lampes à pétrole, il voyait le félin noir posé sur la grosse branche d'un immense *castanheiro*, sa queue remuant dans l'air, ses yeux brillant dans la nuit comme des topazes éblouissantes, tel qu'il lui était apparu dans sa vision, quand il avait bu la potion magique de Walimaï. Avec ses dents et ses griffes il pouvait étriper un caïman, avec ses muscles puissants il courait aussi vite que le vent, avec sa force et son courage il pouvait affronter n'importe quel ennemi. C'était un animal magnifique, le roi des fauves, le fils du Soleil-Père, le prince de la mythologie d'Amérique. Dans le rêve, le garçon s'arrêtait à quelques pas du jaguar et, comme lors de sa première rencontre dans le camp de Mauro Carías, il entendait la voix caverneuse le saluer par son nom : Alexander... Alexander... La voix résonnait dans son cerveau comme un gigantesque gong de bronze, répétant maintes et maintes fois son nom. Que signifiait ce rêve ? Quel était le message que le jaguar noir voulait lui transmettre ?

Il se réveilla alors que dans le campement tout le monde était déjà debout. Le rêve vivant de la nuit l'angoissait, il était sûr qu'il contenait un message, mais ne parvenait pas à le déchiffrer. Le seul mot que le jaguar eût prononcé dans ses apparitions était son nom, Alexander. Rien de plus. Sa grand-mère s'approcha avec un bol de café au lait condensé, chose à laquelle il n'aurait pas goûté auparavant mais qui lui paraissait aujourd'hui un déjeuner délicieux. Dans une impulsion, il lui raconta son rêve.

« Défenseur des hommes, dit sa grand-mère.

— Quoi ?

— C'est ce que signifie ton nom. Alexander est un nom grec et il veut dire défenseur.

— Pourquoi m'a-t-on donné ce nom, Kate ?

— A cause de moi. Tes parents voulaient t'appeler Joseph, comme ton grand-père, mais j'ai insisté pour qu'on t'appelle Alexander, comme le grand guerrier de l'Antiquité. Nous avons joué à pile ou face et j'ai gagné. Voilà pourquoi tu t'appelles ainsi, expliqua Kate.

— Comment t'est-il venu à l'idée que je devais porter ce prénom ?

— Il y a bien des victimes et des causes nobles à défendre en ce monde, Alexander. Un bon nom de guerrier aide à se battre pour la justice.

— Tu vas être déçue avec moi, Kate. Je ne suis pas un héros.

— Nous verrons », répliqua-t-elle en lui donnant la tasse.

*

La sensation d'être observé par des centaines d'yeux rendait tout le monde nerveux dans le campement. Ces dernières années, plusieurs employés du gouvernement, envoyés pour aider les Indiens, avaient été assassinés par les communautés mêmes qu'ils voulaient protéger. Parfois le premier contact était cordial, ils échangeaient des cadeaux et de la nourriture, mais soudain les Indiens saisissaient leurs armes et attaquaient par surprise. Les Indiens étaient imprévisibles et violents, dit le capitaine Ariosto, qui était complètement d'accord avec les théories de Leblanc, raison pour laquelle il fallait ne pas baisser la garde et rester toujours en alerte. Nadia intervint pour dire que les *Gens de la brume* étaient différents, mais personne ne lui prêta attention.

Le docteur Omayra Torres expliqua que pendant les dix dernières années elle avait surtout exercé la médecine dans des tribus pacifiées, et qu'elle ne savait rien de ces Indiens que Nadia appelait les *Gens de la brume*. En tout cas, elle espérait avoir plus de chance que par le passé et parvenir à les vacciner avant qu'ils ne soient contaminés. Elle admit qu'en plusieurs occasions auparavant, ses vaccins étaient arrivés trop tard. Elle les vaccinait, mais ils tombaient tout de même malades au bout de quelques jours et mouraient par centaines.

A ce point, Ludovic Leblanc avait totalement perdu patience. Sa mission avait été inutile, il devrait rentrer les mains vides, sans nouvelles de la fameuse Bête de l'Amazonie. Que dirait-il aux éditeurs de l'*International Geographic* ? Qu'un soldat était mort, mis en pièces dans de mystérieuses circonstances, qu'ils avaient été exposés à une odeur assez désagréable et qu'il avait fait une chute involontaire dans l'excrément d'un animal inconnu. Franchement, ce n'étaient pas des preuves très convaincantes de l'existence de La Bête. Il n'avait rien non plus à ajouter sur les Indiens de la région, car il ne les avait même pas aperçus. Il avait misérablement perdu son temps. Il était impatient de retrouver son université, où on le traitait en héros et où il était à l'abri des piqûres d'abeilles et autres désagréments. Sa relation avec le groupe laissait beaucoup à désirer, et avec Karakawe, c'était un désastre. L'Indien engagé pour être son assistant personnel avait cessé de l'éventer avec la feuille de bananier dès qu'ils avaient quitté Santa María de la Lluvia, et au lieu de le servir avait fait tout son possible pour lui rendre la vie encore plus difficile. Leblanc l'accusa d'avoir mis un scorpion vivant dans son sac et un ver mort dans son café, et aussi de l'avoir emmené exprès à l'endroit où les abeilles l'avaient piqué. Les autres membres de l'expédition supportaient le professeur parce qu'il était très pittoresque et qu'ils pouvaient se moquer de lui à sa barbe sans qu'il se sentît visé. Leblanc se prenait tellement au sérieux qu'il ne pouvait imaginer que les autres n'en fassent pas autant.

Mauro Carías envoya des groupes de soldats explorer dans plusieurs directions. Les hommes partirent à contrecœur et revinrent très vite, sans nouvelles de la tribu. Ils survolèrent aussi la zone avec les hélicoptères, bien que Kate Cold leur eût fait remarquer que le bruit épouvanterait les Indiens. L'écrivain conseilla d'attendre patiemment : tôt ou tard ils reviendraient dans leur village. Comme Leblanc, elle était plus intéressée par La Bête que par les indigènes, car elle devait écrire son article.

« Sais-tu quelque chose sur La Bête que tu ne m'as pas dit, Alexander ? demanda-t-elle à son petit-fils.

— Peut-être, ou peut-être pas..., répliqua le garçon sans oser la regarder en face.

— Quel genre de réponse est-ce là ? »

Vers la mi-journée, l'alerte fut donnée dans le campement : une silhouette était sortie de la forêt et s'approchait timidement. Mauro Carías lui fit des signes amicaux en l'appelant, après avoir donné l'ordre aux soldats de reculer pour ne pas l'effrayer. Le photographe Timothy Bruce passa son appareil photo à Kate Cold et prit la caméra : le premier contact avec un groupe indigène était une occasion unique. Alex et Nadia reconnurent immédiatement la visiteuse, c'était Iyomi, chef des chefs de Tapirawa-teri. Elle venait seule, nue, incroyablement vieille, toute fripée et sans dents, appuyée sur un bâton tordu qui lui servait de canne et coiffée de la couronne de plumes jaunes enfoncée jusqu'aux oreilles. Pas à pas elle s'approcha, à la stupeur des *nahab*. Mauro Carías appela Karakawe et Matuwe pour leur demander s'ils connaissaient la tribu à laquelle appartenait cette femme, mais tous deux l'ignoraient. Nadia s'avança.

« Je peux parler avec elle, dit-elle.

— Dis-lui que nous ne leur ferons aucun mal, que nous sommes des amis de son peuple, qu'ils viennent nous voir sans leurs armes, parce que nous avons beaucoup de cadeaux pour elle et pour les autres », dit Mauro Carías.

Nadia traduisit librement, sans mentionner la partie concernant les armes, qui ne lui paraissait pas une très bonne idée étant donné la quantité d'armes dont disposaient les soldats.

« Nous ne voulons pas de cadeaux des *nahab*, nous voulons qu'ils quittent l'Œil du Monde, répliqua Iyomi avec fermeté.

— C'est inutile, ils ne s'en iront pas, expliqua Nadia à la vieille femme.

— Alors mes guerriers les tueront.

— Il en viendra plus, beaucoup plus, et tous tes guerriers mourront.

— Mes guerriers sont forts, ces *nahab* n'ont ni arcs ni flèches, ils sont lourds, maladroits, et leur crâne est mou : en plus ils ont peur, comme des enfants.

— La guerre n'est pas la solution, chef des chefs. Nous devons négocier, supplia Nadia.

— Que diable dit cette vieille ? demanda Carías impatient, car il y avait un moment que l'adolescente avait cessé de traduire.

— Elle dit que son peuple n'a pas mangé depuis plusieurs jours et qu'il a très faim, inventa Nadia au vol.

— Dis-lui que nous leur donnerons toute la nourriture qu'ils veulent.

— Ils ont peur des armes », ajouta-t-elle, bien qu'en réalité les Indiens n'aient jamais vu un pistolet ou un fusil et soient incapables d'imaginer leur pouvoir mortifère.

Mauro Carías donna l'ordre aux hommes de poser leurs armes en signe de bonne volonté, mais Leblanc, épouvanté, intervint pour leur rappeler que les Indiens avaient l'habitude d'attaquer par traîtrise. En entendant cela ils lâchèrent leurs mitraillettes, mais gardèrent leurs pistolets dans leurs ceinturons. Iyomi reçut un bol de viande avec du maïs des mains du docteur Omayra Torres et s'éloigna dans la direction d'où elle était venue. Le capitaine Ariosto voulut la suivre, mais en moins d'une minute elle s'était évaporée dans la nature.

*

Ils attendirent le reste de la journée en scrutant la végétation sans voir personne, tout en supportant les avertissements de Leblanc, qui annonçait un contingent de cannibales prêts à leur tomber dessus. Le professeur, armé jusqu'aux dents et entouré de soldats, était resté tremblant après la visite d'une bisaïeule nue coiffée d'une couronne de plumes jaunes. Les heures passèrent sans incidents, hormis le moment de tension qui se produisit lorsque le docteur Omayra Torres surprit Karakawe en train de mettre les mains dans ses caisses de vaccins. Ce n'était pas la première fois que cela arrivait. Mauro Carías intervint pour avertir l'Indien que s'il le revoyait près des médicaments le capitaine Ariosto le mettrait immédiatement aux arrêts.

Dans l'après-midi, alors qu'ils pensaient déjà que la vieille femme ne reviendrait pas, toute la tribu des *Gens de la brume* se matérialisa devant eux. Ils virent d'abord les femmes et les enfants, impalpables, ténus et mystérieux. Il leur fallut quelques secondes pour percevoir les hommes, qui en fait étaient arrivés les premiers et s'étaient placés en demi-cercle. Ils surgirent du néant, muets et superbes, dirigés par Tahama, peints pour la guerre, avec le rouge du rocou, le noir du charbon, le blanc de la chaux et le vert des plantes, parés de plumes, de dents, de griffes et de graines, avec toutes leurs armes à la main. Ils étaient au centre du campement, mais ils se fondaient si parfaitement dans leur milieu qu'il fallait aiguiser sa vue pour les voir nettement. Ils étaient légers, éthérés, semblant à peine se dessiner dans le paysage, mais on ne pouvait douter qu'ils étaient également féroces.

Pendant de longues minutes les deux groupes s'observèrent en silence, d'un côté les Indiens transparents, de l'autre les étrangers déconcertés. Enfin Mauro Carías sortit de sa transe et prit les choses en main, donnant aux soldats l'ordre de servir de la nourriture et de distribuer les cadeaux. Avec tristesse, Nadia et Alex virent les femmes et les enfants recevoir les babioles avec lesquelles on prétendait les attirer. Ils savaient que c'était ainsi, avec ces cadeaux innocents, que commençait la fin des tribus. Tahama et ses guerriers restèrent debout, sur le qui-vive, sans lâcher leurs armes. Les plus dangereuses, c'étaient leurs épaisses massues, avec lesquelles ils pouvaient frapper en une seconde ; pointer une flèche prenait plus de temps et donnait aux soldats le temps de tirer.

« Explique-leur pour les vaccins, ma belle, ordonna Mauro Carías à l'adolescente.

— Nadia, je m'appelle Nadia Santos, répéta-t-elle.

— C'est pour leur bien, Nadia, pour les protéger, ajouta le docteur Omayra Torres. Ils auront peur des seringues, mais en réalité elles font moins mal qu'une piqûre de moustique. Peut-être les hommes voudront-ils passer les premiers, pour donner l'exemple aux femmes et aux enfants...

— Pourquoi ne donnez-vous pas l'exemple », demanda Nadia à Mauro Carías.

Le sourire parfait, toujours présent sur le visage bronzé de l'homme d'affaires, s'effaça devant le défi de la fille et une expression de profonde terreur passa brièvement dans ses yeux. Alex, qui observait la scène, pensa que c'était une réaction exagérée. Il savait que certaines personnes craignaient les piqûres, mais Carías avait vraiment l'air d'avoir vu Dracula.

Nadia traduisit et après de longues discussions, au cours desquelles le nom de *Rahakanariwa* fut souvent prononcé, Iyomi accepta de réfléchir et de consulter les siens. Ils étaient en plein palabre au sujet des vaccins quand Iyomi murmura soudain un ordre, imperceptible pour les étrangers, et en un clin d'œil les *Gens de la brume* s'évaporèrent aussi rapidement qu'ils étaient apparus. Ils se retirèrent dans la forêt comme des ombres, sans qu'on entende un pas, un mot ou un pleur de bébé. Les soldats d'Ariosto montèrent la garde toute la nuit, s'attendant à chaque instant à une attaque.

*

Nadia se réveilla au milieu de la nuit en entendant le docteur Omayra Torres quitter la tente. Elle supposa qu'elle s'éloignait dans les fourrés pour faire ses besoins, mais elle eut un pressentiment et décida de la suivre. Kate Cold ronflait du sommeil profond qui la caractérisait et ne se rendit pas compte des allées et venues de ses compagnes. Silencieuse comme un chat, faisant usage du talent qu'elle avait acquis depuis peu de se rendre invisible, Nadia avança. Cachée derrière des fougères elle vit la silhouette du docteur à la faible clarté de la lune. Une minute plus tard une deuxième silhouette s'approcha qui, à la surprise de Nadia, prit le docteur par la taille et l'embrassa.

« J'ai peur, dit celle-ci.

— Ne crains rien, mon amour. Tout ira bien. Dans deux jours nous en aurons terminé ici et nous pourrons retourner dans la civilisation. Tu sais que j'ai besoin de toi...

— Tu m'aimes vraiment ?

— Bien sûr. Je t'adore, je te rendrai très heureuse, tu auras tout ce que tu désires. »

Nadia revint furtivement dans la tente, elle se coucha sur sa natte et fit semblant de dormir.

L'homme qui était avec le docteur Omayra Torres était Mauro Carías.

*

Dans la matinée, les *Gens de la brume* revinrent. Les femmes apportaient des paniers de fruits et un grand tapir mort en échange des cadeaux reçus la veille. Les guerriers paraissaient plus détendus, même s'ils ne lâchaient pas leurs massues, et ils montrèrent autant de curiosité que les femmes et les enfants. Ils regardaient de loin, sans s'approcher, les extraordinaires oiseaux de bruit et de vent, touchaient les vêtements et les armes des *nahab*, fouillaient dans leurs affaires, entraient dans les tentes, posaient pour les appareils photo, se mettaient les colliers de plastique et, émerveillés, essayaient les machettes et les couteaux.

Le docteur Omayra Torres considéra que l'atmosphère était propice pour passer à l'action. Elle demanda à Nadia d'expliquer une fois de plus aux Indiens l'impérieuse nécessité de les protéger contre les épidémies, mais ceux-ci n'étaient pas convaincus. La seule raison pour laquelle le capitaine Ariosto n'eut pas recours aux armes pour les obliger à se faire vacciner était la présence de Kate Cold et de Timothy Bruce ; il ne pouvait employer la brutalité devant la presse, il fallait sauver les apparences. Il n'y eut d'autre solution que d'attendre patiemment la fin des longues discussions entre Nadia Santos et les membres de la tribu. L'idée incongrue de les tuer par balles pour les empêcher de mourir de la rougeole ne vint pas à l'esprit du militaire.

Nadia rappela aux Indiens qu'Iyomi l'avait nommée chef pour apaiser le *Rahakanariwa,* qui punissait souvent les humains par de terribles épidémies, aussi devaient-ils lui obéir. Elle proposa de se soumettre la première à la piqûre de la vaccination, mais Tahama et ses guerriers considérèrent cette proposition comme offensante. Ils passeraient les premiers, dirent-ils enfin. Avec un soupir de satisfaction elle traduisit la décision des *Gens de la brume*.

Le docteur Omayra Torres fit placer une table à l'ombre et elle y disposa ses seringues et ses flacons, tandis que Mauro Carías tentait de faire aligner la tribu, s'assurant ainsi que tous seraient vaccinés.

Pendant ce temps, Nadia entraînait Alex à l'écart pour lui raconter ce qu'elle avait vu la nuit précédente. Aucun des deux ne sut interpréter cette scène, mais ils se sentirent vaguement trahis. Comment était-il possible que la douce Omayra Torres entretînt une relation avec Mauro Carías, l'homme qui portait son cœur dans une mallette ? Ils en conclurent que sans doute Mauro Carías avait séduit le bon docteur : ne disait-on pas qu'il avait beaucoup de succès auprès des femmes ? Nadia et Alex ne trouvaient aucun charme à cet homme, mais ils pensèrent que ses manières et son argent pouvaient en tromper d'autres. La nouvelle tomberait comme une bombe parmi les admirateurs du docteur : César Santos, Timothy Bruce et même le professeur Ludovic Leblanc.

« Je n'aime pas du tout ça, dit Alex.

— Tu es jaloux toi aussi ? se moqua Nadia.

— Non ! s'exclama-t-il indigné. Mais je sens quelque chose ici, dans ma poitrine, quelque chose comme un énorme poids.

— C'est à cause de la vision que nous avons partagée dans la cité d'or, tu te souviens ? Quand nous avons bu la potion des rêves collectifs de Walimaï, nous avons tous fait le même rêve, même les Bêtes.

— Bien sûr. Ce rêve ressemblait à un autre que j'avais fait avant d'entreprendre ce voyage : un immense vautour enlevait ma mère et l'emportait dans son vol. Je l'ai alors interprété comme la maladie qui menaçait sa vie, j'ai pensé que le vautour représentait la mort. Dans le *tepuy* nous avons rêvé que le *Rahakanariwa* brisait la cage où il était prisonnier et que les Indiens étaient attachés aux arbres, tu te rappelles ?

— Oui, et les *nahab* portaient des masques. Que signifient les masques, Jaguar ?

— Secret, mensonge, trahison.

— Pourquoi crois-tu que Mauro Carías ait tellement intérêt à vacciner les Indiens ? »

La question resta en suspens, comme une flèche arrêtée en plein vol. Les deux adolescents se regardèrent, horrifiés. En un instant ils comprirent le terrible piège dans lequel ils étaient tous tombés : le *Rahakanariwa*, c'était l'épidémie. La mort qui menaçait la tribu n'était pas un oiseau mythique, mais quelque chose de beaucoup plus concret et de plus immédiat. Ils coururent au centre du village, où le docteur Omayra Torres s'apprêtait à enfoncer l'aiguille de sa seringue dans le bras de Tahama. Sans réfléchir, Alex se propulsa comme un bolide contre le guerrier, le faisant tomber sur le dos. D'un bond, Tahama se remit debout et leva sa massue pour écraser le garçon comme une blatte, mais un hurlement de Nadia arrêta l'arme en l'air.

« Non ! Non ! C'est là qu'est le *Rahakanariwa* ! » cria l'adolescente en montrant les flacons de vaccin.

César Santos pensa que sa fille était devenue folle et il essaya de l'attraper, mais elle se dégagea et courut retrouver Alex, en criant et en frappant Mauro Carías qui lui barrait le passage. Très vite elle essaya d'expliquer aux Indiens qu'elle s'était trompée, que les vaccins ne les sauveraient pas, bien au contraire, ils les tueraient, car le *Rahakanariwa* était dans la seringue.

CHAPITRE 18

Taches de sang

Le docteur Omayra Torres ne perdit pas son calme. Elle expliqua que tout cela était sorti de l'imagination des enfants, que la chaleur les avait perturbés, et elle ordonna au capitaine Ariosto de les emmener. Aussitôt elle se disposa à poursuivre sa tâche interrompue, bien que l'état d'esprit de la tribu eût complètement changé entre-temps. A ce moment, alors que le capitaine Ariosto était prêt à rétablir l'ordre par les armes et que les soldats luttaient contre Nadia et Alex, Karakawe s'approcha.

« Un moment ! » s'exclama-t-il.

A la confusion générale, cet homme qui n'avait pas prononcé plus d'une demi-douzaine de mots pendant tout le voyage annonça qu'il était un fonctionnaire du Département de Protection de l'indigène et expliqua dans le détail que sa mission consistait à mener une enquête visant à élucider pourquoi les tribus d'Amazonie mouraient en masse, surtout celles qui vivaient à proximité des gisements d'or et de diamants. Depuis longtemps il soupçonnait Mauro Carías, l'homme qui avait tiré les plus gros profits de l'exploitation de la région.

« Capitaine Ariosto, réquisitionnez les vaccins ! ordonna Karakawe. Je les ferai examiner par un laboratoire. Si j'ai raison, ces flacons ne contiennent pas des vaccins, mais une dose mortelle du virus de la rougeole. »

Pour toute réponse, le capitaine Ariosto braqua son arme sur Karakawe et lui tira dessus, l'atteignant en pleine poitrine. Le fonctionnaire s'écroula, mort sur le coup. Mauro Carías poussa le docteur Omayra Torres, sortit son arme et, à l'instant où César Santos se précipitait pour couvrir la femme de son corps, il vida son chargeur sur les flacons alignés sur la table, les réduisant en miettes. Le liquide se répandit par terre.

Les événements se précipitèrent avec une telle violence que personne ensuite ne fut capable de les raconter avec précision : chacun avait une version différente. La caméra de Timothy Bruce enregistra une partie des faits, le reste resta dans l'appareil photo que tenait Kate Cold.

En voyant les flacons brisés, les Indiens crurent que le *Rahakanariwa* s'était échappé de sa prison et allait reprendre sa forme d'oiseau cannibale pour les dévorer. Avant que personne n'ait pu l'arrêter, Tahama lança un hurlement terrifiant et assena un formidable coup sur la tête de Mauro Carías, qui s'écroula par terre, comme un sac. Le capitaine Ariosto tourna son arme contre Tahama, mais Alex se projeta dans ses jambes tandis que Boroba, le singe de Nadia, lui sautait au visage. Les balles du capitaine se perdirent dans l'air, laissant à Tahama le temps de reculer, protégé par ses guerriers qui avaient déjà empoigné leurs arcs.

Pendant les quelques secondes que les soldats mirent à s'organiser et à sortir leurs pistolets, la tribu se dispersa. Les femmes et les enfants s'enfuirent comme des écureuils, disparaissant dans la végétation, et les hommes parvinrent à décocher plusieurs flèches avant de s'enfuir aussi. Les soldats tirèrent à l'aveuglette, tandis qu'à terre Alex luttait encore avec Ariosto, aidé par Nadia et Boroba. Avec la crosse de son pistolet, le capitaine lui porta un coup à la mâchoire qui l'étourdit à moitié, puis il se libéra de Nadia et du singe en leur donnant des gifles. Kate Cold accourut pour secourir son petit-fils, le tirant hors du centre de la fusillade. Avec les cris et la confusion générale, personne n'entendait les ordres d'Ariosto.

En quelques minutes le village fut éclaboussé de taches de sang : il y avait trois soldats blessés par flèche et plusieurs Indiens morts, outre le cadavre de Karakawe et le corps inerte de Mauro Carías. Touchée par les balles, une femme était tombée et l'enfant qu'elle portait dans les bras se trouvait à terre, à un pas d'elle. Ludovic Leblanc, qui depuis l'apparition des Indiens s'était prudemment tenu à distance, à l'abri derrière un arbre, eut une réaction inattendue. Il s'était jusqu'alors comporté comme un paquet de nerfs, mais en voyant l'enfant exposé à la violence, il trouva quelque part en lui du courage, traversa en courant le champ de bataille et souleva le pauvre nourrisson dans ses bras. C'était un bébé de quelques mois, couvert du sang de sa mère et pleurant désespérément. Leblanc resta là, au milieu du chaos, le serrant étroitement contre sa poitrine, tremblant de rage et de désarroi. Ses pires cauchemars s'étaient complètement retournés : les sauvages n'étaient pas les Indiens, c'étaient eux. Enfin il s'approcha de Kate Cold, qui essayait de rincer la bouche ensanglantée de son petit-fils avec un peu d'eau, et il lui tendit l'enfant.

« Tenez, Cold, vous êtes une femme, vous saurez quoi faire avec ça », lui dit-il.

L'écrivain, surprise, reçut l'enfant dans les mains et le tint bras tendus, comme s'il s'agissait d'un bouquet de fleurs. Il y avait tant d'années qu'elle n'en avait pas tenu un, qu'elle ne savait comment s'y prendre.

A ce moment, Nadia avait réussi à se relever et elle observait le camp jonché de corps. Elle s'approcha des Indiens, essayant de les reconnaître, mais son père l'obligea à reculer en la prenant dans ses bras, l'appelant par son nom et lui murmurant des paroles apaisantes. Nadia arriva à voir qu'Iyomi et Tahama n'étaient pas parmi les cadavres et elle pensa qu'au moins les *Gens de la brume* avaient encore deux de leurs chefs, car les deux autres, Aigle et Jaguar, avaient échoué dans leur mission.

*

« Mettez-vous tous contre cet arbre ! » ordonna le capitaine Ariosto aux membres de l'expédition. Le militaire était livide, et son arme tremblait dans sa main. Les choses avaient très mal tourné.

Kate Cold, Timothy Bruce, le professeur Leblanc et les deux enfants lui obéirent. Alex avait une dent cassée, la bouche pleine de sang et il était encore hébété par le coup de crosse qu'il avait reçu à la mâchoire. Nadia semblait en état de choc, un cri bloqué dans la poitrine, les yeux fixés sur les Indiens morts et sur les soldats qui gémissaient, couchés au sol. Etrangère à tout ce qui l'entourait, le docteur Omayra Torres, le visage baigné de larmes, soutenait sur ses jambes la tête de Mauro Carías, l'embrassant et le suppliant de ne pas mourir, de ne pas l'abandonner, tandis que ses vêtements se tachaient de sang. « Nous allions nous marier... », répétait-elle comme une litanie.

« Le docteur est complice de Mauro Carías. C'est d'elle qu'il parlait quand il disait que quelqu'un qui avait toute sa confiance voyagerait avec l'expédition, tu te rappelles ? Et nous qui accusions Karakawe ! » murmura Alex à Nadia, mais, frappée de terreur, elle était incapable de l'entendre.

Le garçon comprit que le plan de l'homme d'affaires pour exterminer les Indiens par une épidémie de rougeole exigeait la collaboration du docteur Torres. Depuis plusieurs années les indigènes mouraient en masse, victimes de cette maladie et d'autres, malgré les efforts des autorités pour les protéger. Une fois qu'une épidémie éclatait on ne pouvait plus rien, car les Indiens n'avaient pas de défenses ; ils avaient vécu isolés pendant des milliers d'années et leur système immunitaire ne résistait pas aux virus des Blancs. Un rhume ordinaire pouvait les tuer en quelques jours, à plus forte raison des maux plus graves. Les médecins qui étudiaient le problème ne comprenaient pas pourquoi aucune des mesures préventives ne donnait de résultat. Personne ne pouvait imaginer qu'Omayra Torres, la personne chargée de vacciner les

Indiens, était celle qui leur injectait la mort afin que son amant pût s'approprier leurs terres.

Cette femme avait éliminé plusieurs tribus sans éveiller les soupçons, comme elle avait l'intention de le faire avec les *Gens de la brume*. Que lui avait promis Carías pour qu'elle commît un crime d'une telle ampleur ? Peut-être ne l'avait-elle pas fait pour de l'argent, seulement par amour pour cet homme. En tout cas, par amour ou par cupidité, le résultat était le même : des centaines d'hommes, de femmes et d'enfants avaient été assassinés. Et sans Nadia Santos, qui avait vu Omayra Torres et Mauro Carías s'embrasser, les desseins de ce couple n'avaient aucune chance d'être découverts. Grâce à l'intervention opportune de Karakawe – qui l'avait payé de sa vie –, le plan avait échoué.

Alexander Cold comprenait à présent le rôle que Mauro Carías avait fait jouer aux membres de l'expédition de l'*International Geographic*. Deux semaines après que l'on aurait inoculé aux Indiens le virus de la rougeole, une épidémie se serait déclarée dans la tribu et la contagion se serait rapidement étendue à d'autres villages. Alors cet étourdi de professeur Leblanc aurait affirmé devant la presse mondiale qu'il avait été présent lorsqu'avait eu lieu le premier contact avec les *Gens de la brume*. On ne pourrait accuser personne : on avait pris les précautions nécessaires pour protéger le village. L'anthropologue, avec le reportage de Kate Cold et les photographies de Timothy Bruce à l'appui, aurait prouvé que tous les membres de la tribu avaient été vaccinés. Au yeux du monde, l'épidémie serait un malheur inévitable et personne ne soupçonnerait quoi que ce fût ; de plus,

Mauro Carías s'assurait ainsi que le gouvernement ne mènerait pas d'enquête. C'était une méthode d'extermination propre et efficace, qui ne laissait aucune trace de sang, comme les balles et les bombes qu'on avait employées pendant des années contre les indigènes pour « nettoyer » le territoire de l'Amazonie et ouvrir la voie aux mineurs, aux trafiquants, aux colons et aux aventuriers.

En entendant les dénonciations de Karakawe, le capitaine Ariosto avait perdu la tête et il l'avait tué pour protéger Carías ainsi que lui-même. Il agissait avec l'assurance que lui conférait son uniforme. Dans cette région reculée et presque déserte, que le long bras de la loi n'atteignait pas, personne ne mettait sa parole en doute. Cela lui donnait un dangereux pouvoir. C'était un homme rude et sans scrupules, qui avait passé des années dans des postes frontières et qui était habitué à la violence. Comme si l'arme qu'il portait à sa ceinture et sa condition d'officier n'étaient pas suffisantes, il avait la protection de Mauro Carías. De son côté, l'homme d'affaires jouissait de relations dans les plus hautes sphères du gouvernement, il faisait partie de la classe dominante, avait beaucoup d'argent et de prestige, personne ne lui demandait de comptes. L'association d'Ariosto et de Carías avait bénéficié aux deux. Le capitaine calculait qu'en moins de deux ans il pourrait raccrocher son uniforme et, devenu millionnaire, partir vivre à Miami ; mais Mauro Carías gisait à présent à terre, la tête fracassée, et il ne pourrait plus le protéger. Cela signifiait la fin de son impunité. Il devrait justifier devant le gouvernement l'assassinat de Karakawe et de ces Indiens dont les corps gisaient au milieu du campement.

Kate Cold, tenant toujours le bébé dans ses bras, jugea que sa vie et celle des autres membres de l'expédition, y compris les enfants, étaient en grand danger, car Ariosto devait à tout prix éviter que ne soient divulgués les événements de Tapirawa-teri. Il n'était plus simplement question d'arroser les corps d'essence, d'y mettre le feu et de les faire passer pour disparus. Le capitaine avait raté son coup : la présence de l'expédition de l'*International Geographic* avait cessé d'être un avantage pour devenir un grave inconvénient. Il lui fallait se débarrasser des témoins, mais il devait le faire avec beaucoup de prudence, il ne pouvait les exécuter en leur tirant dessus sans s'attirer des ennuis. Par malheur pour les étrangers, ils se trouvaient très loin de la civilisation, et il était facile au capitaine d'effacer toute trace d'eux.

Kate Cold était persuadée que, si le militaire décidait de les assassiner, les soldats ne lèveraient pas le petit doigt pour intervenir, et qu'ils n'oseraient pas dénoncer leur supérieur. La forêt engloutirait la preuve des crimes. Elle ne pouvait pas rester les bras croisés à attendre le coup de grâce, il fallait faire quelque chose. Elle n'avait rien à perdre, la situation ne pouvait être pire. Ariosto était un scélérat, et en plus il était nerveux, il pouvait leur réserver le même sort qu'à Karakawe. Kate n'avait pas de plan, mais elle pensa que la première chose à faire était de créer une diversion dans les rangs ennemis.

« Capitaine, je crois que le plus urgent est d'envoyer ces hommes dans un hôpital, suggéra-t-elle en montrant Carías et les soldats blessés.

— Vous, la vieille, fermez-la ! » hurla le militaire.

Mais quelques minutes plus tard Ariosto fit transporter Mauro Carías et les trois soldats dans l'un des hélicoptères. Il ordonna à Omayra Torres d'essayer d'arracher les flèches des corps des blessés avant de les embarquer, mais le docteur l'ignora complètement : elle n'avait d'yeux que pour son amant moribond. Kate Cold et César Santos se chargèrent d'improviser des pansements avec des bouts de tissu pour éviter que les malheureux soldats ne continuent à se vider de leur sang.

*

Tandis que les militaires s'occupaient d'installer les blessés dans l'hélicoptère et essayaient en vain d'entrer en contact radio avec Santa María de la Lluvia, à voix basse Kate exposa au professeur Leblanc ses craintes sur la situation dans laquelle ils se trouvaient. L'anthropologue était lui aussi arrivé aux mêmes conclusions : ils couraient plus de danger entre les mains d'Ariosto qu'entre celles des Indiens ou de La Bête.

« Si nous pouvions nous enfuir dans la forêt... », murmura Kate.

Pour une fois, l'homme la surprit par une réaction raisonnable. Kate était tellement habituée aux crises de nerfs et aux sorties intempestives du professeur qu'en le voyant calme elle lui céda l'autorité de façon quasi automatique.

« Ce serait une folie, répliqua Leblanc avec fermeté. La seule manière de sortir d'ici, c'est en hélicoptère. La solution, c'est Ariosto. Par chance, il est ignorant et vaniteux, ce qui joue en notre faveur. Nous devons faire semblant de ne pas le soupçonner et le vaincre par la ruse.

— Comment ? demanda la journaliste, incrédule.

— En le manipulant. Il a peur, aussi allons-nous lui offrir l'occasion de sauver sa tête et, en plus, de sortir d'ici en héros, dit Leblanc.

— Ça, jamais ! s'exclama Kate.

— Ne soyez pas ridicule, Cold. C'est ce que nous allons lui proposer, mais cela ne signifie pas que nous tiendrons parole. Une fois sain et sauf hors de ce pays, Ludovic Leblanc sera le premier à dénoncer les atrocités commises contre ces pauvres Indiens.

— Je vois que votre opinion sur les Indiens a quelque peu changé », marmotta Kate Cold.

Le professeur ne daigna pas répondre. Il se redressa de toute sa petite taille, arrangea sa chemise tachée de boue et de sang et se dirigea vers le capitaine Ariosto.

« Comment allons-nous retourner à Santa María de la Lluvia, cher capitaine ? Nous ne tiendrons pas tous dans l'hélicoptère, dit-il en montrant les soldats et le groupe qui attendait près de l'arbre.

— Ne vous occupez pas de ça ! Ici, c'est moi qui donne les ordres ! beugla Ariosto.

— Bien sûr ! C'est un soulagement que vous ayez cette charge, capitaine, sinon nous serions dans une situation très pénible », commenta Leblanc doucement.

Déconcerté, Ariosto dressa l'oreille.

« Sans votre héroïsme, ces Indiens nous auraient tous massacrés », ajouta le professeur.

Ariosto, un peu tranquillisé, compta les personnes, vit que Leblanc avait raison et décida d'envoyer la moitié du contingent de soldats par le premier voyage. Cela le laissa seul avec cinq hommes et les membres de l'expédition, mais comme ceux-ci n'étaient pas armés, ils ne représentaient pas un danger. La machine décolla, soulevant des nuages de poussière rougeâtre. Elle s'éloigna au-dessus de la coupole verte de la forêt et se perdit dans le ciel.

*

Nadia Santos avait suivi les faits dans les bras de son père, avec Boroba. Elle regrettait d'avoir laissé le talisman de Walimaï dans le nid des œufs de cristal, car sans la protection de l'amulette elle se sentait perdue. Soudain, elle lança le cri de la chouette. Déconcerté, César Santos crut que sa pauvre fille avait enduré trop d'émotions et qu'elle faisait une crise de nerfs. La bataille qui s'était livrée dans le village avait été d'une grande violence, les gémissements des soldats blessés et la traînée de sang de Mauro Carías avaient été un spectacle terrifiant ; les corps des Indiens étaient toujours à terre là où ils étaient tombés, sans que personne fît mine de les ramasser. Le guide en conclut que Nadia était bouleversée par la brutalité des récents événements, il n'y avait pas d'autre explication aux hululements de sa fille. Alexander Cold dut, quant à lui, dissimuler un sourire de fierté en entendant son amie : Nadia avait recours à l'ultime planche de salut possible.

« Donnez-moi les rouleaux de pellicule ! » ordonna le capitaine Ariosto à Timothy Bruce.

Pour le photographe, cela revenait à donner sa vie. C'était un fanatique en ce qui concernait ses négatifs, jamais il ne s'était défait d'un seul et il les gardait tous, soigneusement classés, dans son studio de Londres.

« C'est une excellente idée que vous preniez des précautions pour que ces précieux négatifs ne se perdent pas, capitaine Ariosto, intervint Leblanc. Ils sont la preuve de ce qui s'est passé ici, de la manière dont cet Indien a attaqué monsieur Carías, de celle dont vos valeureux soldats sont tombés sous les flèches et dont vous-même vous êtes vu obligé de tirer sur Karakawe.

— Cet homme s'est mêlé de ce qui ne le regardait pas ! s'exclama le capitaine.

— Bien sûr ! C'était un fou. Il a voulu empêcher le docteur Torres de faire son devoir. Ses accusations n'avaient aucun sens ! Je suis désolé que les flacons de vaccin aient été détruits dans la confusion de la bagarre. A présent, on ne saura jamais ce qu'ils contenaient et on ne pourra pas prouver que Karakawe mentait », dit astucieusement Leblanc.

Ariosto fit une grimace, qui en d'autres circonstances aurait pu passer pour un sourire. Il rangea son arme dans son ceinturon, oublia les négatifs et, pour la première fois, cessa de répondre en criant. Peut-être ces étrangers ne suspectaient-ils rien, ils étaient plus bêtes qu'il ne le pensait, marmonna-t-il à part lui.

Kate Cold suivait bouche bée le dialogue de l'anthropologue et du militaire. Jamais elle n'aurait imaginé que ce gringalet de Leblanc fût capable d'un tel sang-froid.

« Tais-toi Nadia, s'il te plaît », pria César Santos quand Nadia répéta l'appel de la chouette pour la dixième fois.

« Je suppose que nous allons passer la nuit ici. Voulez-vous que nous préparions quelque chose pour le dîner, capitaine ? » proposa aimablement Leblanc.

Le militaire les autorisa à faire la cuisine et à circuler

dans le campement, mais il leur ordonna de rester dans un rayon de trente mètres, où il pourrait les voir. Il envoya les soldats ramasser les Indiens morts pour les rassembler au même endroit ; le lendemain, ils pourraient les enterrer ou les brûler. Ces heures de la nuit lui donneraient le temps de prendre une décision concernant les étrangers. Santos et sa fille pouvaient disparaître sans que personne pose de questions, mais avec les autres il fallait être prudent. Ludovic Leblanc était une célébrité, la vieille et son petit-fils étaient américains. D'après son expérience, quand quelque chose arrivait à un Américain, il y avait toujours une enquête ; ces gringos arrogants se prenaient pour les maîtres du monde.

*

Bien que ce fût le professeur Leblanc qui en ait eu l'idée, c'est César Santos et Timothy Bruce qui préparèrent le dîner, car l'anthropologue était incapable de faire cuire un œuf. Kate Cold s'excusa en expliquant qu'elle ne savait préparer que les boulettes de viande et qu'ici elle n'avait pas les ingrédients nécessaires ; elle était en outre très occupée à essayer de nourrir le bébé à la petite cuiller avec un mélange d'eau et de lait condensé. En attendant, Nadia s'assit pour scruter la végétation, répétant de temps en temps le cri de la chouette. Sur son ordre discret, Boroba sauta de ses bras et courut se perdre dans la forêt. Une demi-heure plus tard, le capitaine Ariosto se souvint des rouleaux de pellicule et obligea Timothy Bruce à les lui remettre sous le prétexte que Leblanc les lui avait donnés : entre ses mains, ils seraient en sécurité. Le photographe anglais eut beau discuter et même tenter de le soudoyer, le militaire resta fermement sur ses positions.

Ils mangèrent à tour de rôle, tandis que les soldats montaient la garde ; ensuite Ariosto envoya les membres de l'expédition dormir dans les tentes, où ils seraient un peu mieux protégés en cas d'attaque, comme il le dit, la vraie raison étant qu'ainsi il pourrait mieux les surveiller. Nadia et Kate Cold, avec le bébé, occupèrent l'une des tentes, Ludovic Leblanc, César Santos et Timothy Bruce l'autre. Le capitaine n'avait pas oublié la manière dont Alex s'était rué sur lui et il lui vouait une haine aveugle. A cause de ces gosses, et en particulier de ce maudit gamin américain, il se trouvait dans le pétrin jusqu'au cou, Mauro Carías avait le cerveau en bouillie, les Indiens s'étaient enfuis et son projet de s'installer à Miami une fois millionnaire était sérieusement compromis. Alexander représentait un risque pour lui, il devait être puni. Il décida de le séparer des autres et donna l'ordre de l'attacher à un arbre à l'une des extrémités du campement, loin des tentes des autres membres de son groupe et loin des lampes à pétrole. Furieuse, Kate Cold protesta vivement contre le traitement qu'on infligeait à son petit-fils, mais le capitaine la fit taire.

« C'est peut-être mieux ainsi, Kate, Jaguar est très malin, il trouvera sûrement le moyen de s'échapper, murmura Nadia.

— Ariosto a l'intention de le tuer pendant la nuit, j'en suis sûre, répliqua la journaliste, tremblante de rage.

— Boroba est allé chercher de l'aide, dit Nadia.

— Et tu crois que ce petit singe va nous sauver ? souffla l'autre.

— Boroba est très intelligent.

— Ma petite, tu es complètement timbrée ! s'exclama la grand-mère.

Plusieurs heures passèrent sans que personne dorme dans le campement, sauf le bébé, épuisé d'avoir pleuré. Kate Cold l'avait installé sur un tas de vêtements, se demandant ce qu'elle allait faire de cette pauvre créature : la dernière chose qu'elle désirait dans sa vie, c'était se charger d'un orphelin. La journaliste restait vigilante, convaincue qu'à tout moment Ariosto pouvait assassiner d'abord son petit-fils et ensuite les autres ; ou l'inverse : d'abord les assassiner, puis se venger d'Alex par une mort lente et horrible. Cet homme était très dangereux. Timothy Bruce et César Santos avaient eux aussi l'oreille collée à la toile de leur tente, essayant de deviner les mouvements des soldats au-dehors. Le professeur Ludovic Leblanc sortit quant à lui de la tente, sous prétexte d'aller faire ses besoins, et il resta à bavarder avec le capitaine Ariosto. L'anthropologue, conscient que chaque heure écoulée augmentait les risques qu'ils couraient et qu'il fallait distraire le capitaine, l'invita à faire une partie de cartes en partageant une bouteille de vodka, fournie par Kate Cold.

« N'essayez pas de me soûler, professeur, l'avertit Ariosto, mais il remplit son verre.

— Quelle idée, capitaine ! Une gorgée de vodka ne peut faire de mal à un homme comme vous. La nuit est longue, nous pouvons bien nous divertir un peu », répliqua Leblanc.

CHAPITRE 19

Protection

COMME cela arrivait souvent sur le haut plateau, la température baissa d'un coup dès que le soleil fut couché. Les soldats, habitués à la chaleur des terres basses, grelottaient dans leurs vêtements encore trempés de la pluie de l'après-midi, qui collaient à leur peau. Aucun ne dormait ; par ordre du capitaine, ils devaient tous monter la garde autour du campement. Ils restaient sur le qui-vive, tenant leur arme à deux mains. Ils ne craignaient plus seulement les démons de la forêt ou l'apparition de La Bête, mais aussi les Indiens, qui pouvaient revenir à tout moment pour venger leurs morts. Ils avaient l'avantage des armes à feu, mais les autres connaissaient le terrain et ils possédaient cette effroyable faculté de surgir du néant, comme des âmes en peine. S'il n'y avait eu ces corps entassés au pied d'un arbre, ils auraient pensé qu'ils n'étaient pas humains et que les balles ne pouvaient leur faire aucun mal. Les soldats attendaient le matin avec impatience pour s'envoler de là au plus tôt ;

le temps s'écoulait très lentement dans l'obscurité, et les bruits de la forêt environnante devenaient terrifiants.

Dans la tente des femmes, assise en tailleur près du bébé endormi, Kate Cold pensait à la manière d'aider son petit-fils et de sortir en vie de l'Œil du Monde. A travers la toile filtrait un peu de la clarté du feu et la journaliste pouvait apercevoir la silhouette de Nadia enveloppée dans le gilet de son père.

« Je vais sortir maintenant..., murmura l'adolescente.

— Tu ne peux pas sortir ! l'interrompit la femme.

— Personne ne me verra, je peux me rendre invisible. »

Kate Cold attrapa l'adolescente par les bras, persuadée qu'elle délirait.

« Nadia, écoute-moi... Tu n'es pas invisible. Personne n'est invisible, ce sont des histoires. Tu ne peux pas sortir d'ici.

— Si, je peux. Ne faites pas de bruit, madame Cold. Occupez-vous du bébé jusqu'à ce que je revienne, ensuite nous le rendrons aux siens », murmura Nadia. Il y avait un tel calme et une telle assurance dans sa voix, que Kate n'osa pas la retenir.

Nadia Santos se mit d'abord dans l'état mental de l'invisibilité, comme elle l'avait appris des Indiens, se réduisant au néant, un pur esprit transparent. Puis elle ouvrit silencieusement la fermeture de la tente et se glissa dehors, protégée par les ombres. Elle passa comme une discrète belette à quelques mètres de la table où le professeur Leblanc et le capitaine Ariosto jouaient aux cartes, devant les gardes armés qui guettaient autour du campement, puis devant l'arbre où Alex était attaché, et personne ne la vit. La fille s'éloigna du cercle de lumière vacillante des lampes et du feu, et elle disparut entre les arbres. Bientôt, le cri d'une chouette interrompit le coassement des crapauds.

*

Alex, comme les soldats, grelottait de froid. Il avait les jambes engourdies et les mains gonflées par des liens serrés aux poignets. Sa mâchoire lui faisait mal, il sentait sa peau tendue, il devait avoir une terrible contusion. Du bout de sa langue il touchait sa dent cassée et sentait sa gencive tuméfiée là où le coup de crosse du capitaine l'avait frappé. Il essayait de ne pas penser à toutes les heures sombres qui s'étendaient devant lui, ou à la possibilité d'être assassiné. Pourquoi Ariosto l'avait-il séparé des autres ? Qu'avait-il l'intention de faire de lui ? Il aurait voulu être le jaguar noir, posséder la force, le courage, l'agilité du grand félin, se changer en purs muscles, griffes et dents pour affronter Ariosto. Il pensa à la bouteille contenant l'eau de guérison qui attendait dans son sac, et à l'impérative nécessité de sortir vivant de l'Œil du Monde pour la rapporter à sa mère. Le souvenir de sa famille était vague, semblable à l'image diffuse d'une photo floue, où le visage de sa mère était à peine une tache pâle.

Vaincu par la fatigue, il commençait à dodeliner de la tête quand il sentit soudain des petites mains qui le touchaient. Il se redressa en sursaut. Dans l'obscurité il parvint à identifier Boroba qui flairait dans son cou et l'étreignait en gémissant doucement à son oreille. Boroba, Boroba, murmura le garçon, tellement ému que ses yeux s'emplirent de larmes. Ce n'était qu'un singe de la taille d'un écureuil, mais sa présence réveilla en lui une vague d'espoir. Il se laissa caresser par l'animal, profondément réconforté. Alors il se rendit compte qu'il y avait une autre présence à côté de lui, une présence invisible et silencieuse, dissimulée dans l'ombre des arbres. Il crut d'abord que c'était Nadia, mais très vite il prit conscience qu'il s'agissait de Walimaï. Le petit vieillard était accroupi à côté de lui, il pouvait percevoir son odeur de fumée, mais il avait beau aiguiser sa vue, il ne le voyait pas. Le chaman posa une main sur sa poitrine, comme s'il cherchait le battement de son cœur. Le poids et la chaleur de cette main amie donnèrent du courage au garçon et il se sentit plus tranquille; il cessa de trembler et put réfléchir en toute lucidité. Le couteau, le couteau, murmura-t-il. Il entendit le déclic du métal lorsqu'il s'ouvrit, et bientôt le fil de la lame glissa sur ses liens. Il ne bougea pas. Il faisait sombre et Walimaï n'avait jamais utilisé de couteau, il pouvait lui trancher les poignets, mais en une minute le vieil homme avait coupé les cordes et saisi son bras afin de le guider dans la forêt.

Dans le campement, le capitaine Ariosto avait mis fin à la partie de cartes et la bouteille de vodka était vide. Ludovic Leblanc ne savait plus comment le distraire et il restait encore bien des heures avant que le jour ne se lève. Contrairement à ce qu'il espérait, l'alcool n'avait pas abruti le militaire, qui avait vraiment des boyaux en acier. Il lui suggéra d'utiliser la radio, pour voir s'il pouvait entrer en communication avec la caserne de Santa María de la Lluvia. Ils manipulèrent l'appareil pendant un bon moment, dans un bruit assourdissant de parasites, mais il leur fut impossible d'établir une liaison avec l'opérateur. Ariosto était inquiet ; il n'était pas bon qu'il s'absente de la caserne, il devait rentrer au plus tôt afin de contrôler les versions qu'avaient données les soldats de ce qui s'était passé à Tapirawa-teri. Qu'est-ce que ses hommes allaient raconter ? Il devait envoyer un compte rendu à ses supérieurs militaires et affronter la presse avant que les commérages n'aillent bon train. Omayra Torres avait fait courir des bruits sur le virus de la rougeole. Si elle commençait à parler, il était fichu. Quelle idiote, cette femme ! bredouilla le capitaine.

Ariosto ordonna à l'anthropologue de regagner sa tente, puis il fit le tour du campement afin de s'assurer que ses hommes montaient bien la garde. Il se dirigea ensuite vers l'arbre où on avait attaché le jeune Américain, prêt à s'amuser un moment avec lui. A cet instant, l'odeur le frappa comme un coup de massue. Le choc le jeta à terre, sur le dos. Il voulut porter la main à sa ceinture pour sortir son arme, mais il ne put bouger. Il sentit monter en lui la nausée, tandis que son cœur explosait dans sa poitrine, puis plus rien. Il plongea dans l'inconscience. Il ne put voir La Bête dressée à trois pas de lui, l'arrosant directement de la puanteur mortifère de ses glandes.

L'asphyxiante fétidité envahit tout le campement, renversant d'abord les soldats puis ceux qui étaient protégés par la toile des tentes. En moins de deux minutes il ne restait plus personne debout. Pendant deux heures environ, un calme effroyable régna sur Tapirawa-teri et dans la forêt avoisinante, que même les oiseaux et les animaux avaient fuie, épouvantés par la puanteur. Les deux Bêtes qui avaient attaqué simultanément se retirèrent avec leur lenteur habituelle, mais leur odeur persista une bonne partie de la nuit. Personne dans le campement ne sut ce qui se passa pendant toutes ces heures, car tous ne reprirent connaissance que le lendemain. Plus tard ils virent les empreintes et purent en tirer des conclusions.

*

Alex, Boroba juché sur ses épaules et suivant Walimaï, se déplaça sous le couvert des ombres, évitant la végétation, jusqu'à ce que les lumières vacillantes du campement aient complètement disparu. Le chaman avançait comme en plein jour, peut-être en suivant son épouse-ange, qu'Alex ne pouvait voir. Ils zigzaguèrent entre les arbres pendant un bon moment et le vieil homme trouva enfin l'endroit où il avait laissé Nadia l'attendre. Nadia Santos et le sorcier avaient communiqué au moyen des cris de chouette pendant une bonne partie de l'après-midi et de la soirée, jusqu'à ce qu'elle pût enfin sortir du campement pour aller le retrouver. En se voyant, les jeunes amis tombèrent dans les bras l'un de l'autre, tandis que Boroba se pendait à sa maîtresse en poussant des cris de joie.

Walimaï confirma ce qu'ils savaient déjà : les membres de la tribu surveillaient le campement, mais ils avaient appris à craindre la magie des *nahab* et n'osaient pas les affronter. Les guerriers étaient si près qu'ils avaient entendu les pleurs du bébé, de même que l'appel des morts qui n'avaient pas encore reçu de dignes funérailles. Les esprits des hommes et de la femme assassinés étaient toujours dans leurs corps, dit Walimaï ; ils ne pouvaient s'en détacher sans une cérémonie appropriée et sans être vengés. Alex lui expliqua que la seule chance des Indiens était d'attaquer de nuit, parce que le jour les *nahab* utiliseraient l'oiseau de bruit et de vent pour survoler l'Œil du Monde jusqu'à ce qu'ils les trouvent.

« Si vous attaquez maintenant, quelques-uns mourront ; sinon, la tribu entière sera exterminée », dit Alex, et il ajouta qu'il était prêt à les conduire et à se battre avec eux, c'est pour ça qu'il avait été initié : lui aussi était un guerrier.

« Chef pour la guerre : Tahama. Chef pour négocier avec les *nahab* : toi, répliqua Walimaï.

— Il est trop tard pour négocier. Ariosto est un assassin.

— Tu as dit que quelques *nahab* sont mauvais, mais que d'autres *nahab* sont amis. Où sont les amis ? insista le sorcier.

— Ma grand-mère et quelques hommes du campement sont des amis. Le capitaine Ariosto et ses soldats sont des ennemis. Nous ne pouvons négocier avec eux.

— Ta grand-mère et ses amis doivent négocier avec les *nahab* ennemis.

— Les amis n'ont pas d'armes.

— Ils n'ont pas de magie ?

— Dans l'Œil du Monde, leur magie est faible. Mais il y a d'autres amis, dont la magie est forte, loin d'ici, dans les villes, dans d'autres parties du monde, précisa Alexander Cold, désespéré par les limites du langage.

— Alors tu dois aller où sont ces amis, conclut l'ancien.

— Comment ? Nous sommes prisonniers ici ! »

Walimaï ne répondit plus aux questions. Il resta accroupi à regarder la nuit, accompagné de son épouse qui avait adopté sa forme la plus transparente, si bien qu'aucun des deux adolescents ne pouvait la voir. Alex et Nadia passèrent ces heures sans dormir, tout près l'un de l'autre, essayant de se donner de la chaleur, sans parler, car il n'y avait pas grand-chose à dire. Ils pensaient au sort qui attendait Kate Cold, César Santos et les autres membres de leur groupe ; ils pensaient aux *Gens de la brume*, condamnés ; ils pensaient aux paresseux centenaires et à la cité d'or, à l'eau de guérison et aux œufs de cristal. Et qu'adviendrait-il d'eux, prisonniers dans la forêt ?

Une bouffée de la terrible odeur leur arriva brusquement, atténuée par la distance mais parfaitement reconnaissable. D'un bond ils se levèrent, mais Walimaï ne bougea pas, comme s'il l'attendait.

« Ce sont les Bêtes ! s'exclama Nadia.

— Peut-être, ou peut-être pas », commenta le chaman, impassible.

*

Le reste de la nuit passa très lentement. Peu avant l'aube le froid devint intense et les jeunes gens, pelotonnés avec Boroba, claquaient des dents, tandis que le vieux sorcier, immobile, le regard perdu dans les ombres, attendait. Aux premières lueurs de l'aube les singes et les oiseaux se réveillèrent, alors Walimaï donna le signal du départ. Ils le suivirent entre les arbres pendant un bon moment, jusqu'à ce qu'ils arrivent devant le campement, alors que la lumière du soleil traversait déjà le feuillage. Le feu et les lumières étaient éteints, il n'y avait aucun signe de vie et l'odeur imprégnait encore l'air, comme si cent moufettes avaient arrosé les lieux à cet instant. Se couvrant le visage de leurs mains, ils pénétrèrent dans le périmètre de ce qui, il y avait encore peu, était le paisible village de Tapirawa-teri. Les tentes, la table, la cuisinière, tout était renversé sur le sol ; partout il y avait des restes de nourriture dispersés, mais aucun singe ou oiseau ne fouillait les déchets et les décombres, car ils n'osaient pas affronter l'épouvantable puanteur des Bêtes. Même Boroba resta à l'écart, criant et sautant à plusieurs mètres de là. Walimaï se montra aussi indifférent à la puanteur qu'il l'avait été au froid pendant la nuit. Les adolescents n'eurent d'autre solution que de le suivre.

Il n'y avait personne, aucune trace des membres de l'expédition, ni des soldats, ni du capitaine Ariosto, ni des corps des Indiens assassinés. Les armes, l'équipement et même les appareils photo de Timothy Bruce étaient là ; ils virent aussi une grande tache de sang qui assombrissait la terre près de l'arbre où Alex avait été attaché. Après une brève inspection qui parut beaucoup le satisfaire, le vieux Walimaï entama la retraite. Les deux enfants partirent derrière lui sans poser de questions, tellement nauséeux à cause de l'odeur qu'ils pouvaient à peine se tenir debout. A mesure qu'ils s'éloignaient et remplissaient leurs poumons de l'air frais du matin, ils recouvraient leurs esprits, mais leurs tempes battaient et ils avaient mal au cœur. Boroba les rejoignit un peu plus loin, et le petit groupe s'enfonça dans la forêt.

*

Quelques jours plus tôt, en voyant les oiseaux de bruit et de vent tourner dans le ciel, les habitants de Tapirawa-teri avaient fui leur village, abandonnant leurs rares biens et leurs animaux domestiques, qui entravaient leur faculté de se cacher. Ils s'étaient déplacés sous le couvert de la végétation jusqu'à un endroit sûr, où ils avaient installé leurs abris provisoires dans les branches des arbres. Les groupes de soldats envoyés par Ariosto étaient passés tout près sans les voir, alors qu'aucun mouvement des étrangers n'avait échappé aux guerriers de Tahama, dissimulés dans la nature.

Iyomi et Tahama avaient longuement parlé des *nahab* et de l'opportunité de s'approcher d'eux, comme l'avaient conseillé Jaguar et Aigle. Iyomi était d'avis que son peuple ne pourrait éternellement se cacher dans les arbres, comme les singes, que le temps était venu de rendre visite aux *nahab* et de recevoir leurs cadeaux et leurs vaccins, car c'était inévitable. Tahama considérait qu'il valait mieux mourir en se battant ; mais Iyomi était le chef des chefs et son opinion l'avait finalement emporté. Elle avait décidé d'être la première à s'approcher, c'est pourquoi elle était arrivée seule au campement, coiffée de la superbe couronne de plumes jaunes devant montrer aux *nahab* qui était l'autorité. La présence parmi les étrangers d'Aigle et de Jaguar, qui étaient revenus de la montagne sacrée, l'avait rassurée. C'étaient des amis et ils pourraient traduire ; ainsi, ces pauvres êtres vêtus de nippes puantes ne se sentiraient pas aussi perdus devant elle. Les *nahab* l'avaient bien reçue, sans doute étaient-ils impressionnés par son port majestueux et ses nombreuses rides, preuves de tout le temps qu'elle avait vécu et des connaissances qu'elle avait acquises. Malgré la nourriture qu'ils lui avait offerte, la vieille femme s'était vue obligée d'exiger qu'ils quittent l'Œil du Monde, parce qu'ils dérangeaient ; voilà tout ce qu'elle avait à dire, et elle n'était pas disposée à négocier. Elle s'était majestueusement retirée avec son bol de viande et de maïs, certaine d'avoir terrorisé les *nahab* par le poids de son immense dignité.

En voyant le succès de la visite d'Iyomi, le reste de la tribu s'était armé de courage et avait suivi son exemple. C'est ainsi qu'ils étaient revenus à l'emplacement de leur village, maintenant piétiné par les étrangers, qui ne connaissaient évidemment pas la règle la plus élémentaire de prudence et de courtoisie : on ne doit pas visiter un *shabono* sans y avoir été invité. Là, les Indiens virent les grands oiseaux luisants, les tentes et les étranges *nahab*, sur lesquels ils avaient entendu tant d'histoires effroyables. Ces étrangers aux manières vulgaires méritaient quelques bons coups de massue sur la tête, mais sur l'ordre d'Iyomi les Indiens durent se montrer patients envers eux. Pour ne pas les offenser, ils acceptèrent leur nourriture et leurs cadeaux, puis s'en furent chasser et récolter du miel et des fruits ; ainsi allaient-ils pouvoir payer de retour les cadeaux reçus, comme il se devait.

Le lendemain, quand Iyomi fut certaine que Jaguar et Aigle étaient toujours là, elle autorisa la tribu à se présenter à nouveau devant les *nahab* pour se faire vacciner. Ni elle ni personne ne put expliquer ce qui arriva alors. Ils ne comprirent pas pourquoi les enfants étrangers, qui avaient tellement insisté sur la nécessité de se faire vacciner, s'y étaient violemment opposés. Ils entendirent un bruit inconnu, semblable à de brefs coups de tonnerre. Ils virent qu'en se brisant les flacons avaient libéré le *Rahakanariwa* et que sous sa forme invisible celui-ci attaquait les Indiens, qui tombèrent morts sans avoir été touchés par des flèches ou des coups de massue. Dans la violence de la bagarre, les autres s'échappèrent comme ils purent, déconcertés et confus. Ils ne savaient plus qui étaient leurs amis et qui leurs ennemis.

Enfin, Walimaï parvint à leur donner quelques explications. Il dit qu'Aigle et Jaguar étaient des amis et qu'il fallait les aider, mais que tous les autres pouvaient être des ennemis. Il dit que le *Rahakanariwa* était libre et pouvait prendre n'importe quelle forme : il fallait des exhortations très puissantes pour le renvoyer au royaume des esprits. Il dit aussi qu'ils avaient besoin de faire appel aux dieux. Alors on appela les deux paresseux géants qui n'étaient pas encore retournés au *tepuy* sacré et déambulaient dans l'Œil du Monde; pendant la nuit, on les conduisit au village en ruine. Jamais ils n'auraient pris seuls l'initiative de s'approcher de la demeure des Indiens, ils ne l'avaient jamais fait pendant des milliers et des milliers d'années. Il fallut que Walimaï leur fasse comprendre que ce n'était plus le village des *Gens de la brume,* car il avait été profané par la présence des *nahab* et par les meurtres commis sur son sol. Tapirawa-teri devrait être reconstruit dans un autre endroit de l'Œil du Monde, loin de là, où les âmes des humains et les esprits des ancêtres se sentiraient bien, où la méchanceté ne contaminerait pas la noble terre. Les Bêtes se chargèrent d'arroser le campement des *nahab*, effaçant les amis comme les ennemis.

Les guerriers de Tahama durent attendre des heures avant que l'odeur s'estompe suffisamment pour pouvoir s'approcher. Ils commencèrent par ramasser les corps des Indiens et les emportèrent pour leur préparer les funérailles appropriées, puis ils retournèrent chercher les autres et ils les traînèrent, y compris le cadavre du capitaine Ariosto mis en pièces par les terribles griffes de l'un des dieux.

*

Les *nahab* s'éveillèrent peu à peu, les uns après les autres. Ils se retrouvèrent dans une clairière de la forêt, couchés à terre et tellement hébétés qu'ils ne se rappelaient même plus leurs propres noms, et encore moins la manière dont ils étaient arrivés là. Kate Cold fut la première à réagir. Elle n'avait pas la moindre idée de l'endroit où elle se trouvait ni de ce qu'il était advenu du campement, de l'hélicoptère, du capitaine et surtout de son petit-fils. Elle se souvint du bébé et le chercha autour d'elle, mais fut incapable de le trouver. Elle secoua les autres, qui sortirent bientôt de leur engourdissement. Tous avaient horriblement mal à la tête et dans les articulations, ils vomissaient, toussaient et pleuraient, ayant l'impression d'avoir reçu des coups de bâton, mais aucun ne portait de traces de violence.

Le dernier à ouvrir les yeux fut le professeur Leblanc; l'expérience l'avait tellement affecté qu'il fut incapable de se mettre debout. Kate Cold pensa qu'une tasse de café et une gorgée de vodka leur feraient du bien à tous, mais il n'y avait rien qu'on pût avaler. La puanteur des Bêtes imprégnait encore leurs vêtements, leurs cheveux et leur peau; ils durent se traîner jusqu'à un ruisseau proche et rester un bon moment dans l'eau. Les cinq soldats étaient perdus sans leurs armes et sans leur capitaine, si bien que lorsque César Santos prit le commandement ils lui obéirent sans sourciller. Timothy Bruce, assez irrité d'avoir été si près de La Bête sans l'avoir photographiée, voulait retourner au campement chercher ses appareils photo, mais il ne savait dans quelle direction partir et personne ne semblait disposé à l'accompagner. Le flegmatique Anglais, qui avait accompagné Kate Cold dans des guerres, des cataclysmes et de nombreuses aventures, perdait rarement son expression ennuyée, mais les derniers événements avaient réussi à le mettre de mauvaise humeur. Kate Cold et César Santos ne pensaient, respectivement, qu'à leurs petit-fils et fille. Où étaient les enfants?

Le guide examina le terrain avec la plus grande attention et trouva des branches cassées, des plumes, des semences et d'autres indices des *Gens de la brume*. Il en conclut que les Indiens les avaient conduits jusqu'à cet endroit, leur sauvant ainsi la vie, sinon ils seraient morts asphyxiés ou étripés par les Bêtes. Il ne pouvait s'expliquer pourquoi, dans ce cas, les Indiens n'en avaient pas profité pour les tuer, vengeant ainsi leurs morts. S'il avait été en condition de réfléchir, le professeur Leblanc se serait vu une fois de plus obligé de réviser sa théorie sur la férocité de ces gens, mais le pauvre anthropologue gémissait, à plat ventre par terre, terrassé par la nausée et la migraine.

Tous étaient persuadés que les *Gens de la brume*

reviendraient, et ce fut exactement ce qui se passa : soudain, la tribu au complet surgit de la forêt. Son incroyable capacité à se déplacer dans un silence absolu et à se matérialiser en quelques secondes lui permit d'entourer les étrangers avant que ces derniers n'aient eu le temps de s'en rendre compte. Les soldats responsables de la mort des Indiens tremblaient comme des enfants. Tahama s'approcha et les regarda droit dans les yeux, mais sans les toucher; peut-être pensa-t-il que ces vers de terre ne méritaient pas qu'un guerrier aussi noble que lui leur donnât quelques bons coups de massue.

Iyomi fit un pas en avant et se lança dans un long discours dans sa langue, que personne ne comprit, puis elle attrapa Kate Cold par sa chemise et se mit à crier à deux centimètres de son visage. La seule chose qui vint à l'esprit de la journaliste fut de prendre la vieille à la couronne de plumes jaunes par les épaules et de lui répondre en criant en anglais. Les deux grands-mères restèrent ainsi un bon moment à se jeter au visage des invectives incompréhensibles, jusqu'à ce qu'Iyomi, fatiguée, fasse demi-tour et aille s'asseoir sous un arbre. Les autres Indiens s'assirent aussi, parlant entre eux, mangeant des fruits, des noix et des champignons qu'ils trouvaient entre les racines et se faisaient passer de main en main, tandis que Tahama et plusieurs de ses guerriers restaient vigilants, mais sans agresser personne. Kate Cold repéra le bébé qu'elle avait soigné dans les bras d'une jeune fille, et elle se réjouit de ce qu'il eût survécu à la puanteur fatale de La Bête et fût revenu parmi les siens.

Au milieu de l'après-midi apparurent Walimaï et les deux enfants. Kate Cold et César Santos coururent à leur rencontre et les serrèrent dans leurs bras, soulagés, car ils avaient craint de ne plus jamais les revoir. Avec la présence de Nadia, la communication devint plus aisée ; elle put traduire, éclaircissant ainsi certains points. Les étrangers apprirent que les Indiens ne faisaient pas encore la relation entre la mort de leurs compagnons et les armes à feu des soldats, car ils n'en avaient jamais vu. Tout ce qu'ils voulaient, c'était reconstruire leur village sur un autre site, consommer les cendres de leurs morts et retrouver la paix qu'ils avaient toujours connue. Ils voulaient renvoyer le *Rahakanariwa* chez lui, parmi les démons, et débarrasser l'Œil du Monde des *nahab.*

Le professeur Leblanc, ayant quelque peu recouvré ses esprits, bien qu'encore étourdi et mal en point, prit la parole. Il avait perdu le chapeau australien orné de petites plumes, il était sale et puait, comme eux tous, avec ses vêtements imprégnés de l'odeur des Bêtes. Nadia traduisit, en arrangeant les phrases, afin que les Indiens ne croient pas que les *nahab* étaient tous aussi arrogants que ce petit homme.

« Vous pouvez être tranquilles. Je promets de me charger personnellement de protéger les *Gens de la brume.* Quand Ludovic Leblanc parle, le monde écoute », assura le professeur.

Il ajouta qu'il allait publier ses impressions sur ce qu'il avait vu, non seulement dans l'article de l'*International Geographic*, mais également dans un autre livre qu'il écrirait. Grâce à lui, assura-t-il, l'Œil du Monde serait déclaré réserve indigène et protégé de toute forme d'exploitation. Ils verraient qui était Ludovic Leblanc.

Les *Gens de la brume* ne comprirent pas un mot de

cette tirade, mais Nadia résuma en disant qu'il était un *nahab* ami. Kate Cold ajouta qu'elle et Timothy Bruce aideraient Leblanc dans son action, grâce à quoi ils furent également intégrés dans la catégorie des *nahab* amis. Enfin, après des négociations interminables pour déterminer qui étaient les amis et qui les ennemis, les indigènes acceptèrent de tous les reconduire à l'hélicoptère, le lendemain. Ils espéraient que l'odeur des Bêtes aurait alors diminué à Tapirawa-teri.

Iyomi, toujours pratique, donna l'ordre aux guerriers de partir chasser, tandis que les femmes préparaient le feu et des hamacs pour passer la nuit.

*

« Je te répète la question que je t'ai déjà posée, Alexander : que sais-tu de La Bête ? dit Kate Cold à son petit-fils.

— Il n'y a pas une seule Bête, Kate, il y en a plusieurs. Elles ressemblent à des paresseux gigantesques, des animaux très anciens, peut-être de l'âge de pierre, ou même plus vieux.

— Tu les as vues ?

— Si je ne les avais pas vues je ne pourrais pas les décrire, tu ne crois pas ? J'en ai vu onze, mais je crois qu'il y en a une ou deux autres qui rôdent dans les parages. Elles semblent avoir un métabolisme très lent, elles vivent très longtemps, peut-être des siècles. Elles apprennent, elles ont une bonne mémoire et, tu ne vas pas me croire, elles parlent, expliqua Alex.

— Tu te payes ma tête ! s'exclama sa grand-mère.

— C'est sûr. On ne peut pas dire qu'elles soient très éloquentes, mais elles parlent la même langue que les *Gens de la brume.* »

Alexander Cold essaya de lui expliquer qu'en échange de la protection des Indiens ces êtres conservaient leur histoire dans leur mémoire.

« Un jour tu m'as dit que les Indiens n'avaient pas besoin de l'écriture parce qu'ils avaient une bonne mémoire. Les paresseux sont la mémoire vivante de la tribu, ajouta le garçon.

— Où les as-tu vus, Alexander ?

— Je ne peux pas te le dire, c'est un secret.

— Je suppose qu'ils vivent là où tu as trouvé l'eau de guérison..., risqua sa grand-mère.

— Peut-être, ou peut-être pas, répliqua son petit-fils, ironique.

— Il faut que je voie ces Bêtes et que je les photographie, Alexander.

— Pourquoi ? Pour un article dans une revue ? Ce serait la fin de ces pauvres créatures, Kate, on viendrait les chasser pour les enfermer dans des jardins zoologiques ou les étudier dans des laboratoires.

— Je dois écrire quelque chose, c'est pour ça qu'on m'a engagée...

— Ecris que La Bête est une légende, une pure superstition. Je t'assure que personne ne les reverra pendant très, très longtemps. On les oubliera. Il est plus intéressant d'écrire sur les *Gens de la brume*, ce peuple qui est resté le même depuis des milliers d'années et qui peut disparaître à tout moment. Raconte qu'on allait leur injecter le virus de la rougeole, comme on l'a fait avec d'autres groupes indigènes. Tu peux les rendre célèbres, Kate, et ainsi les sauver de l'extermination. Tu peux devenir la protectrice des *Gens de la brume* et, avec un peu d'habileté, faire de Leblanc ton allié. Ta plume peut apporter un peu de justice dans cette région, tu peux dénoncer les criminels comme Carías et Ariosto, remettre en question le rôle des militaires et conduire Omayra Torres devant les tribunaux. Tu dois faire quelque chose, ou bientôt il y aura d'autres canailles pour commettre des crimes dans cette région du monde avec toujours la même impunité.

— Je vois que tu as beaucoup grandi au cours de ces semaines, Alexander, admit Kate Cold, admirative.

— Peux-tu m'appeler Jaguar, grand-mère ?

— Comme la marque de voiture ?

— Oui.

— Chacun ses goûts. Je peux t'appeler comme tu veux, du moment que tu ne m'appelles pas grand-mère, répliqua Kate.

— D'accord, Kate.

— D'accord, Jaguar. »

Ce soir-là les *nahab* partagèrent avec les Indiens un repas frugal de singe boucané. Depuis l'arrivée des oiseaux de bruit et de vent à Tapirawa-teri, les membres de la tribu avaient perdu leur jardin, leurs bananes et leur manioc, et comme ils n'avaient pas pu faire de feu, pour ne pas se faire repérer par leurs ennemis, cela faisait plusieurs jours qu'ils avaient faim. Tandis que Kate Cold essayait d'échanger des informations avec Iyomi et les autres femmes, le professeur Leblanc, fasciné, interrogeait Tahama sur leurs coutumes et sur les arts de la guerre.

Nadia, qui était chargée de traduire, s'aperçut que Tahama avait un méchant sens de l'humour et qu'il racontait n'importe quoi au professeur. Il lui dit, entre autres choses, qu'il était le troisième mari d'Iyomi et qu'il n'avait jamais eu d'enfants, ce qui fit s'écrouler la théorie de Leblanc sur la supériorité génétique des *mâles alpha.* Dans un avenir proche ces histoires de Tahama deviendraient la base d'un autre livre du célèbre professeur Ludovic Leblanc.

Le lendemain les *Gens de la brume,* avec Iyomi et Walimaï à leur tête, Tahama et ses guerriers en arrière-garde, reconduisirent les *nahab* à Tapirawa-teri. A cent mètres du village ils virent le corps du capitaine Ariosto, que les Indiens avaient mis entre deux grosses branches d'un arbre, pour nourrir les oiseaux et les animaux, comme ils le faisaient avec ceux qui ne méritaient pas de cérémonie funéraire. Il était tellement déchiqueté par les griffes de La Bête que les soldats n'eurent pas le courage de le décrocher pour le ramener à Santa María de la Lluvia. Ils décidèrent qu'ils reviendraient plus tard pour récupérer ses os et lui donner une sépulture chrétienne.

« La Bête a fait justice », murmura Kate.

César Santos ordonna à Timothy Bruce et Alexander Cold de ramasser toutes les armes des soldats, qui étaient dispersées dans le campement, afin d'éviter une autre explosion de violence au cas où quelqu'un deviendrait nerveux. Il était cependant peu probable que cela arrive, car l'odeur des Bêtes, qui les imprégnait encore, les avait tous décomposés et les rendait dociles. Santos fit monter l'équipement dans l'hélicoptère, sauf les tentes, qui furent enterrées, car il jugea qu'il serait impossible de les débarrasser de l'infecte odeur. Entre les tentes démontées Timothy Bruce retrouva ses appareils photo et plusieurs rouleaux de pellicule, bien que ceux réquisitionnés par le capitaine Ariosto fussent devenus inutilisables, car le militaire les avait exposés à la lumière. De son côté Alex récupéra son sac dans lequel, intacte, se trouvait la bouteille contenant l'eau de guérison.

Les membres de l'expédition se préparèrent rapidement pour rentrer à Santa María de la Lluvia. Ils n'avaient pas de pilote, car à l'aller cet hélicoptère avait été conduit par le capitaine Ariosto et l'autre pilote était reparti avec le premier. Santos n'avait jamais piloté l'un de ces appareils, mais il était sûr que s'il était capable de faire voler son petit avion déglingué, il saurait se débrouiller.

Le moment était venu de faire leurs adieux aux *Gens de la brume*. Ils le firent en échangeant des cadeaux, comme c'était la coutume chez les Indiens. Les uns se défirent de leurs ceinturons, de leurs machettes, de leurs couteaux et de leurs ustensiles de cuisine, les autres enlevèrent leurs plumes, leurs graines, leurs orchidées et leurs colliers de dents. Alex donna sa boussole à Tahama, qui la suspendit à son cou en guise de pendentif, et celui-ci offrit au jeune Américain une poignée de dards empoisonnés au curare ainsi qu'une sarbacane de trois mètres de long, qu'ils eurent du mal à faire entrer dans l'espace réduit de l'hélicoptère. Iyomi revint saisir Kate Cold par sa chemise et lui crier un discours auquel la journaliste répondit en anglais avec la même fougue. Au dernier instant, alors que les *nahab* s'apprêtaient à monter dans l'oiseau de bruit et de vent, Walimaï remit à Nadia un petit panier.

CHAPITRE 20

Chemins séparés

LE vol de retour à Santa María de la Lluvia fut un cauchemar, car César Santos mit plus d'une heure à maîtriser les commandes et à stabiliser l'appareil. Pendant cette première heure, personne ne crut revenir vivant à la civilisation, et même Kate Cold, qui avait le sang froid d'un poisson des abysses, dit adieu à son petit-fils avec une ferme poignée de main.

« Adieu, Jaguar. Je crains que notre route ne s'arrête là. Je regrette que ta vie ait été si courte », lui dit-elle.

Les soldats priaient à haute voix et buvaient de l'alcool pour se calmer les nerfs, tandis que Timothy Bruce manifestait son profond mécontentement en levant le sourcil gauche, ce qu'il faisait quand il était sur le point d'exploser. Les seuls vraiment calmes étaient Nadia, qui avait perdu sa peur de l'altitude et faisait confiance à la main ferme de son père, et le professeur Leblanc, qui avait tellement mal au cœur qu'il n'eut pas conscience du danger.

Quelques heures plus tard, après un atterrissage aussi mouvementé que le décollage, les membres de l'expédition purent enfin s'installer dans le misérable hôtel de Santa María de la Lluvia. Ils rentreraient le lendemain à Manaus, où ils prendraient l'avion pour leurs pays. Ils feraient la traversée par le Río Negro en bateau, comme à l'arrivée, car le petit avion de César Santos refusa de décoller malgré son moteur neuf. Joel González, l'assistant de Timothy Bruce, qui s'était suffisamment remis, partirait avec eux. Les religieuses avaient improvisé un corset de plâtre, qui l'immobilisait du cou jusqu'aux hanches, et elles prévoyaient que ses côtes se remettraient en place sans problème, mais il était possible que le malheureux ne guérisse jamais de ses cauchemars. Il rêvait chaque nuit qu'un anaconda l'étreignait de ses anneaux.

Les religieuses assurèrent que les trois soldats blessés se remettraient aussi, car par chance pour eux les flèches n'étaient pas empoisonnées, mais qu'en revanche l'avenir de Mauro Carías était des plus sombres. Le coup de massue de Tahama lui avait abîmé le cerveau, et dans le meilleur des cas il resterait impotent, dans une chaise roulante, pour le restant de ses jours, la tête dans les nuages et alimenté par une sonde. Il avait déjà été conduit à Caracas dans son petit avion avec Omayra Torres, qui ne le quittait pas un instant. La femme ne savait pas qu'Ariosto était mort et qu'il ne pourrait plus la protéger ; elle ne se doutait pas non plus que, dès que les étrangers raconteraient ce qui était arrivé avec les faux vaccins, elle devrait répondre de ses actes devant la justice. Elle avait les nerfs à vif, ne cessant de répéter que tout était de sa faute, que Dieu les avait punis, Mauro Carías et elle, à cause du virus de la rougeole. Personne ne comprenait ses étranges déclarations, mais le père Valdomero, qui était allé apporter un réconfort spirituel au moribond, y fit attention et prit note de ses paroles. Le prêtre, comme Karakawe, se doutait depuis longtemps que Mauro Carías avait un plan pour exploiter les terres des Indiens, mais il n'avait pu découvrir en quoi il consistait. Les apparentes divagations du docteur lui en donnèrent la clé.

Tant que le capitaine Ariosto avait commandé la garnison, l'homme d'affaires avait fait ce qu'il voulait sur ce territoire. Le missionnaire n'avait pas le pouvoir de démasquer ces hommes, bien que pendant des années il eût fait part de ses soupçons à l'Eglise. Ses avertissements avaient été ignorés, parce qu'il manquait de preuves et qu'en outre on le considérait comme à moitié fou ; Mauro Carías s'était chargé de répandre le bruit que le prêtre délirait depuis qu'il avait été enlevé par les Indiens. Le père Valdomero avait même fait un voyage au Vatican pour dénoncer les abus commis contre les indigènes, mais ses supérieurs ecclésiastiques lui avaient rappelé que sa mission était de porter la parole du Christ en Amazonie, pas de s'immiscer dans la politique. L'homme était revenu vaincu, se demandant comment on pouvait prétendre sauver les âmes pour le ciel si on ne commençait pas par sauver les vies sur terre. D'autre part, il n'était pas convaincu de l'opportunité de christianiser les Indiens, qui avaient leur propre forme de spiritualité. Ils avaient vécu des milliers d'années en harmonie avec la nature, comme Adam et Eve au Paradis, quel besoin avait-on de leur inculquer l'idée du péché ? pensait le père Valdomero.

Lorsqu'il apprit que le groupe de l'*International Geographic* était de retour à Santa María de la Lluvia et que le capitaine Ariosto était mort de manière inexplicable, le missionnaire se présenta à l'hôtel. Les versions des soldats sur ce qui s'était passé sur le haut plateau étaient contradictoires : les uns rejetaient la faute sur les Indiens, d'autres sur La Bête, et il y en eut même un pour accuser les membres de l'expédition. En tout cas, sans Ariosto dans les parages, il y avait enfin une petite chance de faire justice. Bientôt, un autre militaire serait responsable des troupes et l'on ne pourrait être certain qu'il fût plus honnête qu'Ariosto ; il pouvait lui aussi succomber à la corruption et au crime, comme cela arrivait souvent en Amazonie.

Le père Valdomero remit les informations qu'il avait réunies au professeur Ludovic Leblanc et à Kate Cold. L'idée que Mauro Carías répandait des épidémies avec la complicité du docteur Omayra Torres et la protection d'un officier de l'armée était tellement horrible que personne ne le croirait sans preuves.

« La nouvelle que l'on massacre les Indiens de cette manière ébranlerait le monde. C'est dommage que nous ne puissions le prouver, dit la journaliste.

— Je crois que c'est possible », répondit César Santos en sortant de la poche de sa veste l'un des flacons des prétendus vaccins.

Il expliqua que Karakawe avait réussi à le soustraire à l'équipement du docteur peu avant d'être assassiné par Ariosto.

« Alexander et Nadia l'avaient surpris en train de fouiller dans les caisses de vaccins, dit Kate Cold, et bien qu'il les ait menacés s'ils le dénonçaient, les enfants me l'avaient raconté. Nous avons cru que Karakawe était envoyé par Carías, nous n'avons jamais pensé qu'il était un agent du gouvernement.

— Je savais que Karakawe travaillait pour le Département de Protection de l'indigène, et c'est pourquoi j'ai suggéré au professeur Leblanc de l'embaucher pour être son assistant personnel. Il pouvait ainsi accompagner l'expédition sans soulever de soupçons, expliqua César Santos.

— Autrement dit vous m'avez utilisé, Santos, fit remarquer le professeur.

— Vous vouliez que quelqu'un vous évente avec une feuille de bananier et Karakawe voulait être de l'expédition. Personne n'y a perdu, professeur », dit le guide en souriant. Il ajouta que Karakawe enquêtait sur Mauro Carías depuis de nombreux mois, et qu'il avait un gros dossier sur les louches négoces de cet homme, en particulier sur la manière dont il exploitait les terres des indigènes. Il soupçonnait certainement la relation qui existait entre Mauro Carías et le docteur Omayra Torres, et c'est pourquoi il avait pris la décision de suivre la piste de cette femme.

« Karakawe était mon ami, mais c'était un homme renfermé, qui n'ouvrait la bouche que pour les choses indispensables. Il ne m'a jamais dit qu'il soupçonnait Omayra, dit Santos. J'imagine qu'il cherchait à expliquer ces hécatombes d'Indiens ; voilà pourquoi il a subtilisé l'un des flacons de vaccin et me l'a remis afin que je le garde en lieu sûr.

— Avec cela nous pourrons prouver la manière sinistre

dont les épidémies se répandaient, dit Kate Cold en regardant la petite bouteille en transparence.

— Moi aussi j'ai quelque chose pour toi, Kate, sourit Timothy Bruce en lui montrant les rouleaux de pellicule qu'il avait dans sa main.

— Qu'est-ce que c'est ? demanda la journaliste, intriguée.

— Ce sont les photos qui montrent Ariosto en train de tirer sur Karakawe à bout portant, Mauro Carías en train de briser les flacons et les soldats en train de tirer sur les Indiens. Grâce au professeur Leblanc, qui a distrait le capitaine pendant une demi-heure, j'ai eu le temps de les changer avant qu'il ne les détruise. Je lui ai donné les rouleaux de la première partie du voyage et j'ai sauvé ceux-ci », précisa Timothy Bruce.

Kate Cold eut une réaction inattendue de sa part : elle sauta au cou de Santos et de Bruce et leur planta à tous deux un baiser sur la joue.

« Soyez bénis, jeunes gens, s'exclama-t-elle heureuse.

— Si ceci contient le virus, comme nous le croyons, Mauro Carías et cette femme sont coupables de génocide et devront payer pour cela... », murmura le père Valdomero en tenant le petit flacon avec deux doigts, bras tendu, comme s'il craignait que le poison ne lui saute au visage.

C'est lui qui suggéra de créer une fondation destinée à protéger l'Œil du Monde, et en particulier les *Gens de la brume*. Avec la plume éloquente de Kate Cold et le prestige international de Ludovic Leblanc, il était sûr qu'ils y parviendraient, expliqua-t-il avec enthousiasme. Il manquait certes les moyens financiers, mais à eux tous ils verraient comment trouver l'argent : ils feraient appel aux églises, aux partis politiques, aux organismes internationaux, aux gouvernements, ils frapperaient à toutes les portes jusqu'à ce qu'ils obtiennent les fonds nécessaires. Il fallait sauver les groupes indigènes, décida le missionnaire, et les autres furent d'accord avec lui.

« Vous serez le président de la fondation, professeur, proposa Kate Cold.

— Moi ? demanda Leblanc, sincèrement surpris et ravi.

— Qui d'autre pourrait-il le faire mieux que vous? Quand Ludovic Leblanc parle, le monde écoute... », dit Kate Cold en imitant le ton sentencieux de l'anthropologue, et tous se mirent à rire, sauf Leblanc, comme on s'en doute.

*

Alexander Cold et Nadia Santos étaient assis sur l'embarcadère de Santa María de la Lluvia, où avait eu lieu leur première conversation et où avait commencé leur amitié, quelques semaines plus tôt. Comme en cette occasion, la nuit était tombée, avec ses coassements de crapauds et ses hurlements de singes, mais cette fois la lune ne les éclairait pas. Le firmament était obscur et émaillé d'étoiles. Alexander n'avait jamais vu un ciel comme celui-là, il n'avait jamais imaginé qu'il y eût autant d'étoiles. Les enfants avaient le sentiment qu'une longue vie s'était écoulée depuis qu'ils avaient fait connaissance, tous deux avaient grandi et changé en l'espace de ces quelques semaines. Pendant un bon moment ils restèrent silencieux à regarder le ciel, pensant qu'ils allaient se quitter très bientôt, quand Nadia se souvint du petit panier qu'elle avait apporté pour son ami, celui-là même que lui avait donné Walimaï au moment des adieux. Alex le prit avec respect et l'ouvrit : à l'intérieur brillaient les trois œufs de la montagne sacrée.

« Garde-les, Jaguar. Ils sont très précieux, ce sont les diamants les plus gros du monde, lui dit-elle dans un murmure.

— Ce sont des diamants ? demanda Alex épouvanté, sans oser les toucher.

— Oui. Ils appartiennent aux *Gens de la brume*. D'après la vision que j'ai eue, ces œufs peuvent sauver ces Indiens et la forêt où ils ont toujours vécu.

— Pourquoi me les donnes-tu ?

— Parce que tu as été désigné chef pour négocier avec les *nahab*. Les diamants te serviront pour le troc, expliqua-t-elle.

— Mais, Nadia ! Je ne suis qu'un gamin de quinze ans, je n'ai aucun pouvoir dans le monde, je ne peux négocier avec personne et encore moins prendre la responsabilité de cette fortune.

— Quand tu arriveras dans ton pays, donne-les à ta grand-mère. Je suis sûre qu'elle saura quoi en faire, assura la jeune fille.

— On dirait des morceaux de verre. Comment sais-tu que ce sont des diamants ? demanda-t-il.

— Je les ai montrés à mon père, il les a reconnus au premier regard. Mais personne d'autre ne doit le savoir jusqu'à ce qu'ils soient en lieu sûr, sinon on les volera, tu comprends, Jaguar ?

— Je comprends. Le professeur Leblanc les a-t-il vus ?

— Non, seulement toi, mon père et moi. Si le professeur l'apprend, il partira en courant le raconter à la moitié du monde, affirma-t-elle.

— Ton père est un homme très honnête, n'importe qui d'autre aurait gardé les diamants.

— Tu le ferais, toi ?

— Non !

— Mon père non plus. Il n'a pas voulu les toucher, il dit qu'ils portent malheur, que les gens se tuent pour ces pierres, répondit Nadia.

— Et comment vais-je les faire passer à la douane, aux Etats-Unis ? demanda le garçon en soupesant les magnifiques œufs.

— Dans une poche. Si quelqu'un les voit, il pensera que c'est de l'artisanat d'Amazonie pour les touristes. Personne ne se doute qu'il existe des diamants de cette taille, et moins encore entre les mains d'un galopin qui a la moitié de la tête rasée », se moqua Nadia en passant ses doigts sur la tonsure.

Ils restèrent un long moment en silence à regarder l'eau à leurs pieds et la végétation sombre qui les entourait, tristes parce que dans quelques heures ils devraient se dire adieu. Ils pensaient que jamais plus dans leur vie n'arriverait rien d'aussi extraordinaire que l'aventure qu'ils avaient partagée. Qu'est-ce qui pouvait se comparer aux Bêtes, à la cité d'or, au voyage d'Alexander au fond de la terre et à l'ascension de Nadia jusqu'au nid qui contenait ces œufs merveilleux ?

« On a demandé à ma grand-mère d'écrire un autre reportage pour l'*International Geographic*. Elle doit se rendre au Royaume du Dragon du Tonnerre, commenta Alex.

— Ça a l'air aussi intéressant que l'Œil du Monde. Où est-ce ? demanda-t-elle.

— Dans les montagnes de l'Himalaya. J'aimerais aller avec elle, mais... »

Le garçon comprenait que c'était à peu près impossible. Il devait réintégrer une existence normale. Il avait été absent pendant plusieurs semaines, il était temps de retourner en classe s'il ne voulait pas perdre l'année scolaire. Il voulait aussi revoir sa famille et embrasser son chien Poncho. Surtout, il fallait qu'il donne l'eau de guérison et la plante de Walimaï à sa mère ; il était sûr qu'avec ça, en plus de la chimiothérapie, elle guérirait. Pourtant, quitter Nadia lui était plus douloureux que tout, il aurait voulu que le jour ne se lève jamais, rester éternellement sous les étoiles en compagnie de son amie. Personne au monde ne le connaissait mieux, personne n'était aussi proche de son cœur que cette fille couleur de miel qu'il avait miraculeusement rencontrée au bout du monde. Qu'adviendrait-il d'elle dans le futur ? Elle grandirait, sage et sauvage dans la forêt, très loin de lui.

« Est-ce que je te reverrai ? soupira Alex.

— Bien sûr ! dit-elle en serrant Boroba dans ses bras, avec une joie feinte pour qu'il ne devine pas ses larmes.

— Nous nous écrirons, n'est-ce pas ?

— Le courrier ne marche pas très bien dans ces régions...

— Peu importe que les lettres mettent du temps, je t'écrirai. Pour moi, le plus important dans ce voyage, c'est que nous nous soyons rencontrés. Jamais, jamais je ne t'oublierai, tu seras toujours ma meilleure amie, promit Alexander Cold, la voix brisée.

— Et toi, mon meilleur ami, tant que nous pourrons nous voir avec le cœur, répliqua Nadia Santos.

— Au revoir, Aigle...

— Au revoir, Jaguar... »

TABLE

Cet ouvrage a été réalisé par

FIRMIN DIDOT
GROUPE CPI
Mesnil-sur-l'Estrée

pour le compte des Éditions Grasset
en septembre 2002

Imprimé en France
Dépôt légal : septembre 2002
N° d'édition : 12523 – N° d'impression : 61032
ISBN : 2-246-62631-5